星の陣(上)

森村誠一

祥伝社文庫

目次

破滅への序曲

首都圏の地方都市の繁華街である。大手資本のスーパーが進出して来て、それを中心にいま流行のファミリー・レストランやファースト・フード・ストアや居酒屋チェーンが集まってワンブロックの繁華街を形成している。

スーパーのビルは一階と地下一階がスーパーとなっており、二階には各種レストランや喫茶店、ブティックなどが入っている。三階以上はマンションである。

スーパーの正面出入口は、ちょっとしたショッピング・プラーザ（買い物広場）となっていて、花屋、公衆電話ボックス、ベンチなどがある。時折りそこで商店街が催《もよお》す福引きが行なわれる。

天気のよい日は、ベンチで買い物客や老人たちが憩《やす》んでいる。そんな日は子供の手から逃げた風船が二、三個、空をゆらゆらと漂っている。今日は土曜日の午後とあって、人が出盛っている。

スーパー前のプラーザに人が長い行列をつくっていた。おおかたは買い物かごを下げた主婦体《てい》の女性であるが、物見高い弥次馬《やじうま》も加わっているらしい。

「なんですか、この行列は」

スーパーから出て来た買い物客が、行列の最後尾に並んでいる人に尋ねる。

「さあ、私もよくわからないんだけど、並んでいるとなにかいいものをくれるそうよ」

「なにをくれるんでしょうね」

「さあ」

こんな調子の会話が交わされて、行列が長くなっていく。品物欲しさよりも、好奇心から並ぶ人も少なくない。

行列がかなり長くなったころを見計らっていたように、どこからともなく数人の若い男が出て来た。

仕立てのよさそうな背広でビシリと固めて、大手企業の辣腕《らつわん》ビジネスマンといった感じである。目の色が敏捷《びんしょう》で油断ならないが、行列に並んだ人でそこまで観察した者はいない。

彼らの中からリーダー格らしいのが、ハンドマイクを手にして、行列の前に立った。

「はい、みなさんお待たせしました。先着八十名様までですよ。当方に用意した品に限りがありますので、八十一番以後の方は並んでいても差し上げられませんからあしからず。差し上げる品の見本はこれです」

男が歯切れのよい口上《こうじょう》でまくしたてながら、両手にかかえて見せたのは、見た目にいかにも重厚な鍋《なべ》であった。

「これがいま評判のステンレスの鍋ですよ。これ一個で三万円もする品でございます。奥様方は先刻ご存じとおもいますが、ステンレス鍋は蓋《ふた》に特殊加工がしてありまして、この鍋で調理いたしますと、各種食品添加物、農薬、水道水の塩素がきれいさっぱり除《と》れて、無害になってしまいます。これは世界的な特許です。これまでのアルミ鍋はスズが出る。ホーローの鍋はカドミウムが出ますが、ステンレス鍋は、そんな心配は一切ない。アルミ鍋は、調理後そのまま食べ物を保存できないが、ステンレスならオーケーです」

男はステンレス鍋の長所をべらべらとまくしたてた。実際にアルミ鍋からスズは出ない。ホーロー鍋の顔料《がんりょう》からカドミウムや鉛《なまり》が溶出したのは、かなり以前の話である。いまはそんな懸念《けねん》はほとんどない。

だが行列の人たちは、ハンドマイクのボリュームいっぱいの流暢《りゅうちょう》な口上に疑問をはさむ余地もない。もうその時点で若い男の集団催眠に引っかかったのだが、その事実に気づいた者もいない。

リーダー格が口上を述べているかたわらで、グループの男が行列の人数を数えて八十人目で、「はい、ここまで」と打ち切りを宣しても、だれも帰ろうとしない。それだけリーダーの口上に引きつけられているのである。

「さてみなさん、一個三万円もするステンレス鍋を只《ただ》で進呈するのですから、みなさんにもご使用中、お知り合いや、ご近所に精々PRしていただきたい。これが当方からのおねがいです」

その後、男は、油をひかなくても焦げつかないので肥満防止に役立つとか、野菜をゆでるときに栄養が逃げないとか、おこげができないのでガンの防止になるとか、ステンレスの利点を滔々《とうとう》と数え立て、いっこうに鍋をくれようとしない。

ようやく八十一番目以後の打ち切られた人たちが帰りはじめたころ、

「それではこれから鍋を差し上げます。けれどもここで差し上げると、ご近所の商店街から苦情が出ますので、商品はここから少し離れた場所にご用意してあります。みなさんには、そこまでほんの五、六分の所ですが、移動していただきます。

車がこちらに用意してあります。もちろん商品を差し上げた後は、ここまでお送りいたします」

男が言ったとき、タイミングをはかっていたように三台のマイクロバスが、するすると広場の前に横づけになった。

「なあんだ。ここでくれるんじゃないのか」

「きっとよそへ連れて行って、なにか売りつけるのよね」

何人かの女性が催眠から醒《さ》めたような表情になった。

「さあみなさん、お早くお乗りください。その場所には鍋以外にも数々の便利なキッチン用品や景品を豊富に取り揃えてございますよ。日ごろのご愛顧《あいこ》に応《こた》えるために、今日はおもいきって放出いたします。品物を売りつけるようなことは決していたしません。マイクロバスには全員乗れないかもしれません。乗りそこなった方は、お気の毒ですが、あきらめていただきます」

リーダーの言葉に多少のためらいを見せていた人たちも、先を争ってバスに乗り込んだ。八十一番以下の人たちは、バスが出て行くのを悔《くや》しげに見送りながら、「あの人たち、きっとだまされるわよ」とつぶやいた。

老いたる邂逅《かいこう》

1

二年後、同じスーパービルの前のショッピング・プラーザに、相も変わらず大勢の人々が出盛っていた。だが、今日は一昨年のような行列はできていない。買い物客が絶えず出入りし、通行人が往来している。

朝の通勤ラッシュと異なり、盛り場を歩いている人たちには余裕と華やいだ雰囲気がある。スーパーがＢＧＭに用いているチキチキバンバンが広場にも溢《あふ》れ出て、一帯の雰囲気を陽気に盛り上げている。

ベンチに一人の老人が腰を下ろして、通り過ぎて行く人たちに放散した視線を向けていた。年齢は七十代か。白髪を戴《いただ》き、整った気品のある面立《おもだ》ちをしているが、表情が死んでいる。痩《や》せているが、老いさらばえたという感じではない。腰も曲がっていない。

ネクタイが少し曲がり、ズボンの膝《ひざ》が丸くなっているが、身につけている品はそんなに悪くないことがわかる。ただ全体に生気がないのである。これまで矍鑠《かくしゃく》としていた老人が、なにかのショックを受けて急に老いを意識したといった体《てい》である。

彼はベンチにもたれて、茫然《ぼうぜん》と通り過ぎる群衆を見ていたが、時折り若い女が通りかかると、「みゆき」と呼びかけた。

いきなり見知らぬ老人から呼びかけられた女はびっくりした。それにもかまわず老人は「みゆき、みゆきじゃないか」と繰り返す。

「いやだわ、このお爺《じい》ちゃん、私みゆきなんかじゃないわよ」

まちがえられた女性は、気味悪そうに老人の前から逃げ出して行く。

老人は懲《こ》りずにまた似たような女性が通りかかると呼びかける。老人が声をかける女性は、二十四、五歳、髪が長く、色白で細面《ほそおもて》のパターンである。

声をかけられて老人を痴漢扱いする女性も多いが、中には、きっと自分が老人の亡《な》くなった娘にでも似ているのだろうと、同情の目を向ける者もいた。

老人が「みゆき」と呼びかけるときだけ、放散した目に焦点が戻り、表情に生気がよみがえるが、人ちがいだとわかったとき、老人の面《おもて》は深い深い悲しみの色に塗りこめられた。

老人に何度か呼びかけられた女は、その後、老人がうずくまっているベンチに寄りつかなくなった。

老人がここへ来るようになったのは、今日が初めてではない。いつごろから姿を見かけるようになったのか、だれも正確に憶えてはいないが、雨さえ降らなければ、彼の姿はそのベンチにたいてい見かけることができる。

今日も老人は定まったベンチの定まった位置に席を占めて、通行人を茫然と眺めていた。長い時間、同じ姿勢をつづけている。

彼の目は通行人の方を見ていながら、なにも見ていない。群衆の向こうに亡き娘のおもかげを探し求めているのであろうか。歳月は悲しみを風化させるが、年老いてから受けた悲嘆のショックは回復し難いことをその老人の姿が訴えており、心ある人の胸を痛めた。

2

後ろ姿の抜群に美しい女だった。長く豊かな髪が肩の上に末広がりにかかり、歩行に伴って揺れている。鬢《びん》が風に吹きそよいで、後方に形よく流れている。美しい髪に半ば隠れている横顔も、並々ならぬ器量をうかがわせる。

腰《ウエスト》《はじ》は小気味よく引き締まり、キュッとつり上がった肉感的な尻は、針で突けばプチンと弾けそうなほどに引き締まって充実している。太股《ふともも》の肉置《ししお》きは豊かであるが、足首は細く引き締まっている。名のあるデザイナーの上等なスーツに、金にダイヤをあしらったネックチェーンが光っている。通り過ぎた後に高雅な香水のかおりが漂う。

生来の素質を金に飽《あ》かせて磨き上げたような女であった。通行人が、ほうと目を見張って集めかけた視線を、彼女のパートナーに気づいて慌《あわ》てて逸《そ》らした。

女のかたわらに、削《そ》げた顔に銀鎖つきのサングラスをかけた長髪の男がいる。白と黒の派手なストライプの入った緑っぽい背広をまとった細身《スリム》な身体は、刃物のような険悪な気配を帯びている。左手をポケットに突っ込み、葉巻をもった右手中指に金の指環をはめている。白のエナメル靴の先端が凶器のように尖《とが》っていた。背後に数人の子分らしい、それぞれ凶暴な面構《つらがま》えをした若い男を従えている。

一見して筋者《ヤクザ》のボスとわかる面貌《めんぼう》と風体《ふうてい》のパートナーである。彼らはこの街を取り仕切る暴力団黒門組《くろもんぐみ》の幹部《ボス》とその子分たちであった。市政と癒着《ゆちゃく》し、市の主要企業を抑え、警察の幹部すら黒門組の顔色をうかがわなければ、なにもできないほどの威勢を振るっている。

彼らは傍若無人《ぼうじゃくぶじん》に歩いてスーパー前のショッピング・プラーザを通りかかった。いつものベンチに例の老人がうずくまっていた。老人はグループの気配に目を上げた。道ばたの石コロほどの関心も向けることなく、グループは老人の前を通り過ぎようとした。

「みゆき」

老人は通過しかけた女に向かって呼びかけた。老人には彼女以外目に入らないらしい。

「みゆきじゃないか」

再度呼びかけられて女が振り向いた。後ろ姿を裏切らない美貌であるが、目の色が冷たい。

「あたしのこと?」

女が尋ね返した。

「みゆきだ。やっぱりみゆきだ」

老人が独り言《ひとごと》のようにつぶやいた。

「なにをボケてんのよ、私みゆきじゃないわ」

女は冷笑して行きすぎようとした。

「待ってくれ、みゆき」

老人は女の袖《そで》をとらえた。

「私を置き去りにしないでくれ」

老人は訴えた。

「放してよ。私はみゆきなんかじゃないったら」

女は老人の手を振りはらおうとしたが、老人とはおもえない強い力で、しっかりと袖をとらえている。

「しつこいわね」

女が眉をしかめた。

「爺《じじ》い、てめえ姐《あね》さんに因縁《いんねん》をつけるつもりか」

子分が出て来た。

「みゆきだ、おまえはみゆきだ」

老人は繰り返した。

「姐さんがちがうって言ってるだろう」

子分が舌打ちした。女のパートナーのボスがサングラスの下で薄く笑って顎《あご》をしゃくった。

それが合図だった。

「老いぼれのくせしやがって、姐さんに因縁つけるとはいい度胸だ」

子分の一人がいきなり老人に足ばらいをかけた。無防備のうえに非力な老人のことだから、たまらず地面に転倒した。だがまだ容赦されない。

数人の屈強なヤクザが寄ってたかって殴《なぐ》る蹴るの暴行を加える。老人はまったく無抵抗でヤクザのなすがままにまかせている。抵抗したところでどうにもならない。

それをボスと、「みゆき」とまちがえられた女が面白そうに見物している。多数の買い物客や通行人が目撃していたが、黒門組が相手とあっては手出しができない。

老人は地上に動かなくなった。

「よし、もうその辺でいいだろう。くたばると、猫が死んだのより厄介《やっかい》だ」

ボスが、ようやくとめた。

「爺い、これに懲《こ》りて見境《みさかい》なく女に声をかけるんじゃねえぞ」

子分たちは捨てぜりふを吐いて立ち去って行った。彼らの姿が完全に視野から消えたのを見計らっていたかのように、警官がやって来た。

しかし目撃者の大半は散っていた。残っていた者も、暴行の犯人を黙秘《もくひ》している。下手《へた》に口出しをして黒門組ににらまれたら、この街で生きていけないことを知っているのである。

「爺さん、どうやらひどい怪我《けが》はしていないようだ。生命があっただけでも、あんたラッキーだったよ」

と言う警官は、おおかたの事情を察している。被害届けを出すかとも聞かない。老人にもそんなつもりはない。彼の表情を覆《おお》っていたものは、救いようのない無気力さである。

だが、それは老人一人だけの表情ではない。この街の全人口を覆う共通の表情である。

ここは日本国の一部であっても日本国ではない。日本の憲法も諸法律もこの街には及ばない。この街の法律は暴力であり、為政者《いせいしゃ》は黒門組であった。市民生活のすべては黒門組の枠組《わくぐ》みの中で営《いとな》まれる。それに従えない者は、この街から出ていかなければならない。

だが出て行ける者はまだ幸せである。黒門組に反抗した者は、出て行く前に交通事故に遭《あ》ったり、火を失して焼死したり、行方不明になったりした。稀《まれ》に外から硬派の警官が転勤してきても、速《すみ》やかに黒門組と〝協調〟した。正義感を武器に一命を賭《か》けるよりも不正と馴《な》れ合って甘い汁を吸うほうが賢《かしこ》いことを悟るのである。不正と暴力との馴れ合いがこの街の姿であった。

3

街に夕暮れが近づいている。夕暮れ時は街も人の表情も和《なご》やかになるようである。まだ寒さは残っているが、空の色が春めいていた。空の色調が柔らかく、夕焼けが冬のように凝縮《ぎようしゆく》することなく、小豆《あずき》色ににじみ出ている。黄昏《たそがれ》の気配が道行く人たちの面に揺れている。

みな一日の仕事を終えて家路をたどる安らぎがある。朝のような、勤め先目ざして脇目も振らない慌ただしさが消えて、家族との団欒《だんらん》が待つ家へ帰って行くホッとした気配を漂わせている。空気が食物を煮たきするにおいで、うるんでいるようだ。家路をたどる人たちの腹の虫がぐーと鳴く。

家に帰るまでがまんできない若い人たちで、レストランやファースト・フードの店は満員である。学生たちはそこで腹の虫をひとまずだましてから、家へ帰ってしっかり食べなおすのである。

だが老人は、それらの人々を無表情に見送りながら同じ姿勢をつづけている。老人にも帰る家があるはずでありながら、塑像《そぞう》のように身じろぎもしない。風がだいぶ冷たくなっていた。

髪の長い細面の色白の女が、老人の前を通りかかった。老人の身体がかすかに動いて、

「みゆき」

と女性に呼びかけた。

「はい」と通り過ぎかけた女性が歩みを止めて振り向いた。

「みゆき、みゆきではないのか」

老人が自分に問いかけるように言った。

「はい、私、みゆきですけど」

女は不審げな面持ちで問い返した。細面に涼しげな目が優しい。

「やっぱりみゆきだったか」

老人の面に喜色《きしょく》が浮かんだ。老人に呼びかけられた女は、彼がどうやら人ちがいをしているのを悟ったが、逃げもしなければ、そのまま行き過ぎもしなかった。

老人のうずくまっているベンチの前まで引き返して来ると、

「お爺ちゃんも、みゆきさんを待っていらっしゃるのね。私の名前もみゆきですのよ、でも、みゆきちがいかもしれないわね」

　優しく説得するように言った。

「おまえはみゆきだ。とうとう帰って来てくれたんだね」

　だが老人は彼女を「自分のみゆき」と信じ込んでしまったらしい。彼女は困った表情を見せずに、老人の隣りに並んだ形で腰をおろした。

「きっと私、お爺ちゃんのみゆきさんに似ているのね。でも私、少し前にこの街へ引っ越して来たばかりなのよ。こちらにおじおばがいて養女になったの」

「みゆきさんは、お子さんはおらんのかの」

　老人は、ようやく人ちがいを悟った表情に返った。〝みゆき〟はころころ笑って、

「子供どころか、私まだ独身なのよ、クリスマスケーキなの」

「クリスマスケーキ？」

「二十四なの。二十五になると叩き売りでしょ」

「私の娘も二十四歳じゃった」

「みゆきさんは、お爺ちゃんのお子さんでしたの」

「一歳の孫がいた」

「結婚してましたのね」

「なにか事情がありそうですわね。でも聞かない方がよろしいわ。私にみゆきさんの代わりがつとまるようでしたら、お役に立ってもいいわよ」

「いい婿《むこ》じゃった」

「あなたは優しい娘さんじゃのう」

老人の窪《くぼ》んだ眼窩《がんか》の底の眼がうるんでいる。

「寒くなってきたわ。もうお帰りになった方がよろしいわ。お爺ちゃんのお家はどちら」

「アパートに独りで暮らしている」

「送って行ってあげましょうか」

「大丈夫、一人で帰れる。このごろようやく独りの生活に馴れてきましたから」

老人はベンチから立ち上がった。足元は意外にしっかりしている。

「お爺ちゃんは毎日ここへいらっしゃってるの」

「雨の日以外はたいていここに来ています。べつに仕事も友達もありませんでな」

「これから私も時々来ますわ。私ここのスーパーに勤めてるのよ。降矢美雪《ふるやみゆき》と申します。どうぞよろしくね」

彼女は自己紹介してペコリと頭を下げた。

「私は旗本良介《はたもとりようすけ》といいます。こちらこそよろしく」

老人は名乗り返した。降矢美雪に出会ったことによって正気に戻ったかのように尋常《じんじよう》な表情になっている。正気とともに生気もよみがえっている。

その日から旗本良介と降矢美雪は友人になった。美雪は旗本老人に決して身の上話を聞かなかった。それを聞こうとすれば、老人の心の深所に埋め込んでいる深い悲しみを引きずり出すことになる。老人の心を穿《うが》った悲嘆に対して、自分が無力であることを彼女は知っていたのである。

旗本老人の娘の束《つか》の間の代理をつとめているだけであって、彼の娘そのものには決してなれない。

また旗本も自分から語ろうとはしなかった。それを話すことによって、自分が背負っている悲しみの負担を、なんの関わりもない美雪に分担させることを恐れているのである。

老人の愚痴《ぐち》とはそのようなものであり、旗本には悲しみを自分一人の中に閉じ込めて、その内圧に耐えているようなところがあった。それが旗本をして毅然《きぜん》たる姿勢を保たせているようである。

彼は相変わらずスーパー前のショッピング・プラーザに出かけて行ったが、もうこれまでのように髪の長い若い女性に無差別に呼びかけることはしなくなった。

夕方になると、勤めから降矢美雪が帰って来る。二人は父子のように連れ立ってファミリー・レストランへ入ったり、ファースト・フードを食べたりする。

美雪は休日には時々旗本老人のアパートへやって来て掃除や洗濯をしてくれた。また時には、二人分の材料を買って来て夕食をつくり、二人で夕食の膳《ぜん》を囲んだ。

旗本にとって久しぶりに味わう心づくしの手料理であり、家庭の雰囲気であった。

「みゆきさん、有難う。本当に有難う」

嬉しくておもわず胸がつまり、感謝の言葉が滞《とどこお》った。

「お爺ちゃん、いやだわ。そんな大袈裟《おおげさ》に。インスタントにちょっと手を加えただけなのよ」

「こんな暖かい心がこもった料理は久しぶりなんじゃ」

「こんなものでよかったらお安いご用だわよ」

「でも、どうしてこんなに優しくしてくださるのかの。赤の他人のこのわしに」

「べつになんの魂胆もないわよ」

「そんなことを疑ってなんかおらん。ただなんだか夢でも見ているような気がしてのう。醒《さ》めたときの寂しさが恐いんじゃ。あんたと知り合った後では、もう独りの地獄に決して耐えられないような気がしてのう」

「私たち、お友達でしょ。お爺ちゃんを独りになんかしないわよ。私もお爺ちゃんと一緒にいると楽しいもの」

「本当にそうおもっていいのかな」

「そうおもって」

「でも、身寄りもない、金もない、天涯孤独の老人に、どうしてこんなに親切にしてくださるのか。夢ならいつまでも醒めてもらいたくない気持ちじゃ。一つ聞きたいことがあるんじゃが、聞いてもいいかの」

「お爺ちゃんの聞きたいことわかっているわ。私に恋人がいるかって言うんでしょ」

「そうじゃよ。恋人がいれば、いずれはあんたは恋人の方へ行ってしまう」

「本当のこと言うわ。私、養女に来たんじゃないの。失恋して、だれも知っている人のいないこの街へ来たのよ。男に裏切られたの。もう恋なんて真っ平《まぴら》だわ。でもお爺ちゃんなら恋の対象にならないという意味ではないのよ。お爺ちゃん、私の父に似ているのよ」

「あんたのお父さんにか」

「顔はあんまり似ていないんだけど、雰囲気がとてもよく似ているの。優しく包み込んでくれるようで。お爺ちゃんと一緒にいると、とても心が安らぐの」

「お父さんは、いまどうしておられるのかの。いかん、こんなことを聞いてはいけなかったかな」

「かまわないわよ。私が高校へ行っているころ、ヤクザの抗争の流れ弾《だま》に当たって死んじゃったの。私が病院へ駆けつけたとき、まだ虫の息があったわ。優しい父で、最後まで母と私の行く末を案じていたわ。その母も、それから間もなく交通事故に遭って死んだわ。私も独りぼっちの身なのよ。お爺ちゃんに初めて声をかけられたとき、父に呼びかけられたような気がしたわ」

美雪の声が湿《しめ》っていた。

「悲しいことをおもいださせてすまなかったのう。美雪さんも悲しい荷物を背負っておるのじゃのう」

「ごめんなさい。せっかくのお夕食が湿っぽくなっちゃったわね。お爺ちゃんに出会えて喜んでいるのは私の方なのよ。だから、どうしてこんなに親切にしてくれるのかなんて言わないでね」

「有難う、美雪さん」

「その有難うがいけないのよ」

「あ、そうじゃったか」

二人は声を合わせて笑った。

深所の殺意

1

旗本老人は自分の経歴について一切なにも語らなかった。自分の過去を恥じているかのように、頑《かたく》なまでに黙秘している。身辺に漂わせている知的な雰囲気と言葉の端々から、彼がかなりの教養を身につけていることは察せられた。

ある休日の午後、老人のアパートに来た美雪は、掃除、洗濯などをしてひとしきり働いた後、茶を淹《い》れて寛《くつろ》いでいた。

「テレビでもつけましょうか」

美雪は言ってスイッチを押した。いきなりブラウン管に戦争シーンが映し出された。

彼我《ひが》両軍の兵士が激しく射ち合っている。砲弾が炸裂《さくれつ》して兵士が吹っ飛ばされる。建物が崩れ落ちる。硝煙《しょうえん》を潜《くぐ》って重戦車が進んでくる。茶の間にまで硝煙のにおいが漂って来そうな迫力ある戦闘シーンである。

「美雪さん、すまんがチャンネルを変えてくれんか」

いつになく強い声で旗本が言った。驚いて老人の顔を見ると不快の色を濃く表わしている。美雪が初めて聞く老人の激しい声であり、感情を剝《む》き出しにした表情である。

美雪が慌ててチャンネルを切り換えると、旗本は声を和らげて、

「大きな声を出してすまなかったのう」

と詫《わ》びた。

「お爺ちゃんは、戦争映画は嫌いなの」

「戦争はゲームとはちがう。人間と人間の殺し合いで、人間が人間ではなくなる。戦争をゲームや娯楽にしている映画やテレビを見ると、つい腹が立ってのう」

旗本老人は先刻の剝き出しの感情が別人のように穏やかな表情に返って言った。感情を露出したことを恥じているようである。

「私は戦争を知らないけど、お爺ちゃんは戦争が大嫌いみたいね」

「わしら戦争を知っておる者は、それを知らない世代に戦争の真の姿を語りつぐ責任があるんじゃが、このごろは戦争の記憶も薄れてきて、あの時代の生き残りが少のうなってしまった。生き残りがいても、戦争を懐かしみ、戦前戦中の日本へ引き戻すような言動のほうが目立つ。嘆《なげ》かわしい傾向じゃ」

旗本老人の口調の底には戦争に対する嫌悪《けんお》と、彼の戦前戦中に秘められた経歴がうかがい知れるようである。

旗本良介と降矢美雪の一見奇妙な友情はつづいた。旗本のアパートの住人たちは、老人が年甲斐《としがい》もなく若い恋人をつくったと邪推《じやすい》しているようであったが、二人はそんな他人の思惑など意に介さず仲良くつき合っていた。

実際、恋人同士と邪推されても仕方がないくらいに旗本老人は、美雪と知り合ってから若返って見えた。皮膚は風呂上がりのように艶々として、眼窩は窪んだままであったが、その底から放散していた目の光に精気が宿った。

死んでいたような表情が生き生きとして、全体の表情が鋭くなった。ネクタイのゆがみもなくなり、ズボンもいつもピシリと折り目が入っている。表情だけでなく、服装にも隙《すき》がなくなったのである。

「旗本の爺さん、若い娘の精気を吸って、すっかり若返ったじゃないか」

「おれも、あんな若い女の精気を吸いたいよ」

「あんたじゃあ、逆に精気を吸い取られるほうじゃないのかい」

「それでもいい」

口さがない連中がそんなかげ口をささやき合っていたが、旗本老人は美雪と知り合って完全に生き返った。もう以前のようにショッピング・プラーザのベンチに座って、終日過ごすようなことはなくなった。

　各種年金が入って生活のために働く必要はなかったが、街のゴミ集積所を歩きまわり、不用品を拾い集めてきてはそれを再生し、希望者に分けあたえた。

　こわれた家具や流行遅れの装飾品が、旗本老人の手にかかるとレトロ調の由緒《ゆいしょ》ある古美術品のようによみがえった。箪笥《たんす》、ワードローブ、テーブル、椅子なども、老人に加工されて生き返った。

　それはあたかも魔法を見せられているようであった。

　単に流行遅れになっただけで捨てられた品もある。それを旗本のハイセンスでちょっと手を加えただけで、最も新しい製品よりもファッショナブルにリバイバルさせて、捨てた者を口惜しがらせた。

　旗本は物の再生の技術という特別な才能をもっているようだった。彼の再生した家具の評判がよく、わざわざ注文に来る者が増えた。

　新品以上の代金を投じても欲しいと言う者が少なくない。

「趣味でやっていることですから、さような注文には応じられませんのじゃ」

　旗本は、せっかくの注文を断わり、順番待ちをしている人たちのために、せっせと再生品をつくった。

　美雪は、旗本老人をよみがえらせただけではなく、〝社会復帰〟をさせたのである。

2

ある日、数人の服装のよい男たちが旗本のアパートを訪ねて来た。彼らは大手デパートの部長やら課長やらの肩書の入った名刺を差し出して、旗本の再生品を、そのデパートのオリジナル商品として売らせてくれないかと申し出たのである。たまたまその場に美雪が来合わせていた。

「せっかくですが、デパートなどで売っていただくようなシロモノではありませんのじゃ。素人が手がけた古物の再生品ですからの。畏《おそ》れ多い話ですじゃ」

旗本老人は、せっかくの申し出を断わった。

「いや、先生の御作品には再生品とは言えない気品と風格がございます。芸術品と呼んでもよろしいでしょう。いまのままでは、せっかくの御作品が相応する評価もあたえられないまま、散逸《さんいつ》してしまう恐れがございます。それをぜひ当社に扱わせていただき、先生の御作品の価値を真にわかっていただけるお客様への橋渡しをつとめさせていただきたいのでございます」

課長の名刺を出した男が、最大級の讃辞を連ねて口説《くど》いた。

「作品だの、先生だのと言われるような大袈裟なものではありませんのじゃ。老人の手すさびに粗大ゴミを再生しているだけです。どうぞお引き取りください」

旗本は結構な申し出を頑に固辞した。

男たちはなおも説得を重ねたが、旗本の意志が動かないとみて、ようやくあきらめかけた。

これ以上留まる理由がなくなって立ち上がりかけたとき、部長の名刺を出した最も年輩と見える男が、

「まちがったらお許しください。もしかして、あなたは、……××大隊の旗本大尉殿ではございませんか」

と問いかけてきた。課長が説得を重ねている間、その部長は、旗本の横顔にじっと視線を向けていたのである。部長の言葉は、美雪の耳にはよく聞き取れなかったが、旗本の顔色が硬くなって、

「いやちがいます。人ちがいでしょう」

とニベもなく答えた。

「私は同じ連隊にいた真下《ましも》と申しますが、輸送船でご一緒でした。よく似ておられたうえに、お名前が同じなので、もしやとおもったのですが、ご兄弟やご親戚にもお心当たりはございませんか」

真下と名乗ったデパートの部長は、なおも食い下がった。

「心当たりはありません。疲れましたので、失礼させていただきたい」

旗本は暗にその話題を拒否した。美雪は部長の問いかけた言葉を聞き逃したが、それが旗本の経歴に関わるものであることは推測がついた。

旗本は経歴を詮索《せんさく》されるのを好まない。特に美雪の前での詮索を嫌っているようである。そのために、せっかくの結構な使者を追い返すように帰してしまったのである。

「お爺ちゃん、『赤看板《あかかんばん》』からお爺ちゃんの作品を売らせてくれと言ってきたのよ」

男たちが帰った後、彼らが残していった名刺を見て美雪は目を丸くした。『赤看板』は東京新宿に本店をおく老舗《しにせ》百貨店である。その包装紙をまとっているだけで、その商品が信用されるほどの名声と伝統のあるデパートである。

「美雪さん、ゴミを『赤看板』で売るほど、わしは厚顔《こうがん》無恥《むち》ではないよ」

「ゴミなんかじゃないわ。『赤看板』の人たちも言ってたじゃない。作品だって、芸術品と呼んでもいいくらいだと言ってたわ。私もそうおもうわよ。お爺ちゃんが再生《リサイクル》した品は、再生の域を越えて新しい生命をもちはじめているのよ」

「万一そうならなおのこと、デパートの商品に利用されたくないんだよ」

「お爺ちゃんたら、――ったくもう。欲が全然ないんだから」

美雪が呆《あき》れたような表情をした。

「この年になると余計なものはもちたくないんじゃよ。人間、余計なものをもっておるから要《い》らざる苦労をすることになる。街を歩いて不用になったものを拾って来ては、それを再生して欲しい人に返してやる。わしはそれで満足なんじゃ。その満足をおしえてくれたのが美雪さん、あんたじゃよ」

旗本の表情は人間のあらゆる野心から脱脂《だっし》したように恬淡《てんたん》としていた。だがその枯れた表情の素地に、すべての野心を枯《こ》死《し》させるような深い悲嘆が沈んでいることを美雪は悟っていた。

だが、老人と彼女の友情がどんなに深くなっても、そこは手を触れてはならない領域であることも知っていた。旗本老人は自分の精神の深所《しんしょ》を穿《うが》っている悲嘆を忘れようとしている。だが、忘れようとしてカサブタを重ねる分だけ、悲嘆の根が深化していく。

美雪は旗本の悲嘆にかけたカサブタにすぎないのである。カサブタの底に悲嘆は圧縮されながら澱《よど》んでいる。下手にそれに触れると、せっかくカサブタの下で眠っていた悲嘆が目を覚ますかもしれない。

3

旗本は、美雪が勤務している間、街を歩いて、〝作品〟の素材を拾い集めていた。初めの間は自転車で拾い集めていたが、テーブル、ベッド、戸棚、椅子等の大型家具、冷蔵庫、クーラー等の大型家電製品は、旗本一人の手に負えないので、下見後、自腹を切って運送屋に運んでもらった。美雪も休日には手伝ってくれた。

「いまの日本は驕《おご》っておるのう」

旗本は豊富な〝素材〟に嘆いた。少し流行遅れになっただけで、どこもこわれていない品が惜しげもなく捨てられている。驚いたことに新品同様の家具一式が捨てられていることがある。なにかのまちがいではないかと、その元所有者を探して確かめたところ、新しい家に引っ越すために家具が「合わなくなった」と言う。

「美雪さん、あんたマッチ一本や塩の一塊《ひとかたま》りまでが〝配給〟になった時代が想像できるかな。いまの日本人はあまりに豊かな物質の中に肥え太って、一億総豚化しておる。このまま行くと、いまにきっとひどい復讐を受けるじゃろう」

旗本老人は豊富な素材に囲まれて長嘆息した。嘆息の底に怒りがあった。

「おい爺さん、あんただれの許しを得てもって行くんだね」

例のとおり、素材の物色をしていると、いきなり数人の若い男に囲まれた。いずれも黒いサングラスをかけ、きらきら光る材質の背広を着ている。長髪をポマードでべったりと固めた者もいれば、短く刈り込んでいる者もいる。

一目で筋者《ヤクザ》とわかるグループであった。

「べつに許可は受けておらんが。ゴミを拾っておるだけです」

旗本は一緒にいた美雪を背後に庇《かば》って低姿勢に答えた。

「ゴミなら盗んでもいいのかね」

彼らのリーダー格がねっとりとからみつくような口調で言った。彼だけ銀鎖つきのサングラスをかけ、縦のストライプの入ったスーツを着ている。

過日、旗本がみゆきとまちがえた女を連れていたヤクザの幹部である。

「盗んでなんかいません。拾っているだけじゃ」

「これは市のゴミ集積場だろ。だったら市のものじゃないか。市の許可は取ってあるのか」

筋者のリーダーは、旗本が背後に庇った美雪を観察しながら言った。その目にははっきりと欲望の色が塗りつけられている。筋者の言うことは一応理屈である。市のゴミ集積場に出されたゴミや廃品は市の管理下に入る。

「許可が必要なら取りますが、これまでなにも文句を言われたことはない」

「そりゃあ、あんたが盗んでいるのを市は知らないんだよ。市よりもまずおれたちに挨拶《アイツキ》を通したかね。ここらはおれたちが取り仕切っているんだ」

「ゴミを拾うのにも、一々お兄さんたちに断わらなければいかんのですか」

「てめえだな、最近ゴミを再生して荒稼ぎをしているという爺《じじ》いは」

リーダーの目が、ぎらりと光って声が凄《すご》んだ。

「わしは荒稼ぎなんかしておらんよ。廃物を再生して、欲しいという人に分けてやっておるだけだ」

荒稼ぎと言われたのが、老人の癇《かん》に障《さわ》ったらしい。

「その廃物を盗んでいると言うんだよ」

「盗んでなんかおらん」

「口のへらねえ爺いだ。おれたちに逆らうとどんな目にあうか。おまえたち、少し可愛がってやんな」

リーダーが子分たちに顎《あご》をしゃくった。待ち構えていたように子分たちが旗本を取り巻いた。背後にまわった一人が旗本の腰をおもいきり蹴りつけた。前方によろめいた旗本に、前にいた一人が足ばらいをかけた。ステッキが吹っ飛んだ。たまらずに地面に倒れた旗本を、殴る蹴るの袋叩きにした。土埃《つちぼこり》が舞い立った。

「やめて。やめてください」

必死に旗本を庇った美雪にリーダーが、

「姉ちゃん、あんた爺いの娘か、それともレコか。こんな爺いじゃ役に立たねえだろう。なんならおれたちが代わってやってもいいんだぜ」

卑《いや》しげに笑った。子分たちが同調した。

「失礼なことを言わないでください。こんな年寄りを大勢で乱暴して、あなたたちはそれでも男ですか」

美雪は筋者グループからの吹きつけるような凶悪な気配に必死に耐えて抗議した。

「威勢のいい姉ちゃんだねえ。だから男か男でないか証明してやろうじゃないか」

「あなたたちに男の資格なんかないわ」

「なんだと、この女《アマ》ア」

リーダーが凶悪な気配を孕《はら》んだ。彼は人前で女から侮辱《ぶじょく》されて本当に怒っていた。彼らは、旗本老人から美雪の方に向き直った。もともと初めから彼女をカモとして狙っていたのである。

地上に倒れた旗本老人を捨てて、彼らは美雪を囲んで環《わ》をジリッと縮めた。単なる脅しではないことがわかった。彼らは網にかかったカモを本当に料理しようとしている。このときになって、美雪は彼らの罠《わな》にかかったことを悟った。彼らは網を張って待ち構えていたのである。

凶悪で屈強なヤクザのグループに取り囲まれて逃げ路《みち》はない。通行人も関わりあいになるのを恐れて、見て見ぬ振りをしている。この街へ来て、ヤクザが幅をきかしているのを見聞きしていたが、まさか自分が彼らの仕掛けた網にからめ取られるとは、予想していなかった。

「おれたちと、ちょっとつき合ってもらおうじゃないの。男の証明を懇切丁寧《こんせつていねい》に示してやるからね」

リーダーが子分たちに目くばせした。彼らの注意が地上に倒れている旗本から完全に逸《そ》れて、美雪に集中した。

「車に引きずり込め」

リーダーが命令した。子分たちが一斉に躍りかかろうとした直前、ヤクザグループの頭上から得体の知れない泡が吹きつけられた。

「わっ、なんだ、こりゃあ」

彼らは悲鳴を上げたが、その口に泡を吹き込まれて悲鳴さえ封じこめられた。泡には刺戟臭があり、視野を奪い、鼻腔や口腔を塞《ふさ》いで呼吸が困難になった。（たすけて）と叫んだつもりが声にならない。もはや〝男の証明〟どころではなくなった。彼らは突如浴びせかけられた白い泡の波の中で、なり振りかまわずのたうちまわった。こわもてヤクザのスタイルも極道《ごくどう》のポーズもあったものではない。

旗本が窮余《きゅうよ》の一策でゴミ集積場に捨ててあった家庭用消火筒（器）を作動させてみたところ、ノズルから泡剤が噴き出したのである。

「逃げるんじゃ」

あっけに取られて立ちすくんでいた美雪の手を旗本が引っ張った。二人は手に手を取って逃げた。泡剤の効果は一時的である。

ようやく旗本のアパートに逃げ帰った二人は、ひとまずホッと安堵《あんど》の息をついた。

「よかったわ。お爺ちゃん怪我はなかった」

美雪は、まず老人の身を気遣った。ヤクザに袋叩きにされた身で、美雪の危機を救い、よくここまで逃げのびられたものである。

「危なかった。拾った消火器が作動しなかったら、どうなったかわからんかったのう」

旗本は躱《かわ》した危機の重大さに、身に受けたダメージを忘れている。

「お爺ちゃん、血が出てるわ。手当てしなくちゃ」

美雪が旗本の顔や手などの露出している皮膚が破れて血が流れているのに顔色を変えた。

「なんの、かすり傷じゃよ。絆創膏《ばんそうこう》でも貼っておけば癒《なお》る。それより、彼らは黒門組の連中だったな」

旗本の顔が憂色を浮かべた。

「黒門組ってなんなの」

「この街を取り仕切っておるヤクザの一家じゃよ。全国的な組織暴力団曾根崎《そねざき》組に連なる一家とかで、大物政治家ともつながっているらしい。警察も及び腰なんじゃよ」

「道理でこの街へ来たとき、視線の険《けわ》しい人たちが多いなあとおもったのよ」

「彼らがこのまま黙ってくれればいいが、当分、身辺に注意して、夜間の一人歩きなどはせん方がええ」

「お爺ちゃん、取越し苦労よ。ここは西部の無法地帯じゃないのよ。若い女性が平気で一人歩きしてるじゃないの。大丈夫、季節はずれのクリスマスケーキなんか追いかけなくとも、魅力的な食べ物やお菓子が他にいくらでもあるわよ」

美雪は旗本の懸念《けねん》を笑い飛ばした。もともと楽天的な性格なのである。実際に心配しても、どうなるというものでもない。

だが旗本は、人前の格好《ポーズ》を重んずるヤクザが、白昼の市街で〝泡踊り〟を演じたぶざまを後日に含まなければよいがと念じた。


美雪は、恐怖にすくんだ視野の隅に一瞬映った残像が、いつまでも瞼の裏に刻みつけられていた。それは消火器を構えて、ヤクザグループにノズルから泡剤を放射した旗本老人の姿である。

老人とはおもえないような精悍《せいかん》な迫力に充ちており、全身から戦意が放射されていた。ヤクザたちは泡をかぶる前に、あのたぎり立つような戦意を放射されて怖《お》じ気《け》づいてしまったのかもしれない。

旗本は、化学消火器が作動しなかったら危ないところだったと述懐していたが、あの危機の最中、捨てられた消火筒を咄嗟《とっさ》の判断で武器に転用した知恵は尋常ではない。

美雪は、消火剤でヤクザたちを蹴散らした旗本老人に、一種の〝場馴《ばな》れ〟を感じ取ったのである。あの場馴れは老人の過去と無関係ではないだろう。

だが美雪が本当に恐怖を感じたのは、ヤクザに対してではない。あのときの老人の全身を包んでいた燃えるような戦意と、ヤクザに向けた憎しみであった。たまたま手にした武器が消火器であったのでヤクザは泡まみれになっただけですんだが、あれが銃器であったら、彼らは蜂《はち》の巣にされていたかもしれない。ヤクザに向けた殺意そのものといってよい憎悪は、どこからきているのか。

老人の憎悪は、美雪をカモにしようとしたヤクザグループに対して、あの場で急に発したものではない。もっと底の深い所からきている。それは旗本の心の深所を埋めたてている悲嘆から発しているものであろうか。

美雪をカサブタとして忘却のかなたに封じこめようとしたものが、原形を少しも変えることなく、むしろ、さらに増強された形でカサブタを突き破り立ち上がってきたのではないか。

美雪はそれが恐かった。全国組織暴力団に連なるヤクザを向こうにまわして、老人がカサブタの底に埋め込んだ古い怒りを解き放つのが恐い。しかも次には化学消火器が手元にあるという保証はないのである。

だが旗本は、そんな美雪の懸念をよそに、ヤクザにからまれたことを忘れたように、不用品の再生に余念がない。

このごろは自ら素材集めをせずとも、彼の才能が知れわたって、わざわざ彼の許《もと》に不用品を運んでくれるようになった。中には素材をもって来て再生を頼む虫のいい者もいる。

その後、案じていた黒門組もなんの動きも見せなかった。老人が構えた消火器の前で〝泡踊り〟を演じた醜態《しゆうたい》は仲間にも話せないのであろう。

拉致《らち》された灯《ともしび》

1

旗本と美雪が出会ってから一年が経《た》とうとしていた。早春の週末の夕方、旗本は勤めが終わった美雪と落ち合って、ファミリー・レストランで食事をした。週末の夕方は、街全体にどことなくホッとした雰囲気が漂い、人々の表情が華やいでいる。

レストランから外へ出ると、地平から天の上方にかけて小豆《あずき》色の残照が空をぼかしていた。春の夕暮れ独特の空の染色である。旗本は一年前の同じような夕方に美雪に出会ったことをおもいだした。しかし、いまはあのときのように孤独ではない。

自分には美雪がいるとおもうと幸福感が、全身に豊かに溢《あふ》れてくる。自分のこれからの人生に美雪さえいてくれたら、なにもいらないとおもった。

「赤看板」が、彼の再生品を店のオリジナル商品としたいと申し出てきたのを断わって、美雪に欲がないと呆れられたが、彼女がいるので、他の一切の欲が出ないのである。

街にはカップルや家族連れが多い。一人でいる者を探すのが難しい。いずれも幸せそうにしている。だが、どんな幸せそうな人たちを見ても、彼らを羨《うらや》ましいとはおもわなかった。美雪と一緒にいる自分が、だれよりも幸せだという自信がある。

「お爺ちゃん、楽しそうだわね」

美雪が旗本の顔をうかがった。

「当たり前じゃ。あんたと一緒だからのう」

「私もよ、楽しいわ」

美雪は旗本に甘えるように腕をからめた。

「なんとなくまだ家に帰りたくない気分じゃ」

「私も」

「どうじゃな。これから、いまはやりのカフェバーとやらに行ってみんかな」

「まあ、お爺ちゃんカフェバーを知っているの」

美雪が驚いた表情をしてみせた。

「馬鹿にしなさんな。ディスコでもエアロビクスでも、お望みとあれば連れて行ってやってもええ」

「やめたほうがいいわ。あとで腰が痛くなっても知らないわよ」

「ふん、年寄りの冷や水と言いたいところじゃろうが、これでも若いころ鍛《きた》え込んだ身体じゃ。若い者にはまだまだ負けんぞ」

「はいはい、よくわかっております」

美雪が言ったので、二人は声を合わせて笑った。

彼らがカフェバーを探して歩いていると、街角に人が群れていた。なにげなく覗いてみると、二人組のチンピラがサラリーマンとOL風の若いアベックにからんでいた。

つまり「ガンヅケ」したと因縁をつけているのである。サラリーマンは蒼白《そうはく》になりながらも、健《けな》げに恋人を背後に庇っている。

「おうおう、おれたちパンダじゃねえんだぜ。それともなにかい、おれっちの顔にマンガでも画《か》いてあるってのかよ」

細長い四十五度角のサングラスをかけ、パンチパーマをかけた、頬の尖ったチンピラが精いっぱい凄んでいる。

「けっ、決してそんなつもりで見たわけではありません」

若いサラリーマンの声が無惨に震えている。

「それじゃあ、どんなつもりだって言うんだよ。パンダでなければコアラを見る目だぜ」

白のジャンパーに白いズボンを穿《は》いたマリンカットのチンピラが、獲物をなぶるようなサディスティックな笑みを口辺に刻んだ。眉毛を細い吊り目に合わせて剃《そ》り込んであるのが、表情をいっそう凶悪に仕立て上げている。ズボンのポケットに突っ込んでいる両手が威嚇的《いかくてき》で無気味である。

何事かと立ち停まりかけた通行人も、関わり合いになるのを恐れて、慌てて離れた。二人の胸に黒門組の紋を象《かたど》ったバッジが、これ見よがしについている。ニッケルのバッジだが、黒門組の表象は絶大な効果がある。

「美雪さん、立ち停まってはいかん。そのまま行くんじゃ」

旗本が好奇心から立ち停まりかけた美雪をうながした。過日、ヤクザグループに沸騰《ふっとう》するような憎悪を向けた旗本は、アベックの難儀を「関係ないこと」として見過ごそうとしている。

旗本は言葉だけでは足りず、美雪の袖を引っ張って、急いでその場から離れた。いかにも凶暴そうなチンピラ二人に対して、老人がなにをできるわけでもないが、過日、チンピラではない本格的ヤクザグループに対して、本物の殺意を剝き出して対抗した旗本を知っている美雪には、意外な感じがした。だが同時に彼女は安心もした。

旗本の心の底に封じこめられている怒りは、正義感だけでは発火しないことを知ったのである。過日、旗本の怒りの燃焼は、美雪が引き金になった。つまり美雪は旗本の過去の傷を覆うそれだけ厚いカサブタになったのである。

2

「あのアベック、どうなったかしら」

しばらく行ってから美雪はつぶやいた。

「気になるかな」

旗本が美雪の顔色をうかがった。

「ええ少し。だってあの人たち消火器ももっていなかったもの」

「大丈夫じゃよ」

「どうしてわかるの」

「チンピラは金が欲しいだけじゃ。少し金をやれば示談《じだん》が成立する」

「なんだか交通事故みたい」

「あのアベックは、ちょっと運が悪かっただけじゃ。むしろ彼らが消火器をもっておったら、わずかな金をせびられるだけではすまんじゃろう」

「一一〇番しなくていいかしら」

「パトカーを呼んだりすると、かえってなにをするかわからん。チンピラは計算ができないだけに恐い。放っておきなさい」

「お爺ちゃん、この前と別人みたいだわ」

「美雪さん、人間は自分のできることの範囲があるんじゃ。範囲を越えて無理をしてはいかんよ」

「私のために消火器でヤクザを追いはらってくれたのは、お爺ちゃんの範囲だったの」

「あんたは範囲なんかじゃない。正当防衛じゃよ。あんたはわしにとって自分以上に、大切な人だからね」

「お爺ちゃん、一つ聞いていいかしら」

美雪はこの機会に、おもいきって一歩踏み込んだ。

「なんじゃな」

「お爺ちゃん、あのときヤクザを殺そうとおもったでしょ」

「殺さなければ、こっちが、つまりあんたと私が殺されるとおもった」

「本当にそれだけだった？」

「どういうことかな」

「お爺ちゃん、それ以外にヤクザを憎む理由があったみたい」

「ヤクザは社会の敵じゃ」

「でも、それだけでヤクザを殺そうとはおもわないわ」

「だから正当防衛と言ったじゃろう」

話が堂々めぐりをした。結局、旗本にはぐらかされた形となった。

「お爺ちゃん、約束してほしいことがあるの」

「なんだね」

「これからは決してヤクザを殺そうなんて気持ちになってほしくないの」

「そんな気持ちにならんよ。こちらが殺されてしまうわい」

旗本は苦笑した。

「それから正当防衛もしないで、逃げて」

「もちろんそうするさ。あのときは逃げられなかったのじゃ」

「私を置いても逃げて」

「そんなことはできんよ」

「約束してくれなければ、私もうお爺ちゃんの所へ来ないわ」

美雪は決意を眉宇《びう》に浮かべた。

「そんな恐ろしいことを言わんでくれ。おねがいじゃ、美雪さん」

旗本の声がうろたえた。

「約束してくれるまでは、だめよ」

「弱ったのう」

旗本は本当に当惑している。

「私たちも示談に持ち込めばよかったのよ。これからどんなことがあっても、ヤクザに決して抵抗しないって約束して」

あの場合、とうてい〝示談〟が成立する雰囲気ではなかった。だが、いまは美雪との約束が先決問題である。

「わかった。約束する」

「どんなことがあってもよ」

「あんたも危険な行動をしないと約束してもらいたい」

「私は大丈夫よ」

「夜の一人歩きはせんようにな」

「しないわよ。あら、約束してと言ってるのは私の方なのよ。まったく、ごまかすのうまいんだから」

「ごまかしてなんかおらんさ。わしのできる範囲で約束をする」

「それが、ごまかしているのよ」

会話が噛み合わないようでいて、心の深いところでしっくりと噛み合っている。どちらもたがいの身を案じて言い合っているのである。それがわかっているだけに安易に相手の言うなりに〝約束〟ができないのであった。

3

翌週の土曜日のことである。美雪は早番で午後五時に上がれる予定だったのが、交代の者が急病になって、午後八時の閉店まで通してしまった。遅番は、その日のレジ台の売り上げを計算しなければならないので、結局、店を退いたのは、九時近くになってしまった。

早番のときは、たいてい旗本の家に寄る慣《なら》わしになっているので気をもんでいるだろう。忙しさにまぎれて電話をかけ損なってしまった。シャイな旗本が店に電話をかけてくることはない。もしかすると店の外へ迎えに来ているかもしれない。

夜は冷えるので、老体にはよくない。

これまでにも何度かこんなことがあったので、遅くなっても心配しないようにと言ってあるのだが。

店員用の通用口から出ると、旗本が待っている気配はなかった。少しがっかりしながらも、年寄りを冷たい夜気の中に待たせておかなかったことを知ってホッとした。

店員の自転車置場から自分の自転車を引き出した。旗本の家に寄るようになってから買ったのである。朋輩《ほうばい》たちと別れて夜の道を自転車を走らせる。夜気は冷たかったが、一日中、勤め先に閉じ込められていた身体には爽快である。

自転車に乗っているだけで、夜の一人歩きの心細さを忘れた。自転車があたえる錯覚であるが、たしかに〝歩き〟ではない。地方都市は九時を過ぎると、深夜の趣《おもむ》きである。

美雪はペダルを漕《こ》ぐ足に力をこめた。


旗本良介は夕方になると落ち着かなくなる。美雪が勤めを終わって、彼のアパートに立ち寄るからである。彼女の勤務は二交代制で早番は九時から午後の五時、遅番は正午から午後八時までとなっている。特に忙しい時期は中番という臨時勤務があり、また人手が足りないときは早番から遅番まで通し勤務をすることがある。

早番のときは、店を退いてから、たいてい旗本のアパートに寄って夕食を共にする。彼女が素材を買って来て、手づくりの料理をつくってくれるのである。

遅番のときも来てもらいたいところだが、そこまでは言えなかった。美雪にしてみれば、夜遅い訪問を老人の身をおもんぱかって遠慮したのであるが、旗本の方では彼女の身体を毎日拘束するのを恐れてがまんした。

美雪とさし向かいで、彼女の心をこめた手づくりの料理を食べていると、いったん没した日が再び昇って来たかのような幸福感に包まれる。

かつて旗本にも幸せな家庭があり、家族との団欒《だんらん》があった。それを一夜にして掠《むし》り取られてしまった。後に老残の彼一人が取り残された。それは文字どおりの老残であった。それが美雪によってよみがえったのである。荒涼たる枯れ野に撩乱《りょうらん》と花が咲いた心地であった。

美雪が間もなく立ち寄るとおもうと、心がうわずり、腰が落ち着かなくなる。時計をにらんでばかりいる。

早番のときは、六時ごろには旗本のアパートへ来る。だが今日は少し遅いようである。もしかすると、店が忙しくて上がるのが遅れているのかもしれない。電話をしてみたいが、忙しくレジを叩いている最中に電話をかける迷惑をおもうと、電話機にのばしかけた手が停まってしまう。

とうとう九時を過ぎた。これは〝通し〟の勤務になったのだろう。きっと忙しくて勤務の変更を連絡する間もないのだろう。迎えに行きたかったが、夜遅く外出すると、美雪は夜気は老人によくないと言って怒る。

十時過ぎてもなんの連絡もないので、美雪の部屋に電話してみたが応答はない。旗本は、遂に辛抱できなくなって勤め先に問い合わせてみた。ところが閉店後、午後九時少し過ぎに帰ったという返事である。

店から旗本のアパートまで自転車で精々十五分もあれば来られる。旗本の胸の中で不安が脹《ふく》れ上がった。きっと途中でなにか不測の事故が起きたにちがいない。交通事故か、痴漢にからまれたか、とにかく連絡したくてもできない状態に陥っているにちがいない。そうでなければ退店後小一時間経過するのに、なんにも言ってこないということは考えられない。

警察に電話して交通事故やその他の事故、事件の発生の有無について尋ねた。だが該当するような事件の発生はなかった。

旗本は居ても立ってもいられなくなった。美雪に怒られるのを覚悟で迎えに行くことにした。

戸外に出たとき、旗本は美雪の救いを求める遠い声を聞いたようにおもった。

4

美雪は勤め先から旗本のアパートまで大通りの歩道を伝って自転車で来る。この時間になると、人影はなく、通行車も疎《まば》らである。

勤め先と旗本のアパートの中間にあたるビル街へ来たとき、旗本は歩道に倒れている物体を認めた。昼間はビル街に出入りする人たちでけっこう賑わう地域であるが、夜間になると、ほとんど無人になってしまう。

近づくほどにその物体が自転車であることがわかった。はっと胸を衝《つ》かれて自転車のかたわらに走り寄った。遠くの街灯から来る淡い光で確かめると、それは美雪が使用しているミニサイクルである。

旗本への土産のつもりであろう、前部バスケットから食物や料理の素材を入れたスーパーの袋が半分地上へ投げ出されている。だが周囲に美雪の姿は見えない。名前を呼んでも走り去る車の気配と、遠方の風の音が返ってくるだけである。

道路の両側はかたくシャッターを下ろしたビルが立ち並んでいるだけで、女性を引っ張り込むような空地や公園などは見当たらない。

いまや彼女の身になにか起きたことは明白である。旗本は近くの公衆電話から一一〇番した。まもなくパトカーが駆けつけて来たが、警官は事態をそれほど深刻に受け取っていないようである。

「自転車が横倒しになっていて、バスケットの中の物が地上に打《ぶ》ち撒《ま》けられているのに、その主の姿が見えんのじゃよ。なにか異変があったに決まっとるじゃないか」

旗本が抗議しても、警官は悠々たるもので、

「自転車をスタンドに立てかけて、ちょっとその辺に寄っているのかもしれないよ。その間に自転車が倒れたんだよ。お爺ちゃん、それほど心配することはないよ」

と真剣に取り合わない。

「自転車の主は若いきれいな女子《おなご》なんじゃ。痴漢に誘拐されたのかもしれん。早く手を打

たんと、手遅れになる」

　旗本が焦《あせ》るほどに、

「若い女なら、なおさらプライバシーというものがあるよ。あんまり爺さん、若い女に干渉しすぎると嫌われるよ」

「干渉なんかしておらん。今夜来る予定になっておる彼女が、勤め先を出て一時間以上も経っているのに、なんの連絡もなく、自転車が倒れておるんじゃ。絶対になにか起きたに決まっておる」

「まあ爺さん、そう興奮しなさんな。まだ一時間しか経過していないんだろう。そんなに心配することもないよ。一応本署に報告しておくから、なにかあったら連絡するよ。風邪ひかないように家に帰って待ってなさい」

　警官は揶揄《やゆ》するように言った。パトカーは形式的に旗本の訴えを聞いただけで引き揚げていった。

　その間にも美雪の身が救い難い危地に引きずり込まれていくようである。その気配を全身に感じ取りながら、旗本は具体的な手をなに一つ打てないもどかしさに身を引き裂かれるようなおもいがした。

美雪はそのまま消息を絶った。その夜、旗本のアパートに姿を見せず、住所にも帰って来なかった。旗本はまんじりともせず夜を明かした。

美雪の勤務時間は開店時間の午前九時からである。だが開店時間になっても彼女は出勤して来なかった。なんの連絡もない。これまで彼女がこんな無責任な無断欠勤をしたことはないという。

これでパトカー警官が言ったような「プライベートな場所」に立ち寄ったのではないことがわかった。彼女が旗本にも知らせていないプライバシーの中に一夜姿を隠したとしても、翌朝の勤務時間には必ず出勤してくるはずである。

午前中はまだ遅刻して来るという可能性が残っていたが、午後になってその希望も絶たれた。

5

このときになって旗本は美雪の身の上をまったく知らないことに気づいた。知り合ってからたがいに年齢を越えた友情を深めてきたが、身の上話はしなかった。過去の詮索《せんさく》はたがいに避けていた。

初めて出会ったとき、美雪はこの街のおじおばの家に養女に来たと言ったが、後に失恋して、知人のいないこの街へ過去を清算するために来たのだと言い訂《なお》した。彼女の触れられたくない過去をそっとしておこうとする配慮が、このような場合に裏目に出た。

予感がまったくないことはなかった。美雪のような魅力的な若い女が、本気で自分のような老いぼれの友達になるはずはない。失恋の傷をまぎらすための気まぐれにすぎない。傷がなおれば、いや、なおらなくとも、もっとよい手当てが見つかれば、即座に離れて行ってしまうだろうとおもっていた。

それでもよい。束の間の夢であっても、見ないよりはましである。だが夢の本体の彼女がいなくなってみると、夢と呼ぶにはおもいでがあまりにも具体的であった。

美雪が自分になにも言わずに、仕事も放り出して無責任に蒸発するはずがない。

勤め先に提出した履歴書から彼女の本籍地がわかった。そちらに彼女の長兄が住んでいた。長兄に問い合わせたが、帰っていなかった。勤め先関係の知人や行きつけの店や立ち回りそうな先はすべて当たってみた。だが、それらのどこにも行っていない。勤め先でも心配して八方手を尽くして探してくれたが、消息はつかめなかった。

美雪の消息は、土曜日の午後九時過ぎ、通勤ルートの路上に自転車を放置したまま、忽《こつ》然《ぜん》と絶えてしまったのである。

旗本は警察に捜索願いを出した。届け出は受けつけられたが、すぐにはコンピューターに登録されない。失踪後三日〜一週間以内に消息の明らかになる者が五割以上いるためだそうである。だが旗本には美雪が二度と彼の許に帰って来ないことが、本能的にわかっていた。わかっているから、彼女の帰来を祈らずにはいられないのである。

たった一人の殴り込み

1

美雪はとうとう帰って来なかった。警察も一応捜索の構えを見せてくれて、彼女の住居を調べた。

失踪後の居所の状況や〝遺品〟などから、行き先がわかる場合がある。また失踪前後の状況を総合して単なる失踪か、犯罪被害（殺人、誘拐等）容疑のある所在不明か判断する。その場合にも失踪後の住居の状況が判定の重要なカギになる。

降矢美雪は旗本のアパートから自転車で十分ほどの市内のレンタル・マンションに住んでいた。

こぢんまりしたマンションの2DKの中は、若い女の住居らしく小ぎれいに整頓されていたが、朝食に用いられた食器は流しの洗い桶《おけ》に浸《ひた》され、洗濯物がベランダに干されたままでであるところなどから、計画的な家出でないことがわかる。

整理簞笥《だんす》の中には、三万円前後の現金、残高数百万の預金通帳と印鑑、多少の宝石やアクセサリー類、ワードローブには外出着が数着残されている。部屋の様子は、一見してその主が帰って来るつもりであることを物語っている。男のにおいはまったくない。残された所持品、特に手紙、メモ、写真類などにも、特定の異性関係を示すものは認められなかった。またこの街「以前」の生活史を暗示するものは、整理されたらしく、まったくない。

唯一の〝異性関係〟らしきものは、捜索願いを出してきた旗本老人だけである。

だが警察はまだ楽観的であった。「昔の男」が突然訪ねて来たので、二人で一緒にどこかへ行ったのかもしれないと言うのである。

「深夜の路上に自転車を放置したまま、金ももたずに、仕事を放り出し、当然身に着けるべきものも着けずに、いったいどこへ行くというのか」

と旗本は抗議したが、

「金は男がもっていただろう。降矢美雪のこの街以前の生活史はまったくわかっていない。失恋したということだが、相手がだれで、どんな経緯で失恋したのかもわからない。失恋というからには彼女は男に振られて、相手に未練を残していたかもしれない。未練を十分に残している男が、突然目の前に現われて甘い言葉を連ねて口説けば、なにもかも捨てて、男と一緒に行ってしまう可能性は十分にある」

と反駁《はんばく》された。

「彼女はそんな無責任な女性ではない」

と旗本は言い張ったが、

「それはあなたの個人的心証にすぎない。失恋して〝なにもかも捨てて〟この街に来たということだが、以前生活していた場所からも、今回のように蒸発したかもしれないじゃないか」

と旗本の主張を封じこめた。だが、美雪の「この街以前」の生活史はまったく調査していない。彼女の失踪の原因に関して犯罪を疑っていないのであるから、経歴を調べるということをしていない。

だが旗本も美雪の失踪が、以前の生活史に由来していないことを感じとっている。彼女は、この街へ来てからの生活関係の中で失踪したのである。それも自分の意志から失踪したのではない。何者かに強制的に連れ去られたのだ。

美雪を連れ去った〝何者〟はだれか。旗本は思惑の中に浮かんだ不吉な想像に身慄《みぶる》いした。これまでそんな気がしないではなかった。だが無理に意識を逸《そ》らしていた。

まさかとおもって否定していたが、この街で美雪に目を着け、強制的に拉致《らち》して何日も帰さないような人間といえば、おのずから限定されてくる。

「黒門組だ」

旗本はうめいた。そうだ、黒門組以外には考えられない。思惑は旗本の胸の裡《うち》で急成長して固定した。

黒門組が、美雪にからみ、旗本に〝泡踊り〟させられたことを根にもち、報復してきたのだ。単なる報復ではない。美雪に目を着け、牙《きば》にかけるべく、虎視眈々《こしたんたん》と狙っていたにちがいない。

黒門組が相手となると、警察に訴えても埒《らち》があかない。この街の警察は黒門組に完全に飼い馴らされている。黒門組幹部の結婚式に警察署長や市長が出席して祝辞を述べているような土地柄なのである。しかもそれをジャーナリズムが一度も批判しない。

社会主義国のマスコミが、為政者の形容詞に「偉大なる」をつけるような、黒門組のチョウチン記事ばかりを書いているのがこの街のジャーナリズムなのである。

そうだ。警察も犯人を黒門組と薄々察しをつけていたから、捜索にあまり乗り気ではなかったのだ。目を着けた女を強制的に拉致して、組員がよってたかって嬲《なぶ》りものにした後、ソープランドにでも売り飛ばしてしまう。それはまだラッキーなほうで、反抗的な女性は麻薬を射たれて、骨までボロボロにされてしまう。

現代の日本では信じられないようなことが、この街ではなんの不思議もなく起きるのである。獲物はまず人目をひきつける美人であり、係累《けいるい》がいないこと、そして最近よその土地からこの街へ移転して来た者が望ましい。

美雪はこの三つの要素をすべて充たしている。なぜもっと早く気がつかなかったのか。黒門組にからまれた時点で身辺を警戒していれば、防げたかもしれない。

いやこの街にいるかぎり、黒門組からいったん目を着けられたら逃げられない。あの時点でこの街から出て行くべきであった。

だが、いまさらそんな後悔をしても、どうしようもない。こうして時間を失っている間にも、美雪は黒門組の狼どもによって貪《むさぼ》られているだろう。

旗本は歯ぎしりをした。もう少し若ければ黒門組相手に一戦交えるだけの血の気があったかもしれないが、このように老いさらばえた身体では、ゴマメの歯ぎしりにもならない。

しかし、美雪が彼らの餌食《えじき》になっているというのに、このまま黙過していてよいのか。ともかく旗本は警察に行って、黒門組の仕業にちがいないと訴えた。だが、あらかじめ予想したように、そんな証拠はどこにもないと相手にされなかった。

2

土曜日、退店した美雪は、旗本のアパートへ向かって自転車のペダルを漕《こ》いでいた。旗本が心配しているとおもうと、ペダルを漕ぐ足が早くなる。

——反対方向から二人のマラソンマンが連れ立って走って来た。すれちがおうとした瞬間、マラソンマンが自転車ごと、美雪にタックルをかけた。加速度をつけたまま、自転車が倒れ、美雪は路面に放り出された。頭と腰を強く打って、しばらく起き上がれない。突然のことで、マラソンマンに抗議の声も出せない。頭が痺《しび》れたようになっていて、なにが起きたのかよくわからないのである。

茫然としていると、美雪の身体は強い力で引き起こされた。目の前にいつの間に来たのか、黒塗りの乗用車が後部ドアを開いて停まっている。その中にうむも言わせず引きずり込まれた。

美雪の身体をのみ込むと、ドアが閉じられ、車は滑るように動きだした。後部シートに、美雪をピタリとサンドイッチにして、二人のマラソンマンが座った。

「あなたたち、だれですか。どうしてこんなことをするの」

美雪が抗議の言葉を口にしたのは、車がだいぶ走ってからである。打った身体の部位がずきずき痛んでいる。痛みとともに、これまでまぎれていた恐怖がよみがえった。

もしかすると、これが過日の〝泡踊り〟の報復かもしれない。

「あなたたち、黒門組では……」

あげかけた悲鳴がスイッチをひねるように消された。マラソンマンの一人が、美雪の口をガムテープで閉塞《へいそく》したからである。それを合図にしたように車はぐんと加速した。

　車がどこを走っているのかまったく見当がつかない。目隠しをしないところを見ると、行き先を敢《あ》えて隠そうとしていないようである。

　その意味を考えて、美雪は背筋が冷たくなった。行き先を隠さないということは、美雪を帰さないということではないのか。ヒッと悲鳴を出しかけたが、声はガムテープに封じこめられている。

　車窓の灯が疎《まば》らになっている。車は市街の外へ出た様子である。この街へ来て一年余になるが、住居と勤め先と旗本老人のアパートの三カ所を回っているだけで地理に暗い。

　間もなく車は広い屋敷の庭の中に滑り込んだ。鉄格子の門が開けられ、タイヤが玉砂利《たまじゃり》を噛んだ。

「出ろ」

　美雪はシートから引きずり出された。高台にあるらしく、遠方に街の灯が見える。庭樹に囲まれた闇の中に城のような建物がひときわ濃い影をつくっている。

「こっちへ来るんだ」

　美雪は両側から腕を取られて引き立てられた。屋内に入り長い廊下を歩かされる。

　背中を押されて入れられた部屋は、広い洋風の居間であった。天井からペンダント型のシャンデリアが吊り下がり、黒檀《こくたん》のテーブルを囲んで豪勢な皮張りのソファが計算された位置におかれている。

床には厚い絨毯《じゅうたん》が敷きつめられ、さらにその上に巨大な虎の毛皮が手足を広げていた。大理石の擬似暖炉《マントルピース》の上に大きな皿や古い壺《つぼ》がこれ見よがしに飾られ、壁には名のある画家の作品らしい画《え》が数点かけてある。

金をベタ張りしたような部屋であるが、豪勢さよりは、成金の金ピカ趣味が目立つ。

ソファに三人の男がゆったりと腰を下ろしていた。美雪を引き立てて来た男たちのかしこまっている様子から、三人がかなりの大物であることがわかる。擬似暖炉を背にした最も上席の男は、すだれ状に撫でつけた髪の下に肉づきのよい顔がつやつやと光っている。薄い眉毛の下の目は小さいが、その光は尋常ではない。全身の豊かな肉づきは贅沢《ぜいたく》と美食を積み重ねて肥満に近い。これが最も年輩でもあるようである。

二番目は骨張った正方形の顔形で下顎が張っている。筋骨型の体格は頑丈そうである。三番目が、一番若く、三十代後半から四十前後、狭い額《ひたい》に鋭い目つきで頬が尖っている。スリムな体型だが、全身が凶器のような凶悪な気配を孕《はら》んでいる。

三人の目が美雪を品定めしている。彼らの前に出たマラソンマンに扮した子分が借りてきた猫のようにかしこまっている。

「連れてまいりました」

マラソンマンの一人が恭《うやうや》しく復命したのに対して、頰の尖った最も若いのが鷹揚《おうよう》にう

なずいて、

「ご苦労。だれかに見られるようなヘマはしなかったろうな」

と押し殺したドスのきいた声で言った。

「大丈夫です。だれも見ていた者はありません」

「そうか。もっとも見ていた者がいたところで、おれたちの仕事と気がつく者はあるまい」

頬の尖った男は、背筋が冷えるような笑い方をした。

「なるほど、なかなかの美形らしいな。ガムテープを除《と》ってみろ」

四角な顔の男が顎をしゃくった。もう一人のマラソンマンが美雪の口からガムテープを引き剝《は》がした。皮膚を剝がされるような痛みにうめき声をあげかけたのを怺《こら》えて美雪は、

「あなた方はだれですか。こんなことをして許されるとおもっているのですか」

と詰《なじ》った。

「もちろん許されるとおもっているさ。そうでなければ、こんな夜分にレディを招待なんかしない」

頬の尖った男が、うっそりと笑った。

「あなた方はだれですか。たとえ黒門組でも女性を誘拐したら、ただではすまないわよ」

男から吹きつけるように迫って来る凶悪な気配に必死に耐えて、美雪は詰った。

「とんでもない。レディを誘拐などしないよ。これはご招待だよ」

四角顔の男が言った。

「私、そんな招待受けたおぼえはありません。すぐ帰らせてください」

「まあ、せっかくいらっしゃったのだ。そんなに慌てて帰ることはないよ」

四角顔が、ゆったりと余裕をもって応じた。

「すぐ帰してくだされば、なにもなかったことにするわ。さもなければ誘拐で訴えるから」

「こっちが下手《したて》に出ていればつけ上がりやがって。でけえ口を叩くんじゃねえ。ここにいらっしゃるお方をどなたとおもってるんだ」

頬尖り男が、目をきらりと光らせた。

「まあまあ、魚はイキのよいほうが味もよい」

肉づきのよいすだれ満月男が鷹揚に笑った。その笑いの底から好色が覗いている。女の体に卑《いや》しく馴れている自信がある。

「まさにお説のとおりですな。客人のために、イキのいい間に召し上がりやすいように調理せんかい」

四角顔がマラソンマンに顎をしゃくった。マラソンマンが両脇から美雪の腕を取った。

3

旗本良介は、警察に救いを求めても埒《らち》があかないのを悟った。そんなことは最初からわかっていたが、わらにもすがりたい心理であった。警察が、わらとは情けないが、それがこの街の実態である。

警察が動いてくれなければ、どこにも頼って行く先はない。

だが手を束《つか》ねているわけにはいかなかった。旗本は美雪が消息を絶ってから五日目に、黒門組の事務所へ出かけて行った。黒門組の事務所は市内随一の繁華街駕籠《かご》町の中心部に占位した十階建てのビルにある。ここに黒門組傘下《さんか》の企業や事務所が集まっており、黒門組の総本山となっている。

黒門組の一字をもじり、そのビルの壁面が真っ黒に塗られているところから、「黒ビル」と呼ばれている。殴り込みに備えて、出入口は狭く、その前に二重のコンクリートのブロックが築かれている。これはトラックなどで突っ込んで来るのを防ぐためである。

一階正面入口には監視テレビが備えつけてあり、一階事務所には命知らずの若いものが常に数名、トグロを巻いている。

監視テレビが不穏な気配をキャッチすれば、強力な爆発にも耐えられるように特別設計された二重シャッターが下りる。

だが黒門組の威勢はこの街だけでなく、近隣にも及んでいる。全国組織暴力団もこの街だけは避けて通るほどの威勢なのである。それというのも、黒門組が単なる暴力団ではなく、大物政治家とも結んで、その庇護《ひご》の下にある〝政治ヤクザ〟であったからである。

巨額の政治献金の見返《ペイバック》りとして、傘下の一見《いっけん》合法の看板を掲げたグループ企業に数々の利権と特例措置《そち》をもらう。政治と暴力がギブ・アンド・テイクの共存共栄関係を結んでいるのである。

政治家の保護の下にある暴力団は、まさに「鬼に金棒」である。反社会的団体が時の権力者から合法のお墨付きをもらったのであるから、政治家に頭が上がらない警察幹部が、黒門組に及び腰になるのは当然の成り行きである。こうして反目するよりは〝協調〟した。黒門組からみれば、警察を〝調教〟したのである。

そんな、黒門組に敵対する同業があるはずはない。したがって、せっかくの黒門組の何重もの防護装置も実戦に役立ったことはない。

市の目抜き通りの中心部を占めて、ぬっと突っ立っている全身黒ずくめのビル。それ自体が不吉な城砦《じょうさい》のような不穏な気配を孕《はら》んでいるビルが、暴力団の私市のようなこの街の性格を象徴しているようである。事実黒ビルはこの街を支配する城であり、ひときわ高く擢《ぬき》んでている黒い屋上に乗った機械室の塔屋《とうおく》は、天守閣《てんしゅかく》であった。

旗本は、この黒ビルの正面出入口から入って行った。彼の姿は出入口前のバリケードで監視テレビにとらえられていたが、足元もおぼつかなそうな老人に組員はまったく警戒しなかった。多年の「天下太平」に馴れて、組員もすっかりたるんでいるのである。

「爺さん、入る所をまちがえたんじゃねえのか。ここは老人ホームじゃねえよ」

ひょこひょこと入って来た旗本に、玄関番をしていた三下《さんした》組員が言った。

「責任者に会いたい」

旗本はステッキを突いて上体をそらせた。玄関を入った所がちょっとした事務所風になっており、そこに数人の若い三下がテレビを見たり、将棋をさしたりしながら屯《たむろ》している。

監視テレビをにらんでいる者など一人もいない。黒門組の本拠に殴り込みをかける無謀な者などあり得ないと安心しきっているのである。

「責任者だって？」

三下が、あんぐりと口を開けた。

「組長さんか代貸《だいが》しクラスを出しなさい」

「爺さん、あんた寝ぼけてんのとちがうか。ここは黒門組の事務所だよ」

テレビや将棋をやめて、視線が旗本に集まってきた。

「寝ぼけてもボケてもおらん。責任者を出しなさい。あんたらじゃ話にならんのじゃ」

「爺い、老いぼれだとおもって下手《したて》に出ていればつけ上がりやがって、その曲がりかけた腰っ骨を折られないうちに、さっさと帰んな」

最初に応対した若いのが、凄んだ。だが市民ならこの程度で慄《ふる》え上がるのが、この老人には通用しない。

「ほう、黒門組は用のある人間を上に通さないのかね。玄関番の判断でどんな大事な用件をかかえて来たかわからない訪問者を勝手に追い返して、後で怒られても知らんぞ」

旗本老人の雰囲気と口調には威厳《いげん》があった。

黒門組の本拠に一人で堂々と乗り込んで来て、命知らずの若い者に囲まれてもびくともしない。その度胸は尋常ではない。三下は老人の迫力に圧倒された。もしかすると老人は大変な大物かもしれない。

三下たちは顔を見合わせて、一応奥に取り次いでみようということになった。玄関番から取り次がれて兄哥《あにい》分が出て来た。銀鎖つきのサングラスをかけ縦のストライプの入ったスーツを着ている。見たような顔であった。

旗本はおもいだした。美雪と一緒に素材を物色していたときからんできたグループのリーダーであり、旗本に泡踊りをさせられた一人である。

「なにか用かね、爺さん」

銀鎖が問うた。相手はまだ旗本をおもいださない様子である。

「降矢美雪さんを返してくれ」

「ふるやみゆき？」

「あんたらが誘拐した娘じゃよ。数日前の夜、勤め先のスーパーから自転車で帰る途中、あんたらがさらったんじゃ」

「なんだと」

銀鎖の表情が、おもわず反応を浮かべた。

「その顔は心当たりがあるようじゃな。さあ美雪さんを返してもらおう。いまのうちに返してくれれば、表沙汰にせんでもええ」

「爺い、ボケたのでなければ気が狂ったな」

銀鎖が咄嗟《とっさ》に見せてしまった反応を隠すと、薄く笑った。削《そ》いだような細面の上唇が少しまくれており、見るからに酷薄なマスクである。

「おまえらの仕業ということはわかっておるんじゃ。警察沙汰になる前に美雪さんを返せ」

旗本はテコでも動かない構えをみせた。

「爺い」

銀鎖はうめいた。笑いが消えて、耳の下の頰骨のあたりがピクピクと震えている。

「そうか、おもいだしたぞ。てめえ、いつぞや消火器を吹きかけた爺いだな」

銀鎖は、ようやくおもいだしたらしい。

「そうじゃ、あのとき一緒にいた娘《こ》が美雪じゃ。あんたらあのことを根にもって、あの子をかどわかしたんじゃろう」

「そういうことだったのか。老いぼれ爺いが一人で黒門組に殴り込みをかけてくるたあ、いい度胸だぜ。証拠もなく、黒門組にそんな言いがかりをつけたからには、無事に帰れるとはおもっちゃいねえだろうな」

銀鎖は泡踊りの屈辱と怨みをおもいだして、本物の殺気を吹きつけてきた。

「無事に帰ろうとおもったら最初から来んよ。わしはどうなってもええ。美雪さんを返してくれ」

「うるせえ、そんな女は知らねえ。野郎ども、この爺いを骨の二、三本も折って放り出してしまえ」

銀鎖が命じた。三下が立ち上がって取り巻いた。相手が老人一人なので、しかけるのをややためらっている。

「なにをぐずぐずしてやがる。こんなくそ爺いにうろうろされていたら目の妨げだ。早いところ片づけろ」

銀鎖に叱咤《しった》されて、三下の一人が旗本の腕をつかもうとした。一拍早く旗本の手にした籐製《とうせい》のステッキが三下の小手《こて》にうなりをたてて振り下ろされた。昔剣道でもやっていたのか、型を見せられたような打ち込みである。

三下は、悲鳴をあげてうずくまった。

「爺い、歯向かう気か」

老人の意外な手練を見せられて、三下たちは色めき立った。

「爺い、ふざけやがって」

左右から同時に飛びかかった二人が、肩と脇腹を打たれて悲鳴をあげた。

「老いぼれ一人になにを手間どってやがるんだ」

と銀鎖に叱咤されても、一本の杖に阻まれて下手《へた》に身動きできない。

「なにをがたがたやってやがる」

奥から騒ぎを聞きつけて何人か顔を出した。

「殴り込みだ」

「殴り込み？　この爺いがか」

奥から出て来た新顔が、きょとんとした。

「おい、ふざけてんのかよ」

新顔たちは本気にしない。他の組織暴力団も避けて通るといわれるほどの黒門組の本拠に、老人一人が殴り込みをかけて来たといわれても、にわかに信じられないのである。

「ふざけてなんかいない」

銀鎖は形相《ぎょうそう》を変えてどなった。彼の形相と床にうずくまってうめいている三下たちを見て奥から来た兄哥連も、ようやく事態を悟った。

「こいつはタマげたぜ」

「てめえら、それでも黒門組のサカズキをおろされてるのか」

「老人ホームに黒門組がナメられたら、極道も終わりだね」

兄哥連は口々に発破《はっぱ》をかけたが、自分が率先《そっせん》して手を出そうとはしない。しばらくの天下太平に馴れて、老人の実戦に鍛《きた》えられたような〝杖技《じょうぎ》〟の前に圧倒されたのである。

残った三下が及び腰で再び旗本に迫ったが、うなりをたてて旋回するステッキに慌てて退いた。三下の一人が木刀を持ち出してきて旗本に対向した。だが、たちまち旗本のステッキによって木刀を叩き落とされた。しばらくは腕が痺れて使いものにならない。このまいけば、たった一人の老人に黒門組の事務所が蹂躙《じゅうりん》されるかに見えたとき、旗本がうっとうめいて、床の上にうずくまった。

黒門組の荒くれ男どもを相手に杖を振るっている間に腰に疼痛《とうつう》が走ってよろめいた。床にうずくまると再び立ち上がれなくなった。

老人には無理な姿勢と力をつづけていたために、ぎっくり腰になったらしい。無理に立ち上がろうとすると、全身が分解するような激痛が走る。

「爺い、どうした」

黒門組の連中がまだ旗本の身体に起きた異変を理解できず、恐る恐る取り巻いた。だがその環を縮めても、旗本はあえいでいるばかりで反応できない。

「爺い、息が切れたか」

「油断するなよ。ただの爺いじゃねえぞ」

黒門組は身構えたまま、だれもすぐにはしかけて来ない。旗本のステッキに打ちすえられた者は、まだダメージから回復していないのである。

「押し包んでいっぺんにかかれ」

銀鎖が適切な指示をした。だが旗本はすでに力尽きていた。

黒門組は一二三と声をかけて一斉に飛びかかった。旗本の手からステッキが捥《も》ぎ取られ、老人は無抵抗のまま黒門組の網にからめ取られていた。

年寄り一人に叩きのめされた怒りと黒門組の面に泥を塗られた報復が、抵抗力を失った旗本に集中した。殴る、蹴る、動かなくなった老人の顔を靴で踏みにじる。口中から血とともに飛び出した入れ歯が叩きつぶされた。

文字どおりの袋叩きである。旗本の体は床の上にのびて動かなくなった。

「よし、その辺でいいだろう。くたばると厄介だ」

銀鎖が制止しなければ、暴行はまだつづいただろう。

「放り出せ」

銀鎖が命じて、三下が数人旗本をかつぎ上げて表へ運び出した。歩道の一角に放り出す。

「命がたすかっただけ有難いとおもえ。二度と黒門組に因縁つけようなんて気をおこすんじゃねえぞ」

と捨てぜりふを投げつけて去って行った。間もなく旗本は通行人が呼んでくれた救急車によって、もよりの病院へ運ばれた。

4

外見はひどい状態になっていたが、幸いにも深刻な怪我はしていなかった。黒門組も相手が老人とあって多少の手かげんをしたのか、それとも運がよかったのかもしれない。だが、ぎっくり腰と、全身の打撲で数日間はベッドの上で身動きならなかった。警察が形式的に調べに来たが、旗本の訴えに対して、

「黒門組では自分の方が被害者だと言っているよ」

と歯切れの悪い口調で言った。

「黒門組が被害者じゃと。あんた、目がどうかしておるのではないか。袋叩きにあって、全身痣《あざ》だらけになっておるのが見えんのか」

「爺さんがいきなり殴り込みをかけて来たので、やむを得ず自衛上対抗したと言っているよ。正当防衛だと主張している」

「悪名高い黒門組がこの老人一人に殴り込みをかけられたと言うのかね。笑わせちゃいかん」

「しかし先方には現に怪我をした者が五人もいるんだ。骨の折れた者もいるよ」

取り調べに来た警官自身も、黒門組の怪我人がこの老人の殴り込みによる被害者とは、信じられない様子である。

「黒門組が誘拐した娘を取り返しに行ったのじゃよ。彼女は黒門組に監禁されておるにちがいないのじゃ。捜索願いを出してある降矢美雪という娘じゃ。早く探し出さないと取り返しのつかないことになるかもしれん」

「黒門組が誘拐したという証拠でもあるのかね」

「黒門組の仕業にきまっとる。わしがあの子を返せと言ったら、顔色を変えおった」

「それでは証拠にならないよ」

「この街に黒門組以外にそんなことをする者がいるとおもっとるのか。証拠だのとほざいている間に、あの子はボロボロにされて、殺されてしまうかもしれんのじゃ。こうしている間にも手遅れになるかもしれん」

「爺さんの心証だけで、黒門組を調べるわけにはいかんのだよ。命がたすかっただけでもラッキーだったんだ。黒門組が本気になったら、こんなことではすまんよ」

「ふん、こんなことですまんかったとき、あんたらは黒門組を捜索してくれるのかね」

旗本に冷笑されて、捜査官は言葉に詰まった。

悪魔の即売

1

数日して旗本はようやくベッドから起き上がれるようになった。だがまだ身体のあちこちが痛んでおもうように動けない。年を取ってからのダメージはなかなか回復しないのである。

もう少し入院しているようにという医者の勧告を振り切って、旗本は退院してきた。美雪が消息を絶ってからもう八日経過する。

旗本は黒門組に〝殴り込み〟をかけて心証を得ていた。美雪を誘拐した犯人は彼らにちがいない。美雪は、黒ビルの中か、あるいは黒門組の総長、黒井照造《くろいてるぞう》の自宅に閉じ込められているのだろう。

黒井の自宅は市域の高級住宅街の長者《ちょうじゃ》ヶ丘《おか》にある。その名のとおり市の東南の高台に、この街の有力者や富有な者の家が集まっている。

街の主だった者は、黒井のイキのかかった者で占められているので、長者ヶ丘の住人はすべて黒門組の身内かその関係者で占められている。

一般市民は恐ろしがって、長者ヶ丘へ近づけもしない。

「美雪さん、このわしをおいてどこへ行ってしもうたんじゃ」

旗本はただ一人の部屋へ帰って来て問いかけたが、もちろん答えてくれる者はいない。

彼女に恋人がいるかと問うたとき、もう独りの地獄には耐えられないと言ったものであるが、再び独りの地獄が始まったのである。このごろは美雪の救いを求める声も聞こえなくなってきている。すでに救いを求める必要のない状態に陥っているのであろうか。

無理に退院して帰ってきたものの、なにをする気力も起きない。廃物の再生をする気にもなれない。

2

数日後、旗本は美雪と初めて出会ったショッピング・プラーザへ出かけて行った。相変わらず大勢の買い物客や通行人が行き交っている。

彼は一年前に腰を下ろしたベンチに座って通行人に放散した視線を向けた。細面の髪の長い女性が通りかかった。美雪でないことはわかっていたが、「美雪」と無意識の中に声をかけていた。

女が振り向いて怪訝《けげん》な目を向けた。旗本は通行人の若い女に「美雪」のおもかげを追いながら、そのかなたにかつての彼の家庭の幻影を見ていた。

それはささやかな幸せに満ちた家庭であった。旗本の娘みゆきと夫と一粒種《ひとつぶだね》のちぐさとの親子三代四人が寄り添って生きていた。

みゆきの夫は市役所に勤めており、旗本の軍人恩給や厚生年金とともに豊かではないまでも、まずは不自由のない生活をしていた。

家の中はちぐさの成長をめぐって幸せな笑い声が溢れており、家族は和気藹々《わきあいあい》としていた。街は暴力団が支配していたが、彼らに実害は及ばなかった。危険な気配には近寄らなければ、被害はない。また黒門組も街の片隅にひっそりと生きている旗本家などは眼中になかった。

それが三年前のある日に突然の不幸が旗本の一家を襲った。不幸は家の内部からではなく、外部から巧妙な隠れみのをまとって家の中へ入って来た。それが悪魔と悟ったときは遅きに失した。

高価な景品をくれるという甘言《かんげん》に乗せられてみゆきは、ショッピング・プラーザからマイクロバスに乗せられた。連れて行かれた先は市内のあるマンションであった。そこでさらに数名ずつに分散させられて、それぞれ小部屋の中に連れ込まれた。

そこで口から先に生まれたような巧妙なセールスマンの口車に乗せられて、ホームパーティの会場として、自宅を貸すことを承諾したのである。

「エルメス、グッチ、ランバン、ロレックスなどの世界一流ブランドを定価の半額で大バーゲンをしたいのです。会場使用料として毎回三万円お支払いするほか、売上代金の五パーセントを差し上げます。奥さんはご近所の方やお友達を集めて来てください。世界のブランド商品の普及のための即売会ですから、商品を無理に押しつけるようなことは決していたしません。会場を貸してくださるだけでよいのです」

と巧妙に口説かれて、みゆきはつい承諾してしまった。定収入しかないサラリーマン家庭にとって三万円の臨時収入は魅力である。しかも売り上げの五パーセントをくれると言う。値嵩《ねがさ》の張る品ばかりだから歩合《ぶあい》も大きいだろう。それも一回のことだ。ホームパーティは一カ月に二、三回開くというから、一カ月に三回として九万円の臨時収入となる。会場を貸すだけで、それだけの収入になったら、夫も喜んでくれるだろう。

ローンの支払いや、生活費の足しになる。

みゆきの心理の動揺につけ込むように、セールスマンは、

「お友達やお知り合いをたくさん誘い集めて来てくだされば、ボーナスとしてグアムやハワイへご招待する制度もございますよ」

とささやいた。

「でも一流ブランドが、どうしてそんなに安くなるのですか」

「並行輸入という、メーカーから直輸入する形式を取っていますので、税金が安いのです」

この説明で一抹《いちまつ》の疑念も納得させられた。彼女はそのときすでに悪魔と契約していたのである。ホームパーティの当日はみゆきが直接声をかけた友人、知人に加えて、口コミで聞きつけた人々が多数集まって来て会場に入りきれないほどの盛況になった。

日本人はアイウエオ（アイグナー、イブ・サンローラン、エルメスなど）やラリルレロ（ランバン、ルイ・ヴィトン、ロンシャンなど）商品に弱いといわれる。商品はあっという間に売り切れ、百万近い売上金の中からみゆきは、会場費と歩合として八万円もらった。

おもわぬ臨時収入にありついたうえに、即売会に集まった人たちから「ランバンやグッチが半額なんて夢みたいだわ。またぜひ開いて」とせがまれた。

みゆきは有頂天になった。結構な臨時収入に加えて人々から感謝される。夫も喜んでいた。セールスマンは、「おかげで第一回は大成功でした。次回は品数を豊富に取り揃えて、もっと大規模にやりたいとおもいます。奥さんも気張って大勢集めて来てください」と煽《あお》った。

みゆきは大いにハッスルして、近所はもとより、ちぐさの遊び友達の母親、そのきょうだいのコネを手繰《たぐ》って小中学校のＰＴＡ、地元の諸サークルなどに参加を呼びかけた。前回の素地があるので、その参加者が新たに参加を呼びかけて、当日は前回の三倍を上まわる人たちが定刻前から押しかけた。

セールスマンは整理券を出すほどだと嬉しい悲鳴をあげた。二回目は商品の奪い合いまで生《しょう》ずるほどで、開場後三十分で完売した。売り上げは約三百万円、みゆきは歩合とも十八万円もらった。

みゆきは得意の絶頂にあった。だが悪魔はその足元に地獄の奈落を掘っていた。第二回の即売会から数日後、近所の主婦から、みゆきから偽ブランド商品を買わされたという噂がたっていると聞かされた。

みゆきは愕然としたが、そんなはずはないと否定した。それでも不安になってセールスマンがくれた名刺の番号に電話すると、女の子が出て留守だという。その後何度しても「外出中」である。

そのうちに「その方は契約を解除しました」と言う。どういうことかとよく尋ねてみると、セールスマンの会社とおもった電話番号は、連絡を代わって受ける「貸しテーブル屋」であった。

週単位で契約した連絡代行屋の番号を、いかにも自分の会社や事務所のように名刺に刷っていたのである。

そのころには、みゆきの許《もと》に苦情が頻々《ひんぴん》と持ち込まれるようになった。

「なにがエルメスのバッグよ。あまりに安いのでデパートに勤めているお友達に調べてもらったら真っ赤な偽物じゃないの。どうしてくれるのよ」

とねじ込んで来る者が引きも切らない。

直接の友人、知人は遠慮しているが、口コミで買った人たちは、容赦なく責め立てた。品物を返すから返金しろと迫る者もいた。そのころになってセールスマンは黒門組の者らしいという噂が立ったが、確証はなかった。

薄給のサラリーマン家庭で、とても四百万円を一度に返金することはできない。おもい余ったみゆきはサラ金に頼った。これが第二の悪魔で、最初の悪魔よりさらに悪辣《あくらつ》であった。

「現金の救急車」という殺し文句に欺《あざむ》かれて、よく下調べもせず飛び込んだ所が、これも黒門組系の〝転がし屋〟であった。面倒な手つづきはいっさい不要である。申込書に相手の言うままに記入して、署名と捺印《なついん》をすると数十枚の万札がさっと差し出された。そのあまりの安易さに、いま陥っている急場が信じられないくらいであった。

サラ金のおかげで、焦眉《しょうび》の急場はしのぐことができた。人間とは奇妙なもので、とにかく急場がしのげると、危機感を束の間ながら忘れてしまう。薬の力で痛みがなくなると、本当に健康を回復したかのように錯覚する心理と似ている。その意味ではたしかに「現金の救急車」であった。

3

「また文句言ってきたら、サラ金で借りればいいんだわ」

みゆきは束の間そんな心理に陥って、その後に来るべき分割返済金や利息を忘れていた。

一カ月後に全額返済するつもりだったが、サラ金に頼った金が、どこからもひねり出せるはずもない。その間も偽物ブランドの苦情は持ち込まれてくる。

一カ月後の期日には元金五十万円が月利九パーセントの利息を上乗せして五十四万五千円となった。窮したみゆきが支払いの延期を申し込むと、

「それは弱りましたなあ。私どもは期日にお返しいただけるという約束を信頼して、なんの担保も預からずに現金を右から左に融通してさし上げたのです。いわばお客様との信頼関係の上に成り立っている商売です」

言葉遣いは紳士的であったが、一歩の妥協も感じられない。みゆきの困り果てた様子に相手は口調を和《やわ》らげて、

「奥さん、お困りのご様子ですから、私どもが親しくしている店を特別にご紹介しましょう。そこでひとまず必要な金を用立ててもらって、私どもの借金を埋められてはいかがですか」

とささやいた。みゆきはその言葉にとびついた。だが紹介されたB店では六十万円の申込証を書かせ、月利九パーセントの利息五万四千円を天引きして五十四万六千円しかよこさなかった。

この金をもってA店へ行くと紹介料一万円をさらに取られた。これが転がし屋の手口で翌月の期日になるとC店へまわす。彼らはみな一つ穴のむじなである。かかった獲物を一味の間で転がしながら骨までしゃぶってしまうのである。

利息には利息がかかり、転がされている間に借金は雪だるま式に脹れ上がった。それはサラ菌という名の現代の細菌の繁殖であった。にっちもさっちも行かなくなったところで、悪魔はささやいた。

「奥さんほどの器量があれば、ちょっと目をつむるだけでその程度の借金はきれいにクリアできて、お釣りがきますぜ」

その言葉の含む意味はわかったが、選択の余地はない所に追い込まれていた。一度歯止

めをはずされると、あとは急斜面を転がり落ちるばかりである。

セールスマンから指示されたマンションの部屋へ赴《おもむ》くと、四十年輩の厚ぼったい身体の脂《あぶら》ぎった男がドアを開けた。体臭の強い男で逃げ帰ろうとしたときには、すでに室内へ引き入れられてドアを閉じられていた。

「ほう、あんたがねえ」

男は半《なか》ば驚き、半ば蔑《さげす》むような目でみゆきを見た。男は強引だった。みゆきは夫にも許したことのない破廉恥《はれんち》な体位を男から強制されながら、必死に吐き気に耐えた。長い時間をかけて男は執拗にみゆきを貪《むさぼ》った。貪り方が卑《いや》しく小骨《こぼね》一本残さないように徹底していた。

ようやく終わった後も、未練がましくみゆきの身体を引きつけている。

「奥さん、いい体してるな。これでは旦那が喜ぶだろう。旦那はあんたがこういうことをしているのを知っているのかね」

男は、食後歯をせせるように歯の奥を鳴らしながら言った。男の口角に白い泡がたまり、目脂《めやに》が浮いている。みゆきはゾッとした。逃げるように帰って来てシャワーを浴びたが、体の芯の汚染は除《と》れないような気がした。

4

数日後、再びセールスマンから電話があって新たに客を取るように指示してきた。

「一度で借金をクリアできて、お釣りがくると言ったじゃないの」

とみゆきが抗議すると、相手はせせら笑って、

「奥さん、うぬぼれちゃいかんよ。あんたの体がいったいいくらになるとおもっているんだ。今時ピチピチのフレッシュギャルが二、三万でいくらでも寝るんだよ。子持ちのセコハンが一度寝たくらいで、借金を棒引きにしろとは虫がよすぎるってもんだぜ」

「そ、そんな。それじゃあ一度でいいと言ったのは嘘《うそ》だったの」

みゆきはおもわず悲鳴をあげた。

「うるせえ。世間知らずのオボコじゃあるめえしよ。ぎゃあぎゃあわめくな。使って減るもんじゃねえだろう」

「私、もういやです」

先夜の経験をおもいだして虫酸《むしず》が走った。

「ほう、そんなことを言っていいのかね。なんだったら、旦那にあんたがやったことをおしえてやってもいいんだぜ」

「だましたのね」

一度の売春が今度は恐喝の材料にされた。

「どういたしまして。真実をおしえてやったのさ。さあ、ツベコベごたくを並べていないで、言われたとおりにしたほうが身のためだぜ」

すでにみゆきは、罠に捕えられた獲物であった。一度の売春を夫に秘匿《ひとく》するために二度となり、三度四度重ねるうちに麻痺《まひ》してきた。

回数を重ねるほどに引き返せなくなる。みゆきは黒門組の売春戦力として彼らの管理に組み込まれた。一回の売春で紹介料、場所代、組への上納金などを納めると、みゆきの手元には一万円くらいしか残らなかった。それでも客を拒否できなくなっていたのである。

市役所職員の細君が偽物ブランド商品販売のホームパーティを開き、売春しているという噂が夫の耳に入ったときは、すでに手遅れになっていた。悪魔の網にかかってからその蚕食《さんしょく》があまりに速《すみ》やかに進行したために、夫も旗本も、火が足元に迫るまで気がつかなかったのである。

迂闊《うかつ》と言えば迂闊であったが、それほど悪魔の手口は巧妙をきわめ、しかも火のように迅速であった。

やめない歯ぎしり

1

　夫は公僕という身分柄、職場に留まれなくなった。不名誉な原因による退職なので退職金は出ない。収入の道を絶たれた一家に、サラ金業者の凄まじい攻勢が始まった。連日金返せの督促《とくそく》電話が入る。

「わしら慈善事業やっとんのとちがうぜえ。人から金借りて返さんですむとおもっとんのかあ。金借りて急場救われたときの嬉しさ忘れたらいかんぜよ、苦しまぎれに夜逃げしようなんて気をおこすなよ。わしら地獄の底まで追いかけて行くからな」

　こんな調子で連日連夜電話をかけてくる。たまりかねて受話器をはずしておくと、電報が飛び込む。玄関のドアから近所の家の塀まで「金返せ」のビラをべたべた貼りまくる。遂には人相《にんそう》の悪いのが家に乗り込んで泊まり込む。

家人が買い物にでも行けば目引き袖引きされて、外を歩けなくなった。ローンの支払いが終わっていない家は取り上げられて、引き移ったアパートにまで債鬼《さいき》は押しかけてきた。

巨大な雪だるまに脹れ上がった借金は、もはや旗本の年金などでは「焼け石に雀《すずめ》の涙」であった。

日曜日、親子三人は旗本を残してドライブに出かけたまま帰って来なかった。旗本が毎朝の散歩から帰って来ると、すでに三人の姿は見えなかった。

いやな予感がしたが、予感だけで捜索を依頼するわけにはいかない。その夜まんじりともせず夜を明かした旗本に翌朝、警察から連絡がきた。

親子三人、郊外の山林にマイカーを乗り入れ睡眠薬を服用した後、車内に排ガスを引き込んで自殺しているのを、地元の人間が発見したという連絡である。

旗本が駆けつけると、すでに検視が終わり、遺体は解剖のために搬出するばかりとなっていた。変死なので一応解剖するということである。

娘、婿、孫の三人を一挙に失った旗本は、遺体にすがって慟哭《どうこく》した。

「なぜこの年寄り一人を残して先へ行ってしまったんじゃ」

いくら泣きすがっても遺体はなにも答えなかった。旗本宛にみゆきの遺言が残されていた。

「先立つ不孝をお許しください。でも私たちにはこうする以外に道が残されていないのです。幼いちぐさを道連れにするのは不愍《ふびん》ですが、一人だけ残すのは、お爺ちゃんの負担を重くするだけであり、またお爺ちゃんにもしものことがあった場合を考えると、とても残していけません。

私の浅はかさのために主人まで巻き添えにして申し訳なくおもっております。でも夫婦は二世と申しますので、主人は一緒に来てくれます。

心配ばかりかけてお爺ちゃんにはお詫びの言葉もございませんが、馬鹿な娘をもった親の不幸とあきらめ、私たちのことは忘れて、どうか余生をお幸せにお過ごしくださいませ。こんな親子はなにとぞ一世かぎりにしてください。不孝を重ねてお詫びして一足先にまいります」

旗本は遺書全文を諳《そらん》じた。

七十代の老人がいきなり家族に先立たれ、一人取り残されて幸せな余生を過ごせるはずがない。旗本は茫然自失して過ごした。自分でも生きているのか死んでいるのかわからない。なにも食さず、何日も寝床に臥《ふせ》っていると近所の人間が見かねて食物を運んでくれた。

旗本が寝たきりになって死ぬのを恐れたのかもしれない。家の中にいても落ち込むばかりなので、ショッピング・プラーザへ来て終日ベンチに腰かけて通行人を見ているようになった。通りかかる若い女が彼の娘に似ていると「みゆき」と呼びかける。

そんな生活をつづけている間に降矢美雪に出会ったのである。彼女は旗本の希望の灯の再生であり、新たな生き甲斐であった。それはみゆきの代用ではなく、旗本に生きる目的をあたえたべつの価値であった。

過去の幸せから切断された新たな幸福で旗本を優しく抱擁《ほうよう》してくれた。それが突然失われたのである。美雪を失っては旗本はもはや再起（三起か）不能である。美雪を失ってようやく忘れかけたみゆきの遺書をもう一度おもいだせというのか。

ふたたびショッピング・プラーザに出かけて行く気力もない。あそこへ出かけて行ったとしても、通りかかる女性に、みゆきと美雪のどちらのおもかげを探したらよいのか。

もう生きていても仕方がないとおもった。おもえばこの命は四十余年前に拾ったものである。自分は長く生き過ぎた。戦前、戦中、戦後を通して精いっぱい生きてきたつもりであるが、いまや社会の余計者として人生の窓際に追われている。

人間も社会に対してタマゴを産んでいる（貢献している）間だけが花だ。卵巣《らんそう》も枯れ、社会の余計者となってぶら下がるようになっては、現役時代どんなに大きなタマゴを産んでいても、窓際の精々日当たりのよい位置をあたえられるだけである。

まして旗本のような平凡なタマゴでは、窓際の位置も日が当たらない。いま充実した生命に輝いている若者たちも、いずれは老いさらばえる。社会の中枢にあって活躍している人間も、老人たちが築き上げたピラミッドの上に立って脚光を浴びているのである。だが若者や、社会の第一線に立つ者は、そのことを忘れる。若さも、脚光もすべて固有の独立したものであり、永遠につづくと錯覚している。

だがそんなことを老人が言いたてても、年寄りの〝世迷い言〟として冷笑されるだけである。同年輩の友人知人に先立たれ、日暮れに窓際にただ一人うずくまっている老人の心を咬《か》むような寂しさと孤独は、彼らも同じ年齢に達して、窓際の同じ位置に座ってみなければわからない。

年を取ってボケるということは、人生の窓際から押し出されかけることである。完全に押し出されたとき、老人の寿命が尽きる。彼らは自分の意志で窓から出て行ったのではない。

社会の現役たちが、老人を余計者として窓から無理に押し出そうとしているのである。

旗本は、窓から押し出される前に自分から出て行こうとおもった。これ以上生きていても楽しいことがあるわけでもない。いつ死んでも不足のないだけ生きた。男の平均寿命は超えている。人間の生理学的寿命も八十だそうである。

この辺で自分から「引き取った」ほうが社会のためにもなるだろう。

死の方法だが、生命力が自然に衰弱しているのであるから、高所から飛び下りたり、列車に飛び込んだり、毒を呷《あお》ったりする必要もあるまい。あれは若い連中が無理に命を絶つ方法である。

飲まず食わずで三日も寝ていれば、かたがつくだろう。年寄りだから飢餓《きが》はそれほど苦しくない。餓死ならば、死にざまも見苦しくないだろうし、人にもあまり迷惑をかけまい。枕元に有り金を残していけば、死体の始末もしてくれるだろう。

旗本は、身のまわりの整理をして、商店などの借金を清算すると、寝床の中にもぐり込んだ。睡眠薬を飲む必要はない。

茫然として横たわっていると、夢かうつつかわからなくなった。時間の経過も不明である。餓死するつもりであるが、べつに腹もへってこない。もう半分死んでいるような状態であった。

ドアを激しく叩く音に旗本は正気に戻った。だれかが外からどなっている。なにを言っているのかよくわからないが、どうやらまだ生きているらしい。

「旗本さん、いますか。大変です。いたらここを開けてください」

そんな言葉がようやく聞き取れた。旗本は〝死の床〟から起き上がった。ふらつく足を踏みしめながら、ドアを開くと、同じアパートの住人が緊迫した表情で立っている。

「旗本さん、大変です。お宅へよく来る女の人の死体が発見されましたよ」

「なんだと！」

旗本は愕然として立ちすくんだ。

「西山《にしやま》の山林の中で首を縊《くく》っているのを通りかかったハイカーが見つけたということです」

「首を縊っただと⁉　嘘だ」

旗本はうめいた。眠気、いや死ぬ気は完全に失せている。

「いま警察が調べているそうです」

「黒門組だ」

「え？」

「黒門組が殺したのだ」

「とにかく現場へ行かれてはどうですか。この街で旗本さん以外に親しくしていた人はないようだし」

隣人におしえられて旗本は死にかけていた身体に鞭打って現場へ駆けつけた。現場は市域西方にある丘陵《きゅうりょう》地帯であり、標高二、三百メートルの低い丘陵がアメーバの仮足《かそく》のように畳《たた》なわっている。市民から「西山」と呼ばれ、格好のハイキングコースとなっている。美雪の死体はクヌギ、コナラの雑木林の中の一本松の枝にロープをかけてぶら下がっていた。

発見者はハイキングに来た市民で、小用のために、林の中へ入って死体にぶつかった。初めは気づかなかったが、烏《からす》がやけにうるさいので、ふと目を上げた先に死体がぶら下がっていたという。

2

旗本が駆けつけたときは、死体はすでに松の枝からおろされ、検視も終わって搬出されるところであった。知り合いということで死体に対面させてもらったが、死体発見が早かったために、生前のおもかげを留めている。

気道を閉塞《へいそく》されて窒息したせいか、顔色は暗紫色を呈し、首にはロープのくびれが一周している。口角から薄い血液様の液体が少し流れ出ているほかは、見るも無惨というほどの死に顔ではない。

「殺されたんじゃ。黒門組に殺されたのにきまっておる」

旗本は現場見分をしている捜査員に訴えた。

「爺さん、証拠もないのに、めったなことは言わない方がいいよ」

捜査員が当惑顔で忠告した。

「あんた松の枝の高さを見たかね。あんな高い枝に女が足がかりもなく、どうやってよじ登ったのかね」

　旗本は食い下がった。

「死ぬ気になれば女でも木登りくらいはできるよ」

「だったら幹《みき》によじ登った痕《あと》があるはずだ。そんなものは素人目にも見えんじゃないか」

「それをいま調べているのだ。警察に任せておきなさい」

「警察に任せておけば自殺で一件落着させられてしまうから言っておるのじゃ」

「自殺か自殺でないか、これからじっくり調べるさ」

「その間に犯人は逃げてしまう。黒門組を調べてくだされ。やつらが美雪さんを誘拐して殺したんじゃ」

「まあまあ爺さん、落ち着いて」

「美雪さんは自殺する理由なんかない。失踪してから黒門組を調べてくれと言っておるのに、手を拱《こまぬ》いておったから、こんなことになってしまったんじゃ。警察が殺したも同じじゃ」

「爺さん、血迷ってはいかんよ。証拠もないのにそんなことができるはずがないだろう。まあ若い恋人に死なれて口惜しい気持ちはわかるが、見境なく疑っちゃいかんよ。なにかわかったら連絡するから今日のところは引き取ってくれ」

　警察も旗本をもてあましたようである。

警察としても旗本の再三の訴えを斥《しりぞ》けていただけに強く反駁《はんばく》できない。だが、事件は「自殺」として処理された。解剖もされなかった。警察の発表は「失恋を苦にして」というものであった。だが失恋の相手と彼女が失踪後どこに身を隠していたかなどについては、いっさい明らかにされていない。

旗本はその発表に満足せず警察にどなり込んだ。

「死に顔は紫色になっていた。縊死《いし》の場合は、蒼白になると聞いておる。あれは首を絞められてから自殺を偽装するために松の枝に吊るされたのだ。あれが自殺であってたまるものか」

旗本の法医学的根拠に基づいた抗議に、警察は十分に答えられなかった。縊死の場合、全体重をかけて首をつるので気道が完全に閉鎖される。

だが絞殺の場合は静脈だけが閉じられ、動脈を完全に停められないために顔面が暗紫色を呈するのである。区別すべき特徴はそれだけではない。縊死にはまぶたや結膜に溢血点《いっけつてん》がないのに、絞殺には著しい溢血点と溢血斑がある。

これらの基本的特徴を警察が見逃したとはおもえない。わかっていながら、敢《あ》えて自殺を〝偽造〟したのである。ということは、黒門組の仕業と知っていたので、握りつぶしたとみてよいだろう。

だが旗本がどんなに抗議したところで所詮《しょせん》ゴマメの歯ぎしりである。警察が自殺として処理すれば自殺なのである。遺体は本籍地に居住している兄に下げ渡され、旗本や勤め先や近所の人が集まって侘《わび》しく葬った。

美雪の兄も、家を出てから何年も経った妹の死に他人同様に淡々としている。むしろ肉親として突然遺体を押しつけられて迷惑の色を隠さない。勤め先や近所の人間も義理で集まって来ただけである。

黒門組に殺されたらしいという噂は、掌《てのひら》から水が漏れるように広まっており、寥々《りようりよう》たる葬式に来た人たちも、焼香《しようこう》するとそそくさと帰って行った。立ち上がれないほどの悲嘆に打ちひしがれているのは、旗本一人であった。

「旗本さんですか」

美雪のマンションの会葬者控え室になった管理人室の片隅で茫然として彼女のおもいでを追っていた旗本は、突然耳元に声をかけられて、目を上げた。

三十前後の態度の敏捷な、細身の男が立っている。素直な長い髪が額にたれかかり、表情に知的な陰翳《いんえい》をつくっている。肩に使い込んだ様子のカメラを下げている。見知らぬ男であった。

「市民新聞の若松《わかまつ》と申します」

男は名乗った。旗本の不審気《ふしんげ》な表情に、

「この度《たび》はお気の毒です。謹《つつし》んでお悔《く》やみ申し上げます」

若松と名乗った新聞記者は、肉親に対するような追悼《ついとう》の意を表した。旗本の深い悲嘆の様子が故人の肉親に見えたのであろう。実際、美雪は旗本にとって肉親以上の存在であった。

「以前、再生作品の紹介を私どもの新聞でさせていただいたとき、降矢さんにもお会いしたことがございます」

「ああ、あのときの」

すっかり忘れていたが、旗本の再生品が噂になったとき、いくつかの地元マスコミが取材に来たことがあった。その中の一つにそんな新聞があったかもしれない。

「あの節はお世話になりましたのう」

旗本は一応礼を言った。その縁で焼香に来たとすれば義理固い新聞記者もいるものだとおもった。

「旗本さんは降矢さんの死を自殺とは考えておられないようですね」

若松は声をひそめるようにして言った。敏捷な目が周囲をそれとなく警戒している。

「ふん、あれが自殺であってたまるものか」

旗本は吐き出すように言った。

「実は私もそのように考えております」

若松の目が底光りしたように見えた。旗本は改めて相手を見直すような視線を向けた。

「私が独自に調べたところによりますと、降矢さんは明らかに殺されております。それも大勢に凌辱《りようじよく》されて殺されたのです」

「いまなんと言った？」

「つまり多数に輪姦《りんかん》されて殺されたのです。検視した医者から聞きだしたのですが、局部に著しい裂傷があったということです。大勢で玩《もてあそ》んだうえに、さらに死体まで凌辱した痕跡があったそうです」

「あんた、それ本当のことか」

「私が直接医者から聞き出したことです」

「だったら、それをなぜ報道せんのじゃ」

「記事を書いたのですが、全部ボツにされてしまったのです。残念ながら、私どもの新聞は黒門組ににらまれたらやっていけないのです。編集長はぼくの命を救うためだと言いました。こんな記事が出たらこれを書いた者は生きていられないだろうと言うのです。この街には憲法で保障された言論や報道の自由はありません。新聞記者として恥ずかしいことですが、書くことの一つ一つに黒門組の顔色をうかがわなければならないのです」

若松の後半の言葉を旗本はほとんど聞いていなかった。美雪が輪姦されたうえに死体まで凌辱されていたという彼の前半の言葉が、旗本の耳の中で果てしなくエコーしている。黒門組は、美雪を犯し、殺害するだけで満足せず、その遺体までも辱《はずか》しめたのである。

美雪の父もヤクザの抗争の犠牲になった。親子二代ヤクザに殺されたのだ。

「しかし一寸の虫にも五分の魂です。ぼくも新聞記者のはしくれです。いまは原稿をボツにされても、必ずなんらかの方法で黒門組の市政と癒着《ゆちやく》しての不正や犯罪を暴《あば》いてやるつもりです。そのために黒門組からひどい目にあった人たちの証言をせっせと集めています。たとえゴマメの歯ぎしりであっても、歯ぎしりをやめたら敗北です。いつの日かこの歯ぎしりを黒門組撲滅《ぼくめつ》の大きな抵抗運動に高めていくつもりです」

若松の言葉が熱を帯びてきた。

「許せぬ」

旗本がつぶやいた。べつに若松に相槌《あいづち》を打ったわけではない。枯れた胸の中に沸々《ふつふつ》と滾《たぎ》ってきたものが、旗本の独り言となって漏れたのである。

だが若松は相槌と受け取った。

「そうです。黒門組の横暴は許せません。日本にこんな無法がまかり通っていいはずはない。全市民が結束して立ち上がれば、必ず黒門組を倒せます。降矢さんの死を無駄にすることのないよう、いまこそ全市民に暴力反対の連帯を訴えるときです」

旗本は枯れきっていた自分の中に、熔岩のような熱い滾りが残っていたことに、我ながら驚いていた。

娘夫婦と孫を黒門組の毒牙にかけられて失ったときも、枯れた胸底は死んだままであった。歯ぎしりすらおこらなかった。黒門組が相手ではどうしようもないという無気力の中であきらめていた。それは死んだも同然のあきらめであった。

枯死した心身に怒りの再生はあり得ないとおもっていた。いま美雪の辱しめられた死が、旗本の枯死していた心身に、ふたたび怒りの点火をしたのである。

黒門組に復讐してやる——怒りの沸騰の中から、その意志が立ち上がってきた。どんな方法で復讐するか、まだ考えついていないが、この老い先短い身体をもって、美雪や失われた家族のために一矢《いっし》射返してやる。

黒門組撲滅のために市民の連帯を呼びかけるのもいいだろう。だが強大な黒門組に対抗するための市民運動を盛り上げていくには時間がかかりすぎる。

余命のない自分はとてもそんな悠長なことはやっていられない。自分独自でやらなければならない。市民運動を当てにしていたのでは間に合わないのである。

だが、若松のような新聞記者がいることは心強い。若松と今後の協力を約束し合って別れた旗本は、自分のアパートへ帰って来た。この街で荼毘《だび》に付された美雪の遺骨は兄によって郷里へ持ち返られた。

旗本は遺骨の埋葬《まいそう》まで見届けるつもりはなかった。そんなことをしても、美雪の霊が少しも安まらないことを知っている。

美雪を犯し、殺し、辱しめた者すべてに復讐が加えられないかぎり、彼女は浮かばれない。これは美雪一人のための復讐ではない。旗本や老人を、社会の〝廃物〟として人生の窓際に追い立てた社会と人生に対する復讐でもある。

老いさらばえた老人になにができるか。どうせ大したことはできないのはわかっている。先日のように一人で殴り込んで行っても袋叩きにあうのは目に見えている。

しかしあの若松とかいう新聞記者も言っていた。ゴマメの歯ぎしりでも、歯ぎしりをやめてはならないと。

「美雪さん。見ていてくれよ。間もなくわしも追いかけて行くが、なにか土産《みやげ》をもっていくよ。手ブラではあんたには会えないからのう」

旗本は美雪の霊に密《ひそ》かに誓った。

旗本は名刺のファイルブックを繰って一枚の名刺を引っ張り出した。それは「赤看板」の部長の肩書の入った「真下」と名乗った男の名刺である。彼はその名刺に刷られた電話番号をダイヤルした。間もなく電話口に出た真下に、いつぞやの再生品のオリジナル商品化にまだ興味があるかと問うた。

「とうとうその気になってくださいましたか。実はあきらめ切れずに近いうちにもう一度おうかがいするつもりでいたのです。ご承諾いただければ、私どもにとってこんな嬉しいことはございません」

真下の声は弾《はず》んだ。

戦いの形見

1

強大な黒門組を相手に復讐戦を挑むからには、まず軍資金が必要である。旗本はたとえ焼け石に水であっても、それを自分の再生作品で補えればとおもった。

真下はすぐ飛んで来た。彼は作品は多いほどよいから、どんどん生産してくれと言った。「赤看板」のオリジナル商品のレッテルを貼られた旗本の再生品は、ますます評判を呼び、高い値段で売れた。生産が注文に応じ切れず、希望者はかなり待たされなければならなかった。

旗本の再生品は物質文明が行き着いた余剰社会に対する皮肉であり、警鐘《けいしょう》でもあった。だが人々はそんな皮肉や警鐘に気づかず、旗本によって新たな生命を吹き込まれた再生品を単純に愛したのである。

再生作品の製作にせっせと励むかたわら、旗本は、数日の旅をした。彼が目指したのは奥秩父《おくちちぶ》山地の奥である。電車、バスを乗り継ぎ、その終点から風化しかけた記憶を掘りおこしながら山の奥へ奥へと踏み入った。

戦後の四十余年は、この山奥までもかなり変貌《へんぼう》させていた。機械文明の触手と轍《わだち》は、この広大な山地の千古不抜《せんこふばつ》の原生林の奥まで侵略し、原初の自然を蹂躙《じゅうりん》している。原生林は容赦なく乱伐《らんばつ》され、こんな所までと驚くよりは、呆れるような奥地まで、自動車道路がのたうっている。

とてもその貪婪《どんらん》な触手から逃れられなかっただろうと半ばあきらめながら、旗本は秩父山地の最も深い甲武信《こうぶしん》三国の境に近い原生林の中へ分け入った。

だが旗本が記憶を追いながら遡行《そこう》して来た過去の場所は、時間が凍結したかのように当時のままであった。さすがの乱伐もトラック林道もここまでは踏み込めなかったらしい。

折りから五月の末とあって、溶然としたたるようなカラマツやシラカバの新緑にその外周を厚ぼったく衛《まも》られ、黒々と重なり合ったツガ、シラビソの下に苔《こけ》むした山肌が昼なお仄暗《ほのぐら》い空間をかかえている。

このあたりは登山道からはずれているので、登山者も入り込まない。精々地元の猟師がまぎれ込む程度であろう。

ようやく目指す山域を探し当てた旗本は、原生林の中に携えていった寝袋や食料で野宿をしながら、その周辺の樹林の間や根本をあちこち掘りおこした。

地表には日の光は届かず、杉ゴケが絨毯《じゅうたん》のように敷きつめ、下草が生い茂り、さらに台風による倒木が侵入を阻止している。時折り、サルやリスらしい小動物が枝を走り、下草を騒がせる。枝を渡る風の音が人の声に聞こえて、ドキリとさせられることがある。

夜間は冷えて、老骨にこたえた。幸い好天候が持続した。体力の限界まで探しまわったが、目当ての物を探し当てられない。場所の記憶ちがいであったか、それとも、とうにだれかに掘り出されてしまったかと旗本はあきらめかけた。

それらの物が手に入れられないとなると、復讐計画は大幅な修正を迫られる。いや修正どころか、計画そのものが成り立たなくなるかもしれない。

2

入山して三日目、そろそろ食料が底を尽きかけていた。体力も限界である。数日つづいた好天も、低気圧の接近に伴い、下り坂にかかっている。天気予報は今夜からの降雨を告げている。

この疲れた老体がこのうえ雨に打たれては、黒門組に一矢酬《いっしむく》いるどころか、この奥深い山地で野たれ死にをしてしまうかもしれない。

ほとんどあきらめかけた旗本は、手にした捜索用検土棒《けんどぼう》でかたわらの木の幹を腹立ちまぎれに叩いた。大した力を入れたわけではないが、幹が腐っていて内部が洞《うろ》になっていたらしく、めりめりと音をたてて旗本の方に倒れかかった。

びっくりした旗本が躱《かわ》そうとしたはずみに、足元が苔《こけ》にズルリと滑って身体のバランスを失った。

咄嗟《とっさ》に受身体《うけみたい》に体をかばって地表に突いた手先に違和感があった。自然の地表ではない感触があったのである。

はっとなって検土棒を突き立ててみた。抵抗は他の個所より少なく地中にずぶずぶと入っていく。明らかに一度掘り起こした所を埋め立てたような感触であった。

検土棒は三分の一ほど没したところで、カチリと岩に当たったような抵抗を受けて止まった。

「あった」

旗本は検土棒を引き抜くと、用意していった組み立てスコップを用いてその部位を掘った。五、六十センチ掘り進んだ所で、スコップの刃先がカチリと固い物体に触れた。そろそろあるはずだと手かげんしていたので、感触は鈍かったが、岩の根が張っているかのような、したたかな阻止感《そしかん》があった。

旗本はその手ごたえがあった部位を中心に掘り進めた。間もなく憶えのある木箱の表面が現われた。木質は土と同色になり、ほとんど腐っていたが、その内部に何重もの油紙とグリスに包まれた武器は健在のようである。

それが往年の性能を留めているかどうかまだわからない。いまは彼らの性能テストよりも、その存在の確認の方を優先しなければならない。

一箱探し当てると、あとは芋《いも》づる式に次々と出てきた。彼らは四十余年前埋められたときの姿のまま、一物も失われることなく、その凶悪な殺傷力をこの深い山中で休眠させていたのである。

まだその性能が保留されているかどうかわからないが、グリスに埋まった黒光りする武器は、四十余年の星霜《せいそう》の影響をまったく受けていないかのように、旗本の記憶にある原形を保っていた。

もの言わぬ彼らであったが、旗本の目には彼らがふたたび地表に出られたことを全身で喜んでいるように見えた。

「待ってろよ。間もなくおまえたちに大活躍してもらわなければならなくなるぞ」

旗本は彼らに生命あるもののように語りかけると、ふたたび土をかぶせた。その上を枯れ枝で覆い、自分だけにわかる目印をつけると、山を下った。

昔の武器を発見したことによって旗本の計画は、ぐんと具体性をもってきた。

だが、旗本がいかに力んでも、一人ではどうにもならない。黒門組は、構成員約百人、下部組織や不良少年グループを入れると五百人は動員可能であろう。

さらに友好グループや、傘下の企業、事業の社員を加えると、その数は旗本にも捕捉できない。

まず相手にしなければならないのは、黒門組の中核組員百名である。この中から美雪に直接手をかけたり、潰《けが》したりした者を探し出す。そして黒門組そのものを瓦解《がかい》させるのが、旗本の狙いである。

もしそれまで命が保てば黒門組のスポンサーまで引きずり出したい。やるからには徹底してやりたい。

せめて一矢酬いられればとおもっていた旗本であったが、往年の大量の武器が頼もしい原形を星霜に損なわれることなく保っているのを見出して、強気になった。

四十余年も地中に埋もれていた武器も、さぞや大暴れしたいであろう。彼らを駆使して黒門組を完膚《かんぷ》なきまでに打ちのめしてやりたくなった。

おもえば彼らも四十余年前の旧式武器である。現代ヤクザが擁《よう》する最新兵器にどこまで対抗できるか。カビの生えた老兵とロートル武器で、最新兵器で武装したヤクザに戦争を挑もうというのである。

それにしても一人では、あの大量の武器を扱いきれない。旗本は昔の戦友を呼び集めることにした。終戦とともに彼らは全国に散っている。

当時二十代から三十前後であったから、まだ健在かどうかわからない。生きていたとしても、いずれもいい年齢であるからはたして戦力になるかどうか、はなはだおぼつかない。

ともあれ、彼らはかつて戦場で生死を共にした仲間である。幾度も死にかけた命を、手に手を取り合い、共に戦って生きのびてきた。彼らの命を救ってやったこともあれば、彼らから救われたこともある。

死んでいった夥《おびただ》しい戦友の中から希少な確率に当たって生きのびたかつての仲間であり、その犠牲の上に立って生きたからには、死んだ仲間の分も生きなければならないと誓い合って別れた。

戦場では人間が人間でなくなる。苛《か》烈《れつ》な戦争を体験した者だけが、戦争の非人間性を実感している。もう二度と戦争はごめんだというおもいをこめて平和の中に散りぢりに別れて新たな生活を始めた。

所属した大部隊の中からわずか数名生き残った彼らは、戦友会の結成を呼びかけ合うこともなく、たがいの音信をいつの間にか絶っていた。

彼らが最後の音信の居所に、いまでも住んでいるかどうか不明である。だが二度と会うこともあるまいとおもった戦友のおもかげが、いまにして、しきりにおもいだされた。

環状の老後

1

昔の戦友を探す旅に出発する前に、旗本は黒門組に関する集められるかぎりの知識と情報を集めた。

その組織、規模、収入源、傘下企業、友好団体、対立団体、支持層、政治家との癒着《ゆちゃく》関係、右翼や宗教界との関係、幹部の家族構成からプライバシーに至るまで調べた。

市民新聞の若松が大いに協力してくれた。

若松は、黒門組の城下町のようなこの街で、同組の撲滅《ぼくめつ》に情熱を燃やしている数少ない市民の一人であった。公然と行動すれば生命すら奪われかねないので、いきおいアングラ活動とならざるを得ない。

だが市政と癒着しての暴力の支配に、いやけがさしている市民は多い。

市長の権田原英世《ごんだわらひでよ》は、黒門組のグループの支持によって当選し、すでに四期つとめている。黒門組の総長黒井照造自らも市議となると同時に、同組の息がかかっている者が市議の過半数を占め、市政を握ってしまった。権田原は黒井の顔色をうかがわなければなにもできないほどである。

また黒井は「市開発協議会」なるものをでっちあげ、これに加入しない業者は市の公共事業を受注できない仕組みをつくり上げた。同組グループを選挙母体としている民友党代議士河上像二《かわかみしょうじ》を通して民友党のボス志戸隆明《しどたかあき》に近づき、巨額の政治献金と見返りに国の公共事業を湯水のように注ぎ込んでもらい、それを同組が独占した。

黒門組は数年前に政治結社の届け出をしている。

「これは彼らのこれまでの不正財源であった賭博《とばく》、麻薬覚醒剤、ノミ屋、人身売買、売春などではやっていけなくなったので、有力政治家にアプローチして、その庇護《ひご》の下に土建業、金融、興行などの合法事業を営むようになったのです。政治家としても彼らを資金源にしてギブ・アンド・テイクの関係が成立したわけです」

「志戸隆明というと、元陸軍の参謀でとかくの噂のある人物ですか」

「そうです。志戸の戦時中の経歴はよく知りませんが、戦後逸速《いちはや》く政治家に転向して、現在は民友党の上位派閥の領袖《りょうしゅう》として次期政権レースの有力候補となっております。志戸隆明についてなにか……？」

せんか」


「いやべつに」

言葉を濁して旗本は、

「しかし、ヤクザを資金源としていては政治家のイメージのうえで、まずいのではありま
せんか」

と話題を逸《そ》らした。

「その辺が巧妙なところで、黒門組は表面上同組といっさい関わりのない親睦団体『シエスタ会』なるものを設立して、これを通して政治献金をするようにしたのです。万一賄賂《わいろ》の疑いをもたれても黒門組とは無関係の形になっています」

「賄賂のためのトンネル機関じゃな」

「単なるトンネル機関でなく、営利団体ではなく、企業利益の社会還元機関の体裁をとっており、成人学校や奨学金制度などを設けております。黒門組が学校や奨学金とは人を食っているじゃありませんか。シエスタとはスペイン語で昼寝という意味だそうです」

若松は説明した。

彼のおかげで黒門組の構造の骨格が把握できた。その組織と基盤は想像以上に強固であり、その規模は大きい。

黒門組の巧妙な点は政治家のヒキによって合法事業を始めると、この利益を惜しげもなく政治献金し、より大きな利益を獲得して肥大化し、政権の中枢部へ深く食い込んでいっ

たことである。
黒門組は一種の〝政俠《せいきょう》〟となっていた。

2

これを敵にして戦うためには味方がいる。戦友で最も近い所にいるとみられるのは、東京の赤城《あかぎ》章八《しょうはち》である。終戦時二十二歳、現在七十一歳のはずである。最後の音信は数年前に来た年賀状で、世田谷《せたがや》区北沢《きたざわ》一丁目になっている。

旗本はその年賀状の所書きを頼りに尋ねて行った。探し当てた先は、私鉄の踏切に近い老朽《ろうきゅう》アパートであった。じめじめした低地に、ヤツデの葉に囲まれた今時珍しい単室構成の木造アパートである。電車が踏切を通過する都度《つど》、建物全体がいまにも倒壊しそうに揺れる。

左右対称形の両翼を張った形の建物中央にうす暗い玄関があって、居住者のベビーバギーや自転車や三輪車などが土間《どま》においてある。廊下の奥は暗く、外から入って来た者の目は馴れるまで中がよく見えない。トイレのにおいが玄関にまで漂っている。

旗本が玄関に立ったとき、ちょうど廊下の奥から主婦体《てい》の中年女がエプロンで手を拭きながら出て来た。

「すみません。こちらに赤城さんという方がおられますかな」

旗本が尋ねると、中年女は、

「あかぎ……さあ、私はまだ越して来てから新しいから」

心当たりがないらしく、旗本の方を胡散《うさん》くさそうに見た。

「七十一歳の老人で、右の耳たぶが千切れています」

旗本は赤城の特徴を話した。だがそれは三十九年前の若いころの特徴である。変わっていないとすれば流れ弾が耳たぶをかすった痕跡であろう。

「ああ、ぐるぐる爺さんのことね」

主婦の表情に反応が現われた。

「ぐるぐる爺さん？」

「毎日山手《やまのて》線の電車に乗って、ぐるぐるまわっているんですって」

「山手線に乗って？　どうしてそんなことをしておるのですか」

「どうしてって、他になにもすることがないからでしょう」

「一日中電車に乗って、ぐるぐるまわっているのですか」

「朝出かけて、夕方になると帰って来るわよ。お爺さんもぐるぐる爺さんのお友達なの」

「そうです。赤城さんにはご家族はおらんのですか」

「なんでも息子さんと娘さんがいるそうよ。結婚して別居していると聞いたわ。私はここへ訪ねて来たのを一度も見たことがないけれど。古い居住者なら詳しいことを知っているかもしれないわよ」

下北沢《しもきたざわ》で時間をつぶして、暗くなってから赤城のアパートへ帰って来た。だがまだ赤城は部屋へ戻って来ていなかった。

「あら、さっきのお爺ちゃん」

玄関でうろうろしていると、最初に応対してくれた主婦がまた廊下をエプロンで手を拭きながら歩いて来た。どうも廊下のはずれの共同トイレから出て来たところらしい。

「まだ、ぐるぐる爺さんは帰っていないのですか」

主婦は問いかけた。

「まだのようですじゃ」

「もしかすると公園にいるかもしれないわよ」

主婦はおもいだした表情をした。

「公園というと」

「この先に小さな児童公園があるのよ。時々そこで姿を見かけたことがあるわ」

主婦から公園の場所を聞いて旗本はそこへ行ってみた。ジャングルジム一基とブランコ二基があるだけの小さな公園である。薄暗くなりかけた公園の隅におかれたベンチに、塑《そ》像《ぞう》のように動かない老人の後ろ影があった。西の天末にわずかに残った夕焼けをじっと眺めているのか、老人のシルエットには孤独な寂寥《せきりよう》感が深く刻みつけられているように見えた。

六月の初めの気持ちのよい夕方であるが、夕闇に優しくうるんでいる家々の窓の灯に背《そむ》いて動かざる老人の孤影には、胸を突かれるような寂しさがある。

「赤城さん、赤城軍曹《ぐんそう》ではないかな」

旗本は老人の背中に呼びかけた。老人がかすかに身じろぎしてゆっくりと首をめぐらせた。そのときは旗本の顔も見分けられないくらいに、夕闇がわだかまっている。

「はて、どなたですかな」

赤城が問い返した。

「やっぱり赤城軍曹でしたか。旗本です。お懐かしい」

「旗本……さん、もしかすると中隊長殿では」

赤城の声がおびえたかのようにおずおずとなった。これがかつての地獄の戦場の鬼軍曹とはとうていおもえない弱々しく頼りなげな声であり、姿勢である。

「そうです。憶えていてくださったか。その旗本ですわい」

「中隊長殿が……これはまさか夢ではないでしょうな」

「わしも夢を見ているような気持ちじゃが、夢ではない」

二人の老人は両方から歩み寄って手を握り合った。どちらも三十九年前の若いおもかげをたがいの顔に探している。

「中隊長殿がこんな所に来られるとは、あれから何年になりますか」

「三十九年になるが、あんたも元気そうでなによりです」

「私はすっかり老《お》いぼれてしまいました。中隊長殿こそ、お元気なご様子で……」

そのとき感きわまったのか、赤城の目尻から涙があふれて頰を伝い落ちた。老残の孤独の中に昔戦場で共に戦った上官に突然再会して、感情と感傷がせめぎ合ったのであろう。

「こんな所で立ち話もなんですから、汚ない所ですが、私の部屋に来てください」

赤城はようやく感情のバランスを取り戻すと言った。

「わしも積もる話があります」

旗本の言葉で、彼がわざわざ訪ねて来たのを赤城は悟った様子である。

「しばらく娘の家に同居しておったのですが、一人の方が気が楽なので、四、五年前からここに住んでおります」

赤城はアパートの自室に旗本を招じ入れると改めて挨拶をした。六畳一部屋の足の踏み場もないような中に万年床をあげ、ガラクタを脇へ押しやり、ようやく二人座れる場所をつくって、彼らは向かい合った。

「せっかく中隊長殿がお越しになったのに、こんなむさくるしい所で申しわけありません」

赤城はとにかく茶道具を出した。

「なんの。わしも同じような所に一人で住んでおります。わしの部屋に比べればきれいなもんですじゃ」

「すると中隊長殿もご家族と……」

「事情があって天涯《てんがい》孤独の身の上になりました」

「そうでしたか。おたがいに長生きしすぎたようですな」

赤城は事情を察してか、それ以上の詮索はひかえた。赤城の往年の精悍さはすっかり萎《しな》びており、窪んだ眼窩の底に埋まったような目も濁っている。視力もすっかり衰えているらしい。鬼軍曹も寄る年波には勝てないらしい。

旗本は、子供と別居し行き場所もなく、ひねもす環状線に乗って、残り少ない余生の時間を殺している赤城の心情を想って胸が熱くなった。

「中隊長殿には、こちらの方面になにかご用事があっていらしたのですか」

一別以来の話が一区切りついたところで、赤城は尋ねた。彼はまだ旗本がなにかの用事のついでに昔の部下を訪問して来たとおもっているらしい。

「実は、あんたにぜひ力を借りたいことがありましてな」

旗本は居ずまいを直した。

「私に力を……」

赤城も旗本が最初から自分を目当てに訪ねて来たのを悟ったようである。

「そうじゃ、わしはもう一度戦争を始めるつもりなのじゃ」

「戦争を？　なにかわけがありそうですな」

「聞いてもらえるかな」

「お話しください」

赤城が膝を乗り出した。旗本は黒門組との一部始終を話した。

「それで黒門組に復讐をおもい立ったというわけですね」

聞き終わった赤城の表情は枯れたままである。

「そうじゃ。それで昔の戦友の力が借りたいのじゃ」

「もう私にはなんの力も残っておりませんがな。山手線に乗って、ぐるぐるまわりながら、死ぬのを待っているだけです」

赤城は歯のない洞のような口を開いて力なく笑った。

「わしもすっかり枯れ切ったとおもっておった。しかしこのままでは死に切れんとおもうようになった。わしらのたくさんの戦友が死んでいったのは、あんなやつらをのさばらせるような世の中をつくるためではなかったはずだ。無数の英霊はいったいなんのために一命を殉《じゅん》じたのか。このままでは、わしは青春を祖国に献じた戦友たちに申しわけが立たない。そうはおもわんかね、赤城軍曹」

旗本は諄々《じゅんじゅん》と説いた。

「十年ほど前まではそんなことを考えましたよ。しかしもう年を取りすぎました。身体とともに心も枯れてきました。いまさら私ら戦争の死に損ないがどうあがこうと、世の中は変わるもんじゃありません。棺桶《かんおけ》に片足かけていては、あがきようもありませんよ。私は最近なぜ戦場で戦友と一緒に死ななかったのかと、悔いているんです。そうすれば山手線の中で生き恥を晒《さら》さなくてもよかった」

「軍曹、あんたはわしよりも若い。まだ老《ふ》け込む年でもあるまい。もう一度死に花を咲かせる気にはならんかの」

「せっかくですが、中隊長殿、私にはもうヤクザを相手に戦争をしかける体力も気力もありません。あきらめてください」

赤城の枯れた表情はよみがえらなかった。

「残念だな。この戦争はわし一人の私怨《しえん》ではなく、戦友たちの弔《とむら》い合戦だとおもったのじゃが」

旗本は肩を落とした。最も頼りにしていた赤城軍曹が不参加となると、計画に大きな支障をきたす。赤城軍曹は兵の実戦指揮官として中隊の要《かなめ》であり、その不屈の闘魂と冷静な判断力は幾多の戦場で中隊の危機を救ったものである。

旗本が生きのびられたのも赤城に負うところが大きい。

「弔い合戦をする前に、こちらが葬られそうですよ」

と苦笑した赤城の表情は半分死んでいる。

「黒門組のバックには志戸がいるよ」

「しど？」

「志戸大佐だよ、わしらを置き去りにした。いまは政府の要人として羽ぶりがいい。あんなのが総理大臣にでもなると、日本はふたたび暗黒時代に逆行するじゃろう」

「新聞をあまり読まんので、世事《せじ》にはとんと暗くなっておるのですが、志戸大佐が黒門組とやらいうヤクザ組織の後ろ楯《だて》となっておるのですか」

赤城の声が少し興味をしめした。

「わしも最近確認したばかりなんじゃが、志戸は黒門組から大量の政治献金を受けておる。もちろんヤクザと癒着していることが表沙汰になってはまずいので、トンネル会社を通してはいるがね」

「中隊長殿は志戸大佐にも復讐するつもりですか」

「黒門組の黒幕は志戸じゃ。やつを引っ張り出して、偽善のマスクを引き剝がしてやりたい」

「志戸大佐には私も貸しがあります。いや我々中隊全員が彼には貸しがある。死ぬ前に少しても取り返したいとおもいます」

　赤城の語調が少し強くなっている。

「計画は三段階に分けてある。第一段階は、降矢美雪に直接手をかけた連中じゃ。これはわし一人でもやる。第一段階が成功したとき、第二段階に取りかかるつもりじゃ。第二段階の的は黒門組そのものじゃ。組を叩きつぶしたい。もっとも、その前に、こちらが叩きつぶされてしまうかもしれんがの、一寸の虫にも五分の魂じゃ」

「そして第三段階が志戸大佐ですか」

「そこまで行ければの話じゃがね」

「武器はあるのですか」

「あんた忘れたかね。終戦直後、中隊の仲間と一緒にトラック一台分の兵器を、千葉県の海岸防衛陣から、米軍に押収されるくらいならと、秩父の山奥へ隠したじゃろう」

「そんなことがありましたかな」

「あの兵器がそっくりそのまま残っておるよ」

「まさか」

　赤城の表情は半信半疑である。疑いをもっただけ興味を惹《ひ》かれている証拠である。

「先日わしが現場へ行って確かめて来たんじゃ。まだテストはしておらんが、グリス漬けになっておるから、性能は変わっておらんとおもう」

「あのときの兵器が生きておるのですか」

「三八式歩兵銃、九九式小銃、重機、軽機、迫撃砲、擲弾筒《てきだんとう》、手榴弾、各種実包とともに手つかずに残っておった。黒門組どころか、全国の暴力団相手に宣戦布告できるくらいの兵器が、終戦時のまま眠っておった」

「驚きました」

「わしはこの兵器をかかえて黒門組と戦争をする。あんたが参加してくれないのは残念じゃが、もう引き返せんのじゃ」

「志戸大佐を引っ張り出すとなると、話はべつです」

赤城の髑髏《どくろ》のように窪んだ目が薄く光ってきたようである。

「あんたが力を貸してくれれば、志戸の所まで行けるかもしれんよ」

「中隊生き残りがまた顔を揃えれば、あるいは」

二人はたがいの顔色を探り合った。それは枯れたとあきらめた底からよみがえってくるものの色合いを探っているようでもある。

「中隊長殿」

「なにかな」

「第三段階だけ参加して第一と第二は入らない、というわけにもいかんでしょうな」

赤城の目がニヤリと笑った。笑った底には生気の灯が点火しているようである。

「それは初めからあんたが加わってくれれば、言うことはない」

「棺桶から片足を引きぬいて中隊長殿の作戦に参加しますか。棺桶より早くお迎えがくるかもしれないが、大したちがいはないでしょう」

「来てくれるかね」

「せっかくの旗本大尉のおまねきを断わっては、中隊の死んだ仲間が化けて出ます」

「有難う。これで百万の味方を得たような気がする」

旗本は、昔の部下の手を握りしめた。皺《しわ》だらけの手にぬくもりがあった。

「涼野《すずの》敏弘《としひろ》元軍曹、肘岡《ひじおか》哲夫《てつお》元曹長、耳塚《みみづか》等《ひとし》元兵長、門馬《もんま》勝成《かつなり》元上等兵、虫本《むしもと》省造《せいぞう》元上等兵、悪原《あしはら》茂市《もいち》元一等兵、目崎《めざき》幸助《こうすけ》元伍長、日向《ひゅうが》和尚《かずひさ》元兵長、これに我々を加えて十名が旗本中隊の生き残りだが、この中で何人参加してくれるかじゃな」

「消息はわかっているのでありますか」

赤城が軍隊口調で問うた。

「古い年賀状や手紙の住所ばかりじゃ。わしが出した手紙が宛名人居所不明で戻されてきたものもある」

戦局の激化に伴って何度も再編成されたので、各地の出身者が集まった。戦後は全国に散って行った。

「まず仲間を探し出すのが先決ですね」

話しながら彼はかつて戦場で生死を共にした戦友のおもかげを瞼の裏に描いた。別れてから三十九年経過している。旗本と赤城が再会したときも、老いた実像が記憶のおもかげと重なるまで多少の時間を要したものである。

「最後の居所がわかっていれば、そこを手がかりに、家族、友人、知り合い、また住民登録や、戸籍などから追って行けるじゃろう」

「みな息災にしておればよいが」

「最も若いのが六十代前半だから、まだ元気な者もいるじゃろう」

「早速近い所から当たってみますか」

「山梨県の石和《いさわ》に肘岡曹長がいるはずじゃが」

「最後の消息はどうなっておりますか」

「四、五年前に一度ひょこりと訪ねて来てくれたことがあった。マンションの管理人をやっておるという話だったが」

「マンションの管理人……その後便りはないのでありますか」

「三年前に出した年賀状が差し戻されてきた」

「石和なら大した距離ではない。行ってみますか」

「一緒に行ってくれるかの」

「もう戦争は始まっております」

赤城がニヤリと笑った。顔は老人だが、以前の精悍さが戻ったような笑いである。平和の中で居所を失い、老化してきたかつての勇猛な兵士は、ふたたび自分を見出したかのように生気がよみがえっている。

赤城は戦いの意義を見出したのであろう。それが彼にきっかけをあたえたのかもしれない。山手線の電車に乗ってひねもす循環していた彼が、いま進むべき方向を見出した。

彼にとってはもはや意義も必要ではないかもしれない。死ぬ前に貸しを取り返しておきたいと赤城は言ったが、彼は取り立てるべき債権があったのをおもいだしたのである。そしてそれは旗本と共通の債権であった。旗本中隊の生き残りにとって共通する債権を取り立てようという気になっただけでも、老化の中の変化というべきであろう。

その夜、旗本は赤城のアパートに泊まり、翌朝、二人で新宿駅から中央線に乗って、肘岡曹長の最後の居所へ向かった。

石和まで急行で新宿から一時間四十分ほどである。ぶどう畑の中に忽然《こつぜん》と出現した温泉街に戦友はどんな老後を過ごしているのか。

老化せざる拒否権

1

石和駅に下り立って駅員に尋ねると、それはいま流行のライフケア型マンションということであった。「豊かな老後を保障する」というキャッチフレーズの下に金持ち老人の医療、食事、介護から生き甲斐の再発見に至るまで総合的に面倒をみるマンションである。

曹長という職制は中隊長の女房役として、人事、教育、人間関係、上下意思の疎通、衣類、食料、備品などから馬の面倒までみる総務屋である。肘岡はまた兵器取り扱いについて連隊中右に出る者はなかった。そんな彼がライフケア・マンションの管理人とは適材である。

駅前から構内タクシーに乗ると、ぶどう畑の間を走る。畑の間に鉄筋の近代的ホテルの建物が、おもいおもいの意匠《いしょう》と布置を競っている。新興温泉街としてのパワーと同時に、まだ土地の歴史の浅い無統一性と埃《ほこり》っぽい騒がしさがあるようである。

車は数分走ってホテルのような高層建物の前に停まった。玄関を入ると絨毯を敷きつめた広々としたロビイになっており、ホテルと同じフロントカウンターがある。ホテルとちがうのはキイボックスが見えないことである。

フロントへ行って肘岡に会いたい旨《むね》告げると、係の若い女の子は何号室かと問うた。管理人の肘岡だと言うと、女の子はいったん奥にある事務所へ入って、中高年の男を連れて来た。彼は、肘岡は前の管理人で、とうに退職したと言った。

数年前のことなので同じ職場にいるとはおもっていなかったが、さすがに落胆した。いまの居所を尋ねると、幸いにこの近くだということである。

いまの管理人は肘岡の住所をおしえてくれたが、含みのある口調で、

「この時間なら温泉病院へ行ったほうが、肘岡さんに会えるかもしれません」

と言った。

「どこかお悪いのですか」

旗本は問いかけながら、この年輩になると体のどこかに不調が現われるだろうとおもった。

旗本自身いまは気が張りつめているが、リューマチ性関節炎と神経痛に悩まされている。黒門組に殴り込みをかけたとき痛めた腰もまだなおっていない。目も耳も衰えてい

る。管理人は肘岡のどこが悪いとも言わなかった。

管理人からおしえられた温泉病院へは、市中を流れる川に沿って駅の方角へ少し戻る。病院の外来待合室へ行くと、午前の外来受付けが終わった後で肘岡の姿はなかった。

「外来は終わりですよ」

二人を患者とまちがえた受付係が言った。老人医療とリハビリの設備もあり、老人の患者が多そうである。

「肘岡さんはもう帰りましたか」

「肘岡さん、ああ、カギッ子爺さんね」

受付係は直ちに反応した。その意味を問い返した旗本にも答えず、

「いまからなら駅へ行ってごらんなさい」

と言った。

2

結局二人は石和駅へ戻って来てしまった。古びた駅舎の中には売店とベンチが数脚あるだけで数人の客が待っている。改札口は開かれておらず、次の列車到着まで時間があるようである。待合室の客は近距離へ行く地元の人間らしい。まだ学生の下校や退勤ラッシュ

は始まっておらず、閑散《かんさん》とした雰囲気である。

　待合室を探してみたが、肘岡らしい顔は見えない。間もなく改札が始まり駅員が出て来た。肘岡がこちらへ来ているはずだがと問うと、若い駅員は好奇の色を面に浮かべて、

「ああ、その爺さんならいまごろヒュウガにいるでしょう。間もなくここへ姿を現わすよ」

「ヒュウガってなんですか」

「スーパーです。温泉病院からスーパーに寄って駅へ来るのが爺さんの日課なんです。あんた方爺さんの友達ですか」

　と駅員は問い返した。そう言われてみれば、温泉病院から来る途中、スーパーのような建物を見かけた。

　旗本は肘岡の身の上がおおかた想像できた。きっと家の中に居所がなくて、朝になると温泉病院の外来待合室へ来て午前中を過ごし、外来しめ切りと同時にスーパーへ寄って、パンでも買って昼めしとした後、駅へ来て夕方まで過ごす。

　戦争を生きぬいた戦友が、平和の中にここでも居場所を失って、病院→スーパー→駅とさ迷っている。戦場のような生命の危険はないかもしれないが、ここにはたすけ合い、励まし合う戦友はいない。旗本と赤城は顔を見合わせて言葉を失った。

「ここで待っているより迎えに行きましょうか。途中で出会うかもしれない」

赤城が提案した。旗本も同じおもいである。二人は来た道を引き返した。

遠方に高い大きな山体が青く霞《かす》み、山国であることをおもわせる。だが自動車の交通は東京並みである。歩道が完備されていないので、むしろ東京より危ない。

スーパーまで来ると、前の広場のベンチに座って一人の老人が惜しそうに少しずつパンを食べている。老いさらばえて、一まわり縮んでしまったような老人であるが、そこにはかつての戦友のおもかげがあった。

「肘岡曹長」

呼びかけられて、彼はきょとんとした。自分が呼ばれたとはおもわなかったようである。食べかけのパンを胸の中にしっかりとかかえている。

「肘岡さんだろう。旗本です。こちらは赤城軍曹」

「旗本……赤城」

とつぶやいたまま、肘岡老人は茫然とした視線を二人に向けている。三十九年の歳月のギャップを、すぐには埋められないでいるらしい。

「おうおう」

突然、肘岡が犬の遠吠えのような声を出した。胸から食べかけのパンがポロリと地上に落ちた。

「中隊長殿に赤城軍曹」

「やっとおもいだしてくれましたか」

「ど、どうして、ここに」

肘岡はベンチから立ち上がろうとしたが、身体がままならない。その間に二人が彼のかたわらへ走り寄って手を握り合った。

「お久しぶりです。懐かしい、本当に懐かしい」

木彫りの面のように喜怒哀楽を失ってしまった肘岡の目から涙が吹き出て、ボロボロと頬を伝っている。旗本と赤城も目頭《めがしら》を熱くしている。三人の老人に人目が集まりかけていたが、彼らにはそんなものを斟酌《しんしやく》する余裕がないほど、再会の喜びに浸りきっていた。

この人間砂漠の中で、生死を倶《とも》にした戦友とめぐり合ったのである。

「こんな所で立ち話もなんですから、どこか適当な場所に入りませんか」

ようやく赤城が懐旧の情から現実に返った。

「私の家にお呼びしたいのですが、実は夜まで家に入れんのですよ」

肘岡が面目なくうつむいた。

「ご迷惑はかけたくないが、なにか不都合なことでもあるのですか」

旗本が問うと、肘岡は老いて萎びた身体をますます縮めるようにして、

「私のことを近所ではカギ爺と言います。カギッ子にかけているのですが、実際にはカギをもたされていません。息子夫婦は共稼ぎをしておりますが、その留守の間、煙草の火で

畳に焼けこげをつくりましてね、危険だということで息子夫婦が勤めに行ってる間、家から閉め出されてしまったのです。

カギを渡してくれないので、息子たちが帰って来るまで家の中に入れんのですよ。やむなく午前中は温泉病院の外来待合室とスーパーに寄って、午後は駅へ行くのです」

旗本と赤城は言うべき言葉を失った。肘岡の境遇はカギッ子より悲惨である。息子夫婦の帰宅が遅れたときなどは、駅の冷たいベンチに身をすくめてしょんぼりと時間を過ごしている「カギ無し老人」の姿が、ショッピング・プラーザで若い女に「みゆき」と呼びかけていた旗本と、山手線をぐるぐるまわっていた赤城の生活と、一ミリの誤差もなくピタリと重なり合う。

「お宅へ行かなくとも、その辺に適当な店があるでしょう」

旗本が気を取りなおして誘うと、肘岡はずずっと洟《はな》をすすり上げて、

「面目ないことですが、せっかく訪ねて来てくださったというのに、喫茶店へ入る金をもっていないのです。嫁がパンと牛乳を買う二百円しかくれませんので」

と目をしばたたいた。旗本の胸に熱い怒りが込み上げてきた。我が舅《しゅうと》に二百円もたせただけで朝から夜まで家から粗大ゴミのように追い出す嫁、それを承知でなにも言わない息子、こんなやつらのために、老人は一生を働き、その生命を磨《す》り減らしてきたのか。

「そんなご心配はなく、その程度の持ち合わせはあります」

しきりに遠慮する肘岡をスーパーと隣り合った喫茶店へ連れ込んだ。地元に住み、毎日表を通っているはずでありながら、肘岡はもの珍しそうに店内をきょろきょろ見まわしている。

「ところで今日はお二方揃って、こちらへなにかご用事でも」

再会の驚きと喜びがひとまず鎮《しず》まったところで、肘岡は問うた。二人がわざわざ自分を訪ねて来たとはおもっていないようである。

「肘岡さん、あんた、いまの世の中に復讐してやりたいとはおもわんかな」

旗本は本題を切り出した。

「復讐？」

肘岡はきょとんとした。身心共に枯れた彼には、その苛烈《かれつ》な言葉が親しまなかったようである。

「そうじゃ。いまの社会とあんたの人生に対して復讐するんじゃ。わしらは祖国のため一命をかけて戦い、戦後は日本の復興のためにボロボロになるまで働いてきた。それがその報酬として、カギも渡さずゴミのように家の中から追い出した。あんたの息子さんを責めているんじゃないよ。わしらも似たような境遇なんじゃ。いまの社会がわしらをカギも渡さずに追い出したんじゃよ。みんな自分のことしか考えない。こんなふにゃけた実のない世の中と手前勝手な連中のために、多くの戦友は死んでいったのではない。わしらを人間

わないかね」

旗本は赤城を説いたように熱っぽく口説いた。今度は口説き手が二人になっている。

「中隊長殿、私も悔しいとおもうことはありますが、この老いぼれになにができますか。病院とスーパーと駅をまわりながら、死ぬときが来るのを待っているだけです。いやもう死んだも同然ですよ」

肘岡は自嘲《じちょう》するように力なく笑った。

「あんた、それで成仏《じょうぶつ》できるとおもうかね」

「成仏？　ああそんな言葉があったのですね。いまの私には死ぬことがひどく贅沢におもえるのです。まだ私らは自力で動けるから幸せといえるでしょう。それが寝たきりになって、下《しも》の世話まで人にしてもらうようになったらみじめです。みじめとおもえる間はまだましだが、それがみじめとわからなくなる。自力で死ぬこともできない、たれ流しで汚物まみれになり、〝寝ている屍《しかばね》〟になっている者にとっては、成仏なんかしなくともいいから、とにかく死にたいはずです。弱ったまま死ねずに長生きするのはむごいことですよ」

「動きまわる廃品、寝ている屍になることを拒否する戦争を、実は中隊長殿と昔の戦友と共におっぱじめようとしておるのです。そのためには肘岡曹長、あなたが必要なんです。話を聞いてくれませんか」

赤城が二人の間に入ってきた。

旗本と赤城は、これまでの経緯を交々《こもごも》と語った。肘岡は時々耳に手を当てて聴き入っていたが、表情に特に変化は現われない。

「旗本中隊を敵中に置き去りにして、戦友の大半を殺した志戸大佐は、我々とほぼ同年輩でありながら政界の要路に立って羽ばたいておる。彼が政権を取るのも夢ではない。我々生き残りが指をくわえて黙っていていいものか。なにほどのことができるかわからんが、戦友の屍を踏まえてのし上がった彼に、一矢酬いてやりたい」

「そんなことをしてなんになるのですか」

ようやく肘岡が反問した。

「なんにもならんかもしれんが、老人にも拒否権があるということを世間に示してやりたいのじゃ」

「拒否権?」

旗本が言った耳なれない言葉に、肘岡が無表情な目を向けた。

「そうです、拒否権じゃ。人間だれでもみんな年を取る。どんなに突っ張っておっても、寄る年波の前に心も身体も衰える。しかし、老人は人間の廃物でもなければ、寝ている屍でもないんじゃ。たいていの年寄りはそれを拒否しないから、生きている間に廃物や屍にされてしまう。廃物や屍同然になってからでは拒否すらできなくなってしまう。だがいまのうちならできる。できる間に拒否権を行使したいのじゃよ。あんたも赤城さんもわしも、まだ行使できる。これ以上おとなしくしていると、その権利すら行使できなくなる。いまのうちじゃ、いまがぎりぎりのときじゃよ」

「………」

「あんた、死ぬことが贅沢におもえると言っとったが、戦争を始めれば、簡単に死ねるかもしれんよ。名誉の戦死じゃよ。老死を拒否しての壮烈な戦死じゃ。寝たきりのたれ流しよりはましじゃろうが」

「私は地獄に落とされてもいいから、寝たきりのたれ流しにはなりたくない」

「それを拒否するんじゃよ」

「私のような老いぼれでも、まだ使い物になりますか」

肘岡の死んだような表情が少し生気を見せている。

「あんたが必要なんじゃ。もう一度昔の兵器で訓練しなければならん」

「三八式歩兵銃や、九六式軽機があるのですか。懐かしいなあ」

肘岡は昔の兵器の感触をおもいだした表情をしている。彼の中で昔が急速によみがえっている。

老人の仮性痴呆《ちほう》は無気力を追放することによって、かなり回復するものである。自分が要求されているという意識が、無気力を駆逐《くちく》する最も有効な薬である。

「重機も迫撃砲も擲弾筒《てきだんとう》もあるよ」

「もう一度あの兵器と対面できるとは、夢にもおもっていませんでしたよ」

「どうかね。昔なじみの可愛い兵器を使って、おもいきり拒否権を行使してみんかね」

見捨てられた中隊

1

昔の仲間が三人集まった。赤城と肘岡は、これまでの生活に一区切りをつけて、旗本の居所に集まることにした。引退した老人のことなので、責任ある仕事をかかえているわけでもなければ、引き留める家族もいない。粗大ゴミのような彼らが、どこへ行ってなにをしようとも世間は関心がないのである。

数日して二人は身のまわりの品を詰めたバッグを一つぶら下げて旗本の許へ来た。ここで三人の老人の奇妙な共同生活が始まった。

昔の戦友探しのかたわら、赤城と肘岡は旗本の再生品の素材探しや作品の製作を手伝った。それだけでも、これまでの動く屍に似た境遇に比べれば、生きている手応えのある生活である。

「中隊長殿、この街に来て私は、じれったくなりましたよ」

赤城が言った。

「なにが、じれったいのかね」

「市民の無気力です。ヤクザだけが人間のような顔をしてのさばっているのに、市民はまともに目も上げられなければものも言えない。ここの市民は半分死んでいます」

「あんたがそうおもうようになっただけ、昔のあんたに戻った証拠じゃよ。いまに市民も拒否権を行使して立ち上がるようになるだろう」

「中隊長殿は、市民にも拒否権があることを悟らせるつもりですか」

肘岡が聞いた。この街へ移って来てから「カギ爺」の無気力感は失せている。

「その前に我々の拒否権じゃが、まだ準備不足じゃ。どんなにじれったくとも、当分は死んだ振りをして辛抱が肝腎《かんじん》じゃよ」

二人の部下があまり速やかに戦意をよみがえらせて、準備不足のまま戦端を開いても困る。軍資金も味方の戦力も不十分である。強大な黒門組相手に戦争をするからには、どんなに準備をしても十分すぎることはない。

その間、戦友の消息を探るうちに耳塚がすでに死亡していることが確認された。虫本は尾道《おのみち》にいることが判明した。

まず尾道の虫本から当たってみることにした。三人揃って行ったほうが説得力があるだろうという肘岡の意見で、一緒に行くことになった。

「虫本上等兵の銃剣術は連隊ピカ一だったが、あの腕前は、いまどうなっているかなあ」

赤城が述懐した。師団対抗の銃剣術大会で優勝した腕は、実戦でさらに磨きをかけられ、白兵戦《はくへいせん》で比類ない強みを発揮した。ビルマ戦線での敵の重囲に陥ったとき、彼が敵兵二名を串刺《くしざ》しにした武勇伝は、当時の戦記に語り伝えられている。

もし虫本の銃剣術の腕がいまでも錆《さ》びていなければ、拒否権行使に際して頼もしい戦力となる。それだけに、なんとしても引っ張り出したい戦友であった。

2

「虫本上等兵の軍旗祭の武勇伝を憶えているかな」

広島へ向かう新幹線の車中で、旗本は遠い目をした。

「あの連サン（連隊長）室突撃事件でありますか」

「あのときは連隊じゅうがぶったまげましたなあ」

「幸いに連隊長ができたお方で、不問に付してくれたからよかったものの、帝国陸軍広しといえども、連隊長室で女と逢いびきをしたサムライはおるまい」

戦況が厳しくなる以前、年一度各連隊は兵と地方人（民間人）の交歓と軍のＰＲを兼ねて、全兵舎を開放した軍旗祭を行なう。この日は教練《きょうれん》も演習もなく、各中隊趣向を凝らした余興を競い合う。一般の見物人も大勢押しかけて、日ごろは殺伐たる女人禁制の兵舎が華やかに浮かれ立つ。

この軍旗祭に、虫本は恋人をこともあろうに連隊長室に連れ込んで、突撃（情交）してしまったというのであるから、全連隊が腰をぬかした。

連隊長室といえば、連隊の侵すべからざる聖域であり、神棚のような場所である。そのような場所で女性に突撃を敢行した虫本上等兵の勇名は、銃剣術以上に全連隊に轟《とどろ》いた。

「虫本上等兵がいなかったら、我々も生きて帰れなかったかもしれません」

赤城の顔が記憶を遡《さかのぼ》っている。

「凄《すさ》まじい戦いだった。生きているのが奇蹟だったな」

肘岡が相槌を打った。

昭和十九年五月、ビルマと中国ルートを遮断《しゃだん》するために、三十三軍は悪戦苦闘していた。敵は米式装備を施したインド遠征軍と中国雲南《うんなん》軍の精鋭で、兵力は我が軍の三十倍であった。

旗本中隊は三十三軍麾下《きか》にあり、ビルマ、中国の国境に近い村を守備していた。絶望的な戦闘は四カ月つづけられた。三十倍の敵に蟻一匹這い出る隙間もなく囲まれ、敵は連日連夜、息つく間もなく攻撃をかけてきた。七月になって弾薬が欠乏し、小型機によるわずかな空輸に頼って戦闘はつづけられた。それも尽きると敵兵の屍から奪った弾薬を逆用して戦った。

連隊長は戦死し、大隊長志戸大佐が代わって指揮を取った。

圧倒的優勢を誇る敵軍は、米式装備に加えて、すでに確保した自動車道による豊かな補給を受けて、その圧力を強めてきた。大砲約二百門、三〜四師団（三、四万）の火力と兵力を集めて昼夜間断なく攻撃をしかけてくる。このままいけば全滅は免《まぬが》れない。三千の将兵は討ち減らされて半数になっている。

「全軍一丸となって強行突破を図る。最も精強な旗本中隊に敵陣に打ち込む楔《くさび》になってもらいたい」

志戸は旗本中隊に敵中突破の挺進《ていしん》隊を命じた。旗本中隊に敵の包囲陣に穴を開けさせて強行突破をしようという作戦である。旗本中隊は全軍の捨て石にならなければならない。全軍千五百の将兵のために、旗本は甘んじてその自殺命令に等しい困難な役目を引き受けた。

全軍に総攻撃の命令は下った。敵の包囲網の最も弱そうな部位を狙って、ただひたすら駆けぬけよという命令である。旗本中隊の決死の働きで敵陣の一角を切り崩した。楔が穴を開けるかに見えたとき、志戸大佐は不可解な動きをした。

旗本中隊の楔が敵陣深く打ち込まれたとき、志戸率《ひき》いる主力は臆病風に吹かれて足踏みした。楔を打ち込むためには後方からそれを強く押す力が働かなければならない。

当然後押ししてくれるものとおもっていた本隊が、後方に留まったために、旗本中隊と本隊は分断された形になり、中隊は敵中に孤立してしまった。

気がついたときは周囲は敵兵で埋め立てられていた。敵中に置き去りにされた挺進隊の運命は悲惨であった。進みも退《しりぞ》きもならず、前後左右から襲いかかって来る敵兵をはらいのけている間に、味方は、ばたばた討ち減らされていく。

暗夜で敵が多すぎたことが不幸中に幸いして、敵は同士討ちを恐れておもいきった攻撃ができない。

「本隊はなぜ来ないのでありますか」

瀕死《ひんし》の兵が旗本に問うたが、答えられない。このときの志戸の行動は不可解とされたが、敵中突破を図ってから、にわかに臆病風に吹かれたのである。

志戸はもともと第一線に不向きな官僚将校であり、それ以前の作戦にも臆病な振舞いが多かった。

レイテ沖海戦において、囮《おとり》となった小沢《おざわ》艦隊が米機動部隊の全兵力を完全に吸収して栗田《くりた》艦隊に絶好の勝機をもたらしたとき、なぜか栗田艦隊はレイテ湾を目前にして謎の反転をした。

これは太平洋戦史の謎として、さまざまな憶説を立てられたが、規模は小さいが志戸大佐の行動も栗田艦隊の転舵《てんだ》に似ているところがある。

志戸はその後友軍の援軍に救出されたが、敵の重囲に陥っている旗本中隊を見殺しにしたのである。

旗本中隊九十二名中、重囲を切り破って脱出できたのは旗本以下十名であった。現地人に身を窶《やつ》し、いずれも満身創痍《そうい》で友軍部隊に合流したときは、ほとんど自力で歩行できなくなっていた。

彼らは負傷の手当てのために内地に送還された。いずれも現地に留まって戦うことを希望したのであるが、聞き入れられなかった。

後で知ったことだが、軍上層部では近い将来の本土防衛戦に備えて、第一線の歴戦の強兵を呼び返し、敵の上陸作戦を阻止するための挺進奇襲部隊の編成を考えており、この指導要員として彼らを当てたのである。

そのまま現地に留まっていたら、生命はなかったかもしれない。だが、彼らが呼び返される前に志戸大佐は昇進して陸軍士官学校の教頭となっていた。

死ぬための二畳

1

虫本省造の最後の消息地は尾道である。そこが彼の郷里である。戦後数回便りがあったが、どちらからともなく音信不通になった。福山《ふくやま》まで新幹線で行き、そこから山陽線に乗り換える。

初夏の山陽道は明るく、旧《ふる》い戦友を訪ねて行く旅に老人たちの心は弾《はず》んだ。おもえば三人ともに、こんな長い旅行に出たのは久しぶりである。それぞれが自分の穴ぐらの中に閉じこもって、外の世界があることを忘れたような生活であった。

列車が松永《まつなが》湾をまわると尾道である。尾道駅は尾道水道に面している。目の前に桟橋《さんばし》があり、狭い水道を隔《へだ》てて対岸が見える。水道にはカーフェリーをはじめ多様の船が行き交い、さしずめ海のハイウェイといった趣《おもむ》きである。

駅に下り立ったとたん、三人は一種の生《なま》ぐさいようなにおいを嗅《か》いだ。間もなくそれが潮のにおいらしいとわかったが、彼らの生活環境にはないにおいであった。

水道が午後の陽光に光り、起伏豊かな市街が立体感を刻む。山腹を埋めた緑の間から社寺の屋根が覗いて、この町の歴史と古格を旅行者に語りかけている。

町には乾物《かんぶつ》屋と船具屋の店が目立ち、道端に市《いち》が立って新鮮な魚が売られている。道路や軒先《のきさき》に干物が乾されている。三人が嗅いだ生ぐささは、これらのにおいであったのかもしれない。

穏やかな海と山に囲まれて、半分居眠りしているような町の対岸から、時折り金属的な音が町の不協和音となって漂って来る。対岸に造船所でもあるのだろう。

街並みは背後から迫る山に圧迫され、水路に陸地を阻まれ、小さな家が犇《ひし》めき合い軒を連ねている。低地を埋め立てた家並みは坂を這い上り、山腹から山頂まで屋根が重なり合うばかりにつづいている。

古い住所を頼りにあちこち聞き歩きながら、だいぶ歩かされた。実際には大した距離ではないのであろうが、老人にとって未知の町なので足腰にこたえるのである。

「それにしても寺の多い町だな」

肘岡が感心したようにつぶやいた。

「この小さな町でこんなに寺があっては、檀家《だんか》の取り合いで大変だろうな」

赤城が、よけいな心配をした。

「みな由緒《ゆいしょ》ある寺ばかりだから、観光客でもってるんじゃろう」

旗本がわけ知り顔に解説する。それにしては、京都や奈良のように観光客の姿が目立たない。

表通りから逸《そ》れると、崩れかかった土塀《どべい》のつづく小路がある。土塀から枝ぶりのよい松が覗いている。狭い路地に入れば生活用品がはみ出し、出張った庇《ひさし》の下に洗濯物がぶら下がる。穏やかな起伏、坂道、石段。市街のどこからでも川のような水道が望める。どの一角にも古い歴史がにおう。それも忘れられた歴史である。

この町は表通りよりも裏通り、それもなるべく小さな路地に歴史が籠っているようである。

新幹線も避けて通ってくれたおかげで奥深い自然の生態系が守られたように、ささやかながらデリケートな日本の古く遠い片隅の歴史が守られたのである。

「この辺のはずじゃが」

旗本が古い住居表示と古びた家並みを見比べた。

折りから通りかかった人に問うと、

「虫本さんの家《うち》ならその角を曲がった駄菓子屋じゃがの」

とおしえてくれた。

その家は瓦葺《かわらぶ》きの平屋《ひらや》である。土間に今は珍しくなったガラス製円筒形の容器を並べて、駄菓子を商《あきな》っている。駄菓子の種類もデパートで売っている〝復刻版〟の駄菓子ではなく、本物の黒棒、カタパン、コロッケ、鶴の卵、鉄砲玉、金平糖《こんぺいとう》、はっか糖、ニッキ糖などである。

店番はいない。家人が片手間に商っているようである。家の奥は暗く、人の気配は感じられない。

土間に立って何度か声をかけると、ようやく奥に気配があって、中年の顔色の悪い女が出て来た。洗濯でもしていたらしい。濡れた手を前かけで拭いている。

「はい、なにをあげましょうか」

彼女はそこに老人が三人立っていたので、びっくりしたような目を向けた。

「こちらが虫本省造さんのお宅とうかがってまいりましたが、省造さんはおられますか」

赤城が問うた。

「省……あ、お爺ちゃんですかな」

女の顔が反応した。

「そうです。わしら省造さんの友人ですが、省造さんにお目にかかれますかの」

赤城は奥の気配をうかがいながら言った。大して広くもない家であるから、屋内にいれば彼の声が届いたかもしれない。

「お爺ちゃんは家にゃおりませんがな」

女の顔が当惑している。

「おられない？　それではどちらにおられるので」

みな年齢《とし》なので、すぐに不吉な連想をしてしまう。「家にいない」と言ったのが一縷《いちる》の望みである。

「老人ホームに入っとります」

「老人ホーム、それはどこにあるのですか」

はるばるここまで来て、また遠隔の地へ追いかけて行かなければならないとおもうだけで、疲労が老いた体を圧倒する。

「光風園《こうふうえん》です。山の方にあります」

「山の方？」

ともかく彼女の説明で、虫本が市内の老人ホームに入居しているのを知ってホッとした。

「お爺ちゃんが自分から希望してホームへ入ったんですけえ。その方が気が楽じゃ言いまして」

嫁さんらしい彼女が言いわけがましく言った。たしかにこの薄暗い家の奥で、粗大ゴミ扱いを受けているより、老人ホームへ入居したほうが気が楽かもしれない。

三人は新たな目標の所在地を聞いて歩きだした。光風園は町の背後の千光寺《せんこうじ》山の中腹にあるという。山頂までロープウェイが上っている。

情緒的な坂道を歩いてみたい気もするが、体力に自信がなかった。ゴンドラに乗ると、一挙に視野が開けて、水道を背負った尾道市街が一望の下に見渡せた。そのかなたに尾道大橋の二本の白い橋脚《きようきやく》が、ゲートの衛兵のように立っている。山と水に囲まれたというより衛《まも》られた形の日本の片隅の美しい街である。

光風園はロープウェイ山頂駅から少し戻った台地にあった。千光寺は近い。こんな山の上にまで、家並みが這い上がってきている。

開花期に訪れたら、さぞやとおもわれる桜並木を歩いて、水道を見下ろす台地に、光風園の建物はあった。

山間《やまあい》に廃校となった分教場のような古びた建物であり、人気《ひとけ》が感じられない。まるで無住の建物のように、桜の古木の間にひっそりと静まりかえっている。

三人は（ここでいいのかな）と問い合うように顔を見合わせた。彼らがホームの玄関に入ろうとしたとき、突然拡声器の声がわいた。

「はあい、お食事でーす」

その呼び声とともに、静かだったホーム内にざわざわと騒《ざわ》めきが起きた。

「これは悪い時間に来合わせたな」

「わしらも少し腹がへったから、どこかでなにか食べましょうか」

「といってもこの辺に食い物屋があるかな」

「ロープウェイを下りたあたりに、食い物屋の看板を見かけたような気がします」

「さすが食い物となると目が早いね」

ホームの中では食事が始まっているらしいが、話し声がまったく漏れてこない。ただ黙々と食べているのだろう。

三人はいったん千光寺公園に引き返し、軽い食事を摂《と》った。時間を見計らってホームへ帰って来ると、再び拡声器がどなった。

「はあい、お風呂の時間でーす。一号室から順々に来てくださあい」

「やれやれ、今度は風呂だってよ」

赤城が辟易《へきえき》した表情になった。

「まあ風呂だったら、一回ぐらい抜いてもいいじゃろう」

旗本の言葉で三人は玄関へ入った。廊下に入浴道具を抱えた老人たちが、背を丸めてとぼとぼと浴場とおぼしき方角へ歩いて行く姿が見えた。それはつい少し前までの三人の姿でもある。

何度か奥へ呼びかけると、ようやく職員が出て来た。

「あら、今日は入所があったきゃあなあ」

若い女子職員は三人を入所者とまちがえたようである。

「いや、入所ではなく、面会です。虫本さん、虫本省造さんにお目にかかりたいのです」

「むしもと？」

職員はその名前と本人の顔が咄嗟《とっさ》に結びつかないようである。

「虫本省造さんです。もし特徴が変わっていなければ鼻柱が少し歪《ゆが》んでいる」

初年兵のころ、古兵から鉄拳を鼻に浴びせられて、鼻柱が少し曲がってしまったのである。

「ああ、鼻曲がり爺さんのことじゃね。ちょっと待ってつかあさい。いま呼んで来ますけえ」

職員は三人の名前も聞かず、奥へスリッパの音も慌《あわ》ただしく引き返した。

間もなく一人の老人が両手に鞄《かばん》を下げて出て来た。彼は玄関口に立っている三人に目もくれず、

「迎えが来たそうじゃが、どこにおるんきゃあの」

と、きょろきょろしている。

「迎えじゃないんよ。面会じゃと言うたで」

「今日は息子が迎えに来るはずじゃがのう」

老人は職員の言葉に耳をかさない。鼻柱が歪んでいるその顔は老いているが、往年の虫

本上等兵の風貌をわずかに伝えている。

「虫本さん」

旗本に呼びかけられて、虫本はようやく視線を三人の方へ向けた。

「はて、あんた方はだれきゃあのう」

虫本の表情には、なんの反応も起きない。

「ああして毎日息子さんやご家族が迎えに来るのを待っておってんですよ。そのくせ少しも帰りたがっておらんのです。自分には迎えに来る家族がおるということを、ホームの人たちに見せたいだけなんです」

職員が痛ましげに言った。帰ったところで駄菓子屋の奥の薄暗い部屋に、彼のための場所はないのだろう。

「虫本さん、旗本じゃよ。赤城軍曹と肘岡曹長もいる」

「旗本……赤城、肘岡じゃと……？」

「旗本じゃ。昔の戦友が訪ねて来たんじゃ」

「戦友じゃと？　私《わし》は夢でも見とるんきゃあのう。それとも本当にボケたんかのう」

「夢も見てなけりゃ、ボケもせんよ。わしは旗本じゃ」

「まさか、中隊長殿じゃあ」

「昔はそんなふうに呼ばれたこともあった」

「中隊長殿じゃ。肘岡曹長殿に赤城軍曹殿もご一緒に、いったいこりゃどうした風の吹きまわしじゃろうか」

虫本の表情にようやく反応は現われたものの、いまだに半信半疑の様子である。

「積もる話があっての、わざわざあなたに会いに来たんじゃよ」

「三人が私《わし》に会いに？」

「どこか話す場所はないかな」

「ここにゃあ面会所なんちゅう気のきいた場所はありゃあせん。ここに入所しとる者《もん》に面会に来る者なんかおりゃあせんのです」

そう言ったときの虫本の表情は、救いようのない無気力に覆われていた。一片の希望もない老残の生活が、生きていながら死体のように生色を奪いつくしている。これがかつて「鬼虫」と恐れられた銃剣術の達人で、敵兵を二名串刺しにした武勇伝の持ち主とはとうていおもえない。

「ちょっと外へ出られませんか」

赤城が言った。

「かまやあしません。どうせあとは寝るだけですけえ」

「だったら今夜、戦友と泊まりませんか。戦友もどうせ宿を取らなければならんのじゃ」

旗本が誘った。

虫本は外泊届けを出すと、一緒にホームから出て来た。

ようやく昏《く》れかけた空の下に街の灯が点《つ》き始めている。街並みの灯が水道に反映して、華やかな夜景に切り換わろうとしていた。

「美《い》い眺めじゃのう」

旗本が嘆声を漏らすと、

「姥捨山《うばすてやま》の上から眺める下界の眺めは、美しいほど残酷ですけえ」

虫本が言った。たしかに自分とは絶縁された美景は、残酷といえるかもしれない。だがショーウィンドウの中の商品が、どんなに購買欲をそそるようにディスプレイされていても、見る者に欲がなければなんともおもわない。

虫本が水道に映える夜景を残酷だと言ったのは、彼にもまだ浮世に対する未練や野心が残っている証拠かもしれない。

四人は千光寺公園の近くの宿に入った。通された部屋は水道に面した十二畳ほどの和室である。さしもの長い初夏の日もとっぷりと昏れて、尾道の夜景は、いよいよその本領を発揮してきた。

四人は夜景を望みながら久闊《きゆうかつ》を叙した。旧い戦友に出会って、死んだようであった虫本の表情に、いくらか生色が戻ってきたように見える。

「それにしても中隊長殿をはじめ、肘岡曹長殿や赤城軍曹殿が顔を揃えて、いったいなんの用事がこちらにあったんですかの」

　乾杯のビールで少し頬を染めた虫本は、改めて問うた。

「あなたに会いに来たのじゃ」

「わざわざ私に？　三人が揃うて……」

　旗本に言われてもまだ信じられないらしい。

「本当にあんたに会うために来たんだよ」

　赤城に言われて、

「なんかわけがありそうですのう、話してくれんですか」

　ようやく三人の表情からなにかを察知したらしく、膝を進めた。

「私から話しましょう」

　肘岡が説明役を引き受けた。肘岡からあらましの話を聞き終わった虫本は、半ば呆れた表情になって、

「三人とも、正気ですきゃあの」

　と問うた。

「このとおり、正気じゃ。これ以上の正気はない」

　旗本がうなずくと、

「正気で組織暴力団に戦争をしかけるつもりかいの。とうてい勝ち目はにゃあで」

「勝ち目のないことはわかっておる。ただわしらはこの戦争にあなたを必要としておる。どうかな、手伝ってくれんじゃろうか」

旗本は、虫本の目に見入った。二人の老戦友も虫本に視線を集めた。静寂が落ちた。

虫本が静寂の圧力に耐えかねたように、身じろぎをした。

「時刻表を読み終わりたいんじゃ」

虫本は言葉を押し出すように言った。

「時刻表を？」

三人はその意味を取り損ねた。

「生きておってもなんの面白えこともにゃあのに、生きておらにゃあならんちゅうことは、辛いもんですけえ。まだ生きているのが面白えところは、安らかな老後を送り、畳の上で死ねりゃあとおもうておりました。しかしそんなもんはありゃあせんかった。家族はみなわしを粗大ゴミ扱いしおった。家の中の一番暗い隅へ追いやり、年寄りはくさいとぬかしおった。老人ホームへ入りたくとも、希望者が多《お》ゆうてなかなか入れん。順番を待って、つまりだれかが死ぬ番を待ってようよう入所できても、一部屋三人か四人の相部屋じゃが。せき一つ遠慮しながらするような生活です。朝起きてから、体操、朝食、昼食、夕食、入浴、就寝、全部拡声器で指示されて、一分の狂いもにゃあ、規則正しい生活ですがの。部屋の中ではなんにもしておらん。時間が全然動かん。部屋の仲間と話し合うこともありません。これでは永遠に死ねないんじゃないかとおもうた。時間をつぶすためにええことを始めました。列車の大型時刻表を買《こ》うてきましてな、虫めがねでな、最初の頁から読み始めたんです。これは読みでがありますがな。目が疲れて、一日二頁がやっとです。やっと百頁を越えたとこです。

ここじゃあ一人分の畳が二畳あります。死ぬにゃあ十分の広さです。死ぬまでに時刻表を全部読み終えたいとおもうておるんですよ。これがわしの安らかな老後であり、二畳が死ぬための畳です」

虫本は自嘲的に語った。

「それであなたはその老後に満足しているのかな」

旗本が問うた。

「満足とか不満足とかいう気持ちなんぞありません。ただ時刻表を読んでおるだけです。死ぬまでに読み終えるかどうか。時間との競争ですけえ。時刻表が時間を動かしてくれよります」

「時刻表より時間は確実に速く動くよ。死ぬ時間がずっと早まるかもしれない」

「生きているのがまた面白くなるかもしれないよ。中隊長殿のおかげで、わしらもこのごろ楽しくなってきてねえ」

肘岡と赤城が、こもごも口を添えた。

「久しぶりにみなさんと一緒に酒を飲んで、酒の味をおもいだしましたよ。世の中にはこんなうまい酒があったんですかのう」

虫本が沁々《しみじみ》とした口調で言った。酔いに火照《ほて》った彼の表情は生き返ったように見える。

「まだまだ酒の味がわかるのじゃから、枯れておらん証拠です。時刻表と時間の競争をするのは惜しい」

「私も仲間に入れてもらえますか」

「入ってくださるか」

「老人ホームはいつでも出て行ける用意をしておりますけえ。このとおり引っ越しの荷物をもってきておる」

虫本が両脇に鞄を抱きかかえるしぐさをした。

「これは手まわしのいいことじゃ」

旗本が言ったので、三人がどっと沸き立った。

2

翌日、老人ホームに退所手つづきを取った。入所希望者が順番待ちをしているので、退所にはなんの妨げもない。入所者が羨《うらや》ましそうに見送っている。生きてこのホームを出る者に、入所者は受刑者が刑を終えて出所する者を見送るような表情をする。

おもえばどこへも行く当てのない老人ホームの入所者は、人生の終身刑を言い渡されたような存在であろう。

「行く所があれば、わしらも出たいのう」

「元気でのう。あんたがいなくなると寂しゅうなるなあ」

入所中はろくに言葉も交わさなかった同室者が涙ぐんで見送った。入所者、職員が見送ってくれた。

旗本はそのとき、虫本を山間《やまあい》の静かな安住の地から、修羅《しゅら》の戦いへ引きずり出す胸の痛みをおぼえた。時刻表相手に過ごす平穏無事な老後と、ヤクザ相手の絶望的な戦いとどちらが幸せか。

だが幸福が主観的な価値観であるならば、虫本がヤクザとの戦争に身を挺《てい》することで生色を取り戻したことも事実である。旗本も赤城も肘岡もそうであるように、虫本にとってもヤクザを敵の旗印とした、老人の復権の戦いなのである。半分死んでいるような「安らかな老後」と比較にかけるべきではないだろう。

老人が生き甲斐をおぼえる最大の要素は、役割をあたえられることである。いま虫本は役割を得たのだ。

彼らは尾道に三日滞在した。

その間、虫本は〝新たな生活〟のために身辺の整理をした。整理といっても祖先の墓参りをして、親しい人たちに別れを告げるだけである。

「なんかこう、いま流行のリフォーム（再生品）に自分がなったような気がするのう」

虫本は奇《く》しくも旗本のいまの仕事を言い当てた形で苦笑した。

三日後、彼らは連れ立って旗本の街へ帰って来た。車中、黒門組の支配する街の状況を説明する。戦後秩父山中に隠匿《いんとく》した大量の武器弾薬が健在であることを聞いたとき、虫本は顔を輝かせた。

「それだけの武器がありゃあ、日本中のヤクザを相手に戦争ができるで」

「いまさら我々が天下を狙うこともあるまい。とりあえず、黒門組が相手じゃ」

気負い立った虫本を旗本がなだめた。同志が四名揃った。老人が四人で共同生活をしていると目立つので、とりあえずべつのアパートにもう一部屋借りて、肘岡と虫本が分かれて住むことにした。

四人集まっての旗本の采配を振るう再生品の製作は能率的となった。「赤看板」での評判もよく、注文は増えつづけた。旗本のアパートにさらに一部屋を借りて、そこを仕事場にして、再生品の生産はますます拍車をかけられた。

だが黒門組相手に戦端を開くには、戦力も軍資金も不足である。虫本が数年前に悪原元《あしはら》一等兵から年賀状をもらっていた。最後の住所は金沢になっていた。

「最低、あと二人は仲間がいる。悪原一等兵がまだ金沢にいるかもしれない。なんとか彼を引っ張り出したい」

旗本が三人の同志に言った。

生前の一花

1

再生品生産の仕事が軌道に乗って休めなくなっていたので、旗本は虫本一人を伴って金沢へ行くことにした。金沢へは東京から空路一時間である。

「悪原一等兵といやあ、高射砲事件をおもいだします」

虫本が感慨深げに言った。

「高射砲事件、そんなことがあったな」

高射砲事件は連隊だけでなく当時の全陸軍を震撼《しんかん》させた事件である。悪原は一般大学から入隊した幹部候補生であった。これが幹部選抜試験に合格すれば一挙に将校または下士官になれる。これが古兵の癪《しゃく》の種である。兵隊の進級は、入隊後半年すると全員星二つ

（一等兵）になるが、それ以後は上官の印象次第になる。

入隊一年目の二年兵になると第一選抜で上等兵になる者もあったが、これは中隊の中で精々二、三名である。その後、半年刻みに二選抜、三選抜で上等兵になるが、要領の悪い者や上官のおぼえがめでたくない者は、一等兵に据えおかれる。

この種の万年古兵にとって入隊して間もなく、自分たちを追い越して行くことが約束されている幹部候補生が癪の種であり、ことごとにイビリの対象とした。

特に悪原は古兵にまったく阿《おもね》らず、態度が毅然《きぜん》としていたために、古兵たちから目の敵《かたき》にされた。陸軍の場合、「軍人の家庭」として、すべて各内務班単位に行動したので、シゴキやイビリも内に籠った陰惨なものになった。

この日本陸軍の悪弊《あくへい》は、いびられた者がもうやめようという気にはならない。やられたからやり返すという心理で、自分たちが古兵からされたことを、入隊して来る新兵に加えることによって〝連綿《れんめん》〟とつづいてきたのである。

特に太平洋戦争勃発《ぼっぱつ》後は、平時は二年の兵役が延長（除隊即再召集）され、兵の心が荒《こう》廃《はい》し、新兵イビリに駆《か》り立てた。

悪原は古年兵のイビリを黙然と耐えた。ビンタを取られるのは日常茶飯事である。靴の泥を舐《な》めさせられたり、営内靴《スリッパ》の裏や拳銃の鞘《さや》で殴られたり、「鶯《うぐいす》の谷渡り」「蟬《せみ》の鳴き声」「三八式歩兵銃殿」「客引き」「巻脚絆《まききゃはん》への申告」「自転車競走」など日本陸軍の伝統あるリンチが悪原に集中した。

悪原は、それにじっと耐えていた。だが彼が次第に無口になり、リンチを加える古兵に向ける目の色が、尋常ではなくなったと気づいたときは遅かったのである。

ある夜、深夜の不寝番《ふしんばん》に立った歩哨《ほしよう》は、連隊の高射砲の砲身が水平になっているのに不審を抱き、その砲口が兵舎の方角を狙っているのを知って仰天《ぎようてん》した。

歩哨の知らせを受けて連隊じゅうが大騒ぎになった。連日のリンチを腹にすえかねた悪原が、高射砲で兵舎を吹き飛ばし、自分も自決しようとしたのである。戦時なので高射砲に実弾が装塡《そうてん》してある。大口径の射程の長い高射砲を古い木造のバラック同然の兵舎に射ち込まれたら、木っ端《こ ぱ》みじんになってしまう。連隊長をはじめ、連隊首脳部は一人の新兵の死を賭《と》した実力抗議に色を失った。

高射砲を遠巻きにして連隊長自らの説得が始まった。連隊長は理をわきまえ、勇気ある人間であった。

古兵に向けた怨みを連隊全体に向ける非を説き、かかる非常時に一個人の怨みから陛下の軍を損傷することの不忠を諄々《じゆんじゆん》と訴えた。そして、どうしても射ちたいなら自分を射てと大口径の砲口の前に身を挺したのである。

悪原は連隊長の訴えを聞き入れて、憲兵隊に逮捕された。軍法会議にかけられたが、連隊長の口添えもあり、実害は生じていなかったので罪を軽減され、最前線の旗本中隊に懲罰転属させられたのである。

　悪原の高射砲ジャック事件以来、日本陸軍は悪弊たるリンチが激減した。

　悪原のエピソードをおもいだしている間に、機は小松《こまつ》空港に着いた。悪原の最後の音信は金沢市小坂《こさか》町となっている。地図でみると、小坂町は市域の東北のはずれにあたる。伸びてきた市街地が山地によって阻《はば》まれ、開発の先端が足踏みしているような地域である。小松空港から拾った車はしばらく8号線を伝った後、バイパスの途中から市街へ入って行った。とたんに交通量が多くなり、順調だった車の足が鈍くなる。

「こりゃ、街をやり過ごしてから戻った方がよかったかいね」

　運転手がつぶやいた。

「時間はたんとあるけえ、まあのんびり行ってつかあさい」

　虫本が言った。飛行機のおかげで、まだ午前中なのである。悪原の最後の住所は小坂町の白雲荘《はくうんそう》というアパートである。同荘に電話のないことは確かめてある。

　交通量が多いうえに城下町特有の卍字形に屈曲した「鉤町《かぎまち》」が、車の流れをさらに悪くしている。ここも尾道同様に古い歴史の籠る街である。だがさすが北陸の中心地だけあって活気がある。表通りに銀行やホテル、デパートなどの近代的ビルが連なり、その間におもいだしたように、昔ながらの瓦葺《かわらぶ》きの旧家が広い間口と深い奥行きをもってうずくまっている。近代的建物に圧迫されながらも、それらの古い家並みには歴史に支えられた深い存在感がある。

　ささやかな自然の中に生息する珍種の動物を保護するように、わずかに生き残った古い家を街全体が優しくいたわっているように見える。

　東京を発《た》つときは晴れていたのが、日本海側へ来ると一面の雲に覆われていて、金沢市街は梅雨特有の濃密な煙雨の中に閉じ込められていた。

　雨は街を柔らかく烟《けむ》らせ、色彩を淡くぼかし、風景を奥深く見せた。庇《ひさし》の深い民家の奥座敷は暗く、そこに昔ながらの生活が息づいているようである。超渋滞のおかげで、二人は車窓からその奥座敷に住む人を勝手に想像していた。

2

　車が159号線に出ると、ようやく流れだした。間もなく車は国道から右手へ折れた。小道の両側は桜並木、右手に学校らしい建物、突き当たりはうっそうたる森林に覆われた小高い丘になっている。

「このへんやないけ」

　運転手が言って車を徐行させた。傘をさした通行人が道端に寄って、車をやり過ごそう

としている。その前に車を停めて、このあたりに白雲荘というアパートはないかと尋ねると、

「それなら、この先の左手に見えるあの二階建ての建物やわ」

と指さして教えてくれた。

近づくと、それは紫色のモルタル塗りの建物である。雨水が壁に汚ならしい縞《しま》を描いており、屋根や壁のあちこちが剝落《はくらく》している。家の中で傘をさすようなオンボロアパートである。

玄関は道路側に面する建物の妻（横）にある。玄関から覗いてみると、暗い廊下をはさんで両側に部屋が並んでいるらしい。廊下に住人のガラクタや空びんなどがはみ出しているが、人影はない。トイレのアンモニア臭が濃厚に漂っている。赤城軍曹のアパートと同じにおいである。

管理人のような気のきいた者は、おいていないだろう。

玄関に立って何度か虚《むな》しく呼びかけていると、上がり口に最も近い部屋のドアが開いて、ひげだらけの中年の男が顔を出した。

「こちらに悪原さんはお住まいではございませんか」

まず虫本が恐る恐る尋ねた。なにせ数年前の音信を頼りに来たのである。

「悪原さん。ああ、おんまさるわ」

意外にすんなりと求めていた返事がきた。

「おんまさるわ。廊下の一番奥の左手の部屋や。ただし、死んどらにゃあね（死んでいなければ）」

ひげ男は言ってニヤリと笑った。

「上がってもいいですかな」

「上がんまっし。パブリック（共用）の廊下やさけ」

ひげ男は方言と英語をチャンポンに使って首を引っ込めた。廊下の奥のおしえられた部屋の前に立った二人は、

「悪原さん、おられますかの」

と呼びかけた。中はなんの気配もなく静まり返っている。二人は顔を見合わせた。異様に静かな室内に、ひげ男が言ったように本当に死んでいるような不安がわいてきた。トイレに近くなってますます濃厚になったにおいが死臭のように感じられる。二人は再三再四呼びかけた。

「入んまっし。鍵はかかっとらん」

ようやく室内から応答があった。虫本がドアに手をかけてそろそろと引く。中は薄暗い。白昼でありながら、雨空の下、北側の部屋は夕方のように暗い。だが電灯は点けていない。

ガラクタを積み重ねた間に人影がうずくまっている。旗本がその人影に声をかけた。

「悪原茂市さんかな」

「悪原やが、あんた方はどなたかな」

意外にしっかりした声で問い返してきた。

「これは懐かしい。旗本です。こちらは虫本さんじゃ。大陸で一緒じゃった」

「旗本……虫本？　まさか中隊長殿では」

悪原の声が震えた。あまりに驚いて声が出せなくなったようである。

「その旗本です」

「虫本元上等兵です」

「これは、これは夢でも見とるんやないけ」

悪原は、これまでの同志が発した同じせりふを口に出した。

「夢じゃありません。昔の戦友がここにこうして生きております」

「これはまたなんと。まずは入んまっし。とゆうてもこんな汚ない所やけど、とにかく入ってください」

悪原は旧い戦友の突然の訪問に動転している。室内を埋めつくしているガラクタを部屋の隅へかき寄せて、三人が座れる場所をつくると、膝を寄せ合うようにして座った。

まずは一別以来の挨拶を交わして、部屋の様子をさりげなくうかがう。老人が長いこと独りで生活している侘《わび》しさと荒廃が室内に籠っている。

段ボール箱や風呂敷包みが乱雑に積み重ねられた間に万年床が敷かれている。一応敷布は敷いてあるが、醬油《しょうゆ》で煮しめたような色になっている。座りの悪い卓袱台《ちゃぶだい》の上にカップラーメンの空ケースが数個おいてあり、汚れた茶碗や皿や丼《どんぶり》が部屋の隅に積まれている。ガラクタの間に、今時珍しくなったコンソール型足つきのテレビがでんとおいてある。室内一面に漂う饐《す》えたようなにおいが老残のにおいであることを、同年輩の二人は嗅ぎ取っていた。

万年床の上の鴨居《かもい》になんのまじないか、ロープがぶら下がっている。二人がそれに目を向けると、

「最近足腰がすっかり弱うなってしもて。そのロープにすがって起き上がるがや。いつでも首を縊《くく》って死ねる用意でもありますちゃ」

と悪原は説明した。彼の言葉に二人はぎょっとなった。いまにしてひげ男の言った言葉の意味がわかった。

悪原が語ったところによると、しばらく金沢市内の団地に住んでいたが、老妻が病死したので、そこを長男夫婦に譲って、嫁《とつ》いだ長女の許へ身を寄せた。

「長女にも邪魔にされて次男の家へまわされてしもうたが、次男がなんで自分が二人の兄姉を飛び越えて親の面倒をみんならんがやと言いだしてな、五年ほど前から、このアパー

トに独り暮らしですちゃ。長生きはしとない。子供が三人もおるのに、ジプシー老人やちゃ。柱のロープを見るたびに情けのうて、このごろは涙も出のうなりましたちゃ」

悪原は目をしばたたいた。若い日に古兵に復讐しようとして、全連隊を吹っ飛ばそうと高射砲を向けた血の気は、枯れきってしまったようである。

「ところで中隊長殿に、虫本さん、この金沢にはどんな用事があって来られたがですか」

悪原はその後の自分の身の上を語り終えると尋ねた。彼らがわざわざ自分を訪ねて来たとはおもっていないらしい。

「悪原さん、もう一度世間に高射砲をぶっぱなしてみるつもりはありませんか」

「高射砲を」

旗本に突然言われて、悪原にはその言葉の含みがわからない。

「あのときの悔しさをおもいだして、もう一度世間に高射砲をぶっぱなしてみたいとおもわんかね。昔の仲間が四人集まっておる。肘岡曹長も赤城軍曹もおるんじゃ。このまま老いぼれるには早すぎる」

「なにかわけありそうやね。詳しく話してくたはれ」

悪原はようやく、旗本の言葉の底に含まれているものを察したようである。旗本と黒門組のいきさつや、復讐と老人の復権のために旧軍の戦友を呼び集めているという話を聞いているうちに、悪原の面に血の色が上がってきた。

旗本が話し終わると、悪原は二人の手を握りしめて、

「ようわしのことをおもいだしてくれましたちゃ。わしはいつかこんな日が来るがやなかろうかと待っておったがです。死ぬ前にもう一花咲かせたいとおもっとりました。わしの方からお願いします。ぜひ仲間に入れてくたはれ」

悪原は目に涙を浮かべて言った。

「それでは仲間に入ってくださるか」

「これがわしの答えですちゃ」

悪原は立ち上がると包丁を取り上げて、鴨居にぶら下げたロープの輪を切り放した。

「有難う」

「礼を言いたいのはわしの方ですちゃ。このまま、この日の当たらん部屋で独り死ぬがは、死んでも死にきれないおもいやったがです。死ぬ前にだれかが呼びに来るような気がしておりました。その日が来たがです。これからはわしの敗者復活戦ですちゃ」

「私らはまだ敗者じゃありませんぞ」

虫本が異議をはさんだ。

「そうやったちゃ。老人パワーの復活戦ですちゃ」

三人は声を合わせて笑った。

悪原は後始末をするために、数日遅れて来ることになった。

「後から来させると気が変わりやせんですか」

虫本が懸念した。

「それで気が変わるようであれば、わしらの仲間にはなれんよ」

旗本は言って、

「案ずるにはおよばん。悪原一等兵は必ず来る。鴨居のロープを切ったとき、彼は生き返ったんじゃ。あんたが老人ホームから出たときのようにな」

と断定して虫本の懸念を吹き飛ばした。

千円爺さん

1

悪原茂市は約束どおり、数日遅れてやって来た。

悪原は、土産をもってきた。彼が子供たちの家をタライまわしにされている間、うっぷん晴らしに熱海《あたみ》方面に旅行したとき、偶然同市内で戦友の一人、目崎幸助元伍長に会ったという。

「向こうから声をかけられなんだら、わからんところやったちゃ」

「目崎君は元気にしていたかね」

「元気ではありましたが……」

旗本に問われてなぜか悪原は言葉をにごした。

「どうしたんじゃな」

「あまりの変わりように、しばし声が出ませんでしたちゃ」

「そんなに変わっていたのかね。まあ、わしらもみな老けたがの」

肘岡が一同の顔を見まわした。

「ただ変わっただけでやない」

「すると怪我でもしたかね」

赤城が問うた。なにか事故にでも遭って身体を障害されたことを考えたのである。

「いや五体は満足でしたちゃ」

「じゃあ、どう変わっていたのけ」

気の短い虫本が、じれったそうに言った。

「目崎君、浮浪者になっとったがです」

「浮浪者に！」

一同は唖然《あぜん》とした顔を見合わせた。

「以前は新宿辺《あたり》にいたそうやけど、物騒《ぶっそう》になったさけ、暖かくて食い物が豊富にある熱海へ来たと言うとった」

「浮浪者にねえ」

「市内の公園を塒《ねぐら》にしているそうですちゃ。あんまり気の毒やさけ、持ち金を少しやりましたが、本人、意外とのんびりした顔をしとりました」

「それは正確にどのくらい前かね」

「まだ子供たちの家をタライまわしにされとるころやったさかい五年前の五月下旬やったな。海岸に沿った通りを一人で歩いとったら、いきなり浮浪者に名前を呼ばれて、びっくりしたがです」

「五年前では、まだ熱海にいるかどうかわからないな」

「一応確かめに行ってはどうですか。熱海なら近い」

肘岡、赤城、虫本が勧めた。

2

旗本と悪原の二人が熱海へ行くことになった。熱海まで東京から新幹線で四十分そこそこである。距離感に比較して乗車時間が短いので、下手をすると乗り過ごしてしまう。

熱海はすでに夏の装いであった。下り立つ者は観光客が多く、街全体に温泉街らしい陽気なざわめきがある。駅前には客引きと空車の列が待っている。客引きが早速寄って来て、宿は決まっているかと問うた。それを追いはらって車に乗ったものの、どちらへ行ってよいかわからない。

とりあえず悪原が目崎に会ったという海岸通りへ行ってみることにした。

海岸通りには大ホテルが軒を連ねている。通りに沿った防波堤の下に大量の砂を運んで来て、人工海水浴場を設けている。海水浴にはまだ少し早いが、気の早いカッパ連が早くも砂浜を独占して水と戯《たわむ》れている。背後から緑濃い山が迫り、斜面に発達した温泉都市は、さすが「東洋のナポリ」と称せられるだけの人工美を、海と陸が微妙に照応する地形に築いている。

市街地には意外に緑が少ない。ホテル、マンションの近代的ビルが林立する間に、昔ながらの和風の建物がひっそりと身をすくめている。尾道や金沢のように古い建物を保護するといった趣きではなく、ここでは高層建築や近代設備を誇るホテル、マンション群が、あたかも新兵器が老朽兵器を嘲笑《あざわら》うかのように古い建物を圧迫している。

この街にも古い歴史があるが、それは政治や文化や宗教のにおいではなく、街のどこにも漂っている温泉《ゆ》のにおいの中に籠っているようである。

海岸通りで車を捨てたものの、さてどちらへ行ってよいかわからない。ざっと見渡しても観光客の姿ばかりで、浮浪者らしい格好の者は見えない。

「この辺で声をかけられたがです」

悪原が言った。「お宮《みや》の松」の近くで、観光客の団体が記念撮影をしている。

「ともかく塒《ねぐら》にしていると言っていた公園の方に行ってみよう」

旗本は海岸通りを南の方へ向かった。地図を見ると、市街の南端に「海浜公園」がある。そこまで歩いたところで大した距離ではなさそうである。

海岸通りをぶらぶら歩く。港の方角から白いスマートな船体のフェリーボートが出て行く。その向かう彼方の洋上に青い島影が霞《かす》んでいる。沖の方に漁船が数隻、固定されたように動かない。

「目崎君の腕があれば、なにも浮浪者などに落ちなくてもよかったじゃろうに」

歩きながら旗本は述懐した。

「私もそうおもったがです。目崎さん、人のおこぼれを拾って生きる方が気が楽だと笑っとったがですちゃ」

「員数《いんずう》つけの天才と謳《うた》われた目崎が、浮浪者とはねえ」

3

軍隊で員数つけとは、官給品の兵器や衣料品の数を合わせることである。入営と同時に私服はいっさい身につけることを許されず、下着から靴、帽子に至るまで官給品で固める。これに兵器、銃やゴボウ剣などを貸与《たいよ》される。

完全武装をすると約三十キロになる。

これらはすべて天皇陛下から賜《たま》わった兵器として、一品（一部品）でも紛失すれば一大事である。そしてこの員数検査が随時行なわれる。員数が揃わなければ、始末書一本で再支給されるようなことはあり得ない。紛失したら、どこからか盗んできて員数を合わせてしまう。これが内務班の鉄則である。

品物であるから必ず消耗していく。絶対数が不足しているのに検査のときに員数が合っているのは、盗《ケ》られた者が盗り返して検査をパスするからである。

いきおい軍隊は泥棒の巣となる。軍隊では員数をつけるための盗みを「ケル」とか「サシクル」と呼び、盗みの中に入れていない。このサシクリによって絶対数が不足している陛下の官給品の数が合うのである。

一種の〝自転車操業〟であり、不条理が道理としてまかり通るのが軍隊であった。このような不条理の世界には当然、サシクリの名人が現われる。目崎は地方（一般社会）ではスリの名人であったというだけに、サシクリで本領を発揮した。

実際、彼に頼めば手に入らないものはないほどであった。衣料品はもとより、甘味品、食料品などもサシクってきた。初年兵が演習中銃剣を失ったことがある。鞘《さや》を剣吊ボタンでとめ忘れたために、いつの間にか脱落したのに気がつかなかったのである。

銃や銃剣は第一種兵器として特に点検が厳しい。これを失ったら衣料品や食器のように員数をつけることはできない。班長をはじめ内務班全員が青くなって演習場を探しまわったが、広すぎて見つからない。

そのとき目崎が少しも騒がず、「おれにまかせろ」と言って、どこからかぴかぴかの銃剣をサシクってきた。これにはみながあっと驚いたものである。しかもどこからも盗まれたという者が出てこない。

彼は、「お望みなら小銃でも機関銃でもサシクってやるぜ」と豪語した。

時に牛肉の大きな塊りをサシクってきて、深夜、飯盒《はんごう》で時ならぬすきやきの宴を開いたこともある。軍隊の中で考えられないような豊かな物資が、目崎のおかげで補給されていた。いつの間にか中隊に泥棒を飼っているという噂が立った。証拠をつかめないまま、最前線に送られ旗本中隊に編入されたのである。

彼の〝才能〟は戦地に来てますます発揮された。

生家が漁師で投網《とあみ》の名手でもある。投網で魚群を一網打尽にするようにサシクリのスケールも大きくなった。トラック一台分の食料や武器弾薬などが、あたかも打出《うちで》の小槌《こづち》で打ち出すようにサシクられた。

味方だけではなく、敵の補給路から大量の武器や食料を横奪《よこど》りした。単に盗みの技術だけでなく物流の死角や盲点を心得ていた。彼のような人物にとって戦後の混乱の時代は、まさに乗《じょう》ずべき絶好の時代であり、どこかで成功しているにちがいないとおもっていた。

それが案に相違して浮浪者に零落《れいらく》して温泉町を流浪《るろう》していると聞いて、容易には信じられないのである。

市街の南域、海に面した敷地に児童公園と海浜公園が川をはさんで相接している。前者は公園というより空地の趣きで、子供たちが野球に興じている。浮浪者が住みつくような場所はない。

海浜公園は噴水を囲んで桜や藤などが密度濃く敷地を埋めている。藤棚の下の石のベンチで地元の老人がのんびり寛《くつろ》いでいるほか人影はない。夜間、ベンチは浮浪者にとって、格好のベッドとなるかもしれない。

だが浮浪者の生活用品らしいものは見当たらない。二人は地元の老人に歩み寄って、この付近に浮浪者を見かけなかったかと問うた。

「熱海には常に数人の浮浪者がいますよ」

老人は答えた。

「彼らの塒《ねぐら》をご存じありませんか」

「さあ、浮浪者の塒まで知らないね。どうしてそんなことを聞くのかね」

老人は胡散くさそうな目を向けた。

「消息不明になった知人によく似た浮浪者がいると聞いて探しに来たのです。年輩は私ぐらいです」

「そう言われてもねえ。熱海の浮浪者はみんな若いみたいだよ。働かなくてもけっこう食えるから、いい若い者が浮浪者になっちゃうんだ。そんな年寄りがいたかなあ」

結局地元の老人からそれ以上の情報は得られなかった。目標にしてきた公園が空振りに終わると、今度こそ探す当てがなくなる。

狭い街なので、とにかく浮浪者が残飯をあさりそうな旅館街を探してみようということになった。

熱海の市街は斜面に発達している。海岸の方に大ホテルや旅館が密集しており、山手の方にマンションや会社の寮などがあるようである。表通りは土産物店や銀行、各種商店が立ち並び、中腹の裏通りに一般民家が軒を連ねている。自転車はほとんど用をなさず、バイクが幅をきかしている。

ずいぶん歩きまわったが、浮浪者の姿には一人も出会わない。せめて一人でも見かければ、彼（彼女?）から消息を聞けるのであるが、まったく見かけないのである。

長い夏の一日が昏れかけて、街に夕闇が積もりはじめていた。熱海の街は西から南にかけて箱根から伊豆へと連なる山脈を背負っているため、日没が平野部より三十分ほど早い。その分日照時間を損しているのであるが、残照が長く漂って街を優しい暮色で染める。山の方から来る残照が海に反射し、東の雲を染め、街全体を透明な薄暮の中に柔らかく包み込む。

このような暮色は山と海の織り成すデリケートな地形に生ずる。山に限られた空の狭さも、海の方角が大きく開いて償《つぐな》っている。

そして山から下りて来た夕映えを海の方からひたひたと押し寄せる夕闇が完全に駆逐《くちく》したとき、熱海は東洋のナポリと謳われたその本領を発揮するのである。

建物という建物に灯が入り、海面に投影する。ホタル籠と形容される夜景は、海によって二倍に増幅される。それがあるともなしの波に砕けて、光の破片を浮かべた海となる。

街角に花火大会のポスターが目立つ。夏に向かってこの街が何度も催す花火は、最も自分を引き立てる化粧術を知っている美しい女に通ずるものである。だが友を探す二人の老人は美しい夕暮れの中で重い疲労の足を引きずっていた。

「やっぱり、もうどこかへ行ってしもうたかいね」

悪原が、がっくりしたようにつぶやいた。

「今夜はどこかに宿を取って、明日もう一度探してみよう」

旗本が言った。彼らは警察署の前へ出ていた。熱海署は海浜公園に隣接している。ちょうど街を一回りしたのである。

「ほうや、警察に聞いたら、わかるかもしれんね」

悪原が言ったとき、旗本が彼の袖を引いた。

「警察には頼まんほうがええ」

「なんでやね」

「わしら警察も敵にしなければならんかもしれん。わしらがしかけようとしている戦争を警察は許さんじゃろうからね。わしらにとって正義を実現する戦いでも、警察は決してそうはおもわんじゃろう」

「これは浅はかでしたちゃ」

悪原が頭をかいた。その夜は市の西部に見つけた松濤館《しょうとう》という和風旅館に泊まった。海岸に面した高台の上に位置しており、熱海湾に投影する夜景を一望におさめられる。建物には古格があり、歴史のありそうな旅館である。

以前、宿のすぐ前の松並木の根に砕ける濤《なみ》の音から名づけたという海岸は、埋めたてられて、はるかに後退している。

「熱海って意外に静かなんだねえ」

夕食を運んで来た仲居に言うと、

「街に下駄の音がしなくなって、ずいぶんたちます」

「下駄の音?」

「旅館のお客さんの下駄の音が、夜遅くまでカラコロ鳴っていましたよ。大きなホテルは、お客をなるべく外へ出さないようにしています。こんなことでは熱海は寂《さび》れるばかりだわ。お客さんもちょっと街へお出になったら」

「いやわしらはもうたんと歩きまわったので、温泉に浸《つか》ってゆっくり寝たいよ」

「だったら大浴場へ行かれるといいですよ」

「そうするよ。そうそうお宅には浮浪者が残飯をもらいに来ないかね」

旗本は、このベテランらしい仲居がなにか情報をくれるかもしれないとおもった。

「浮浪者ですか」

「熱海は旅館から残飯が出るので、それを狙って浮浪者が集まると聞いたが」

「以前はそんなこともありましたけど、最近は保健所がうるさいので、旅館が浮浪者に食べ物を払い下げるということはしません。でも勝手に拾っていくのまで、とめられませんけどね」

「勝手に拾っていく浮浪者はいるのかね」

「何人かいますよ」

「その中に我々と同じ年輩の浮浪者はいなかったかね」

二人は膝を乗り出した。

「お客様と同年輩の？　さあ」

「目が小さくて、眉の間隔が狭いのじゃ。そう髪の前の方が少しだけ染めたように白くなっておる。いまで言うメッシュとかのように」

「中隊長殿、もう真っ白でしたちゃ」

悪原に言われて、三十九年前の特徴をおもい描いているのに苦笑した。

「その人だったら、千円爺さんのことかしら」

仲居が反応した。

「千円爺さんって、なんのことかね」

二人はその反応に飛びついた。

「うちの裏で残飯をあさっていたお爺ちゃんを見てお客さんが気の毒がり、これで弁当でも買えと言って千円あげようとしたんです。そうしたらそのお爺ちゃん、食べ物ならもらうけど、お金は要らないって言ったんです。それから千円爺さんって、うちでは呼んでいるんですけど、そのお爺ちゃんがそんな特徴だったような気がするけど」

「それやちゃ」

「千円爺さんは、いまどこにいるのかね」

二人は同時に言った。人から金を恵《めぐ》んでもらうくらいなら盗むという奇妙なプライドを目崎はもっていた。

「そう言えばこのごろ、ちょっと見かけないようだわね。死んじゃったのかしら」

仲居は、なんでもないことのように言った。

「千円爺さんの住所、いや塒《ねぐら》はどこか知らんかね」

「パートのお手伝いさんが、駅の待合室で寝てたのを見たと一カ月くらい前に言ってたわ」

少なくとも一カ月前は生きていたことが確かめられたのである。

「このごろは浮浪者も以前に比べてかなり減りましたよ。それだけ熱海も世智辛《せちがら》くなったんでしょうかねえ。でもお客さんたち、千円爺さんとなにか関係があるのですか」

「昔の仲間で行方不明の者を探しているんだよ」

ようやく本来の好奇心に目ざめたらしい仲居を軽くいなした。

夕食後、時間を見計らって車を呼んだ。仲居の言葉に一縷《いちる》の希望を託して、駅に探しに行ったのである。もし駅を塒《ねぐら》にしているのであれば、夜間舞い戻って来るかもしれない。

だが待合室から構内やその周辺を探しても浮浪者はいなかった。念のために駅員に問い合わせてみた。だが、時折り浮浪者が構内に入り込んで来ることがあるが、見つけ次第追い出しているので、住みつくことはないということである。

翌日、松濤館を出た二人は、帰る前に再度市内を歩いた。あきらめきれなかった。一人でもいいから浮浪者を見つけて聞きたい。もはや熱海から離れているにしても、浮浪者仲間ならなんらかの情報をもっているかもしれない。

表通りから二筋ほど入った裏通りへ来た。小さなバーや、飲食店が犇《ひし》めいている。夜になるまで目ざめない一角である。飲食店の裏口で小、中学生とみえる子供たちが水道からホースを取り〝消防ごっこ〟をして遊んでいた。数本のホースを一人に集めて悲鳴をあげさせて喜んでいる。

逃げようとするのを何人かで押えつけている。

「ずいぶん資源の無駄遣いをする遊びをしておるなあ」

「勿体《もったい》ないことですちゃ。今年は水不足が叫ばれているちゅうのに」

この地域には水不足はないのかもしれないが、資源の無駄遣いにはちがいない。物資の絶対的枯渇《こかつ》がどんなものか知っている戦前・戦中派は、物資や食物の浪費を黙って見すごせない〝体質〟をもっている。

二人がやめさせようと近づくと、子供たちは獲物にした一人の顔を水柱の方向に無理に固定させていた。「たすけてくれ」と救いを求める口にも容赦なく水が吹きつけられ、声を出すどころか、呼吸も満足にできないようである。

弱い者を嬲《なぶ》る残酷な遊びであった。

近づいてみると、獲物にされているのは子供ではなかった。垢《あか》じみた衣服をまとった浮浪者体《てい》の老人である。

「ま、まさか」

「目崎君じゃないか」

二人は一瞬唖然として声を失った。体格の大きな少年たちに押え込まれて、消防遊びの獲物にされているのは、二人が探しあぐねていた目崎本人だった。老いさらばえて濡れそぼつ、見るも無惨な姿である。

「こらっ、おまえたち、年寄りになんということするか」

旗本が叱りつけると、リーダー格の少年が、

「ふん、汚なくてくせえから、シャワーをかけてやっているのさ」

とうそぶいた。

「やめなさい。やめてくれと言っているではないか」

「あんたらの指図は受けねえよ」

せせら笑った少年は、いっぱしの悪党の表情と態度をもっている。

「どうしてもやめぬと言うなら、わしが相手じゃ」

「なんだとこのくそ爺い、でけえ口叩きやがって」

リーダーの少年は肩をそびやかしたが、旗本らの老いたりとはいえ苛烈な戦場生き残りの気迫に圧《お》されて、

「邪魔が入った。シラケたぜ」

と子分たちに言って立ち去って行った。あとにはびしょ濡れのボロのようになった目崎が残された。地上にうずくまったまま、しばらくものを言う元気もなさそうである。

「目崎伍長、あんたを探していたんじゃ」

「おぼえておられますか。旗本中隊長殿に悪原です」

二人に呼びかけられて目崎は放散した目を向けた。二人を見ていながら目の焦点が結ばれていない。

「目崎君、しっかりせい。旗本じゃよ。あんたがサシクってきた糧食で生きのびられた旗本じゃ」

「旗本……中隊長」

目崎の目に少し表情が戻ったようである。

「そうじゃ、その旗本じゃ。悪原君もいるぞ。高射砲乗っ取りで勇名を馳《は》せた悪原万年一等兵じゃ」

「旗本、悪原……ま、まさか」

目崎が、夢でも見ているような目をした。

それは、これまで旗本が訪ねて行った戦友たちの共通の表情である。

「会えてよかった。あきらめて帰ろうかとおもっていたところじゃ」

「中隊長殿や悪原さんがどうして……ああ面目ない。こんな生き恥を晒《さら》して。わしはいっそ死にたい」

目崎は声をあげて泣きだした。涙が頬をしたたり落ちているが、浴びせられた水と区別がつかない。

「恥じることはない。わしらもみな生き恥を晒しておるんじゃ。わしらが恥じることはない。わしらをこんな目にあわせる世間の連中が恥じるべきなんじゃ」

旗本は嗚咽《おえつ》する目崎の肩を優しく撫でた。

通行人が好奇の目を向けていたが、意に介さない。

ともかく海浜公園のベンチへ場所を移した。ようやく涙をおさめた目崎は、

「お目にかかれてお懐かしゅうございます。悪原さんには四、五年前にお会いしましたが、中隊長殿とは終戦後お別れして以来です」

「私も悪原さんに聞いて来たのです。本当にお目にかかれてよかった」

「熱海にはなにかご用事があって……」

目崎も他の戦友同様、旗本がわざわざ訪ねて来たとはおもっていないようである。

「あなたを探しに来たのですちゃ」

「私を？」

「あなたを中隊長殿をはじめ、昔の戦友が探しとったがです」

「戦友たちが私を、なぜです」

「話せば長い話になるが、ぜひ聞いてもらいたい」

旗本は黒門組とのいきさつ、および復讐戦のために、昔の戦友を呼び集めていることを語った。黙然と聞き入っていた目崎の頰がいつの間にか濡れている。悪ガキの的にされた消防ごっこの名残りではない。

「それで中隊長殿は私をわざわざ呼びに来られたのですか」

旗本が語り終わると目崎は言った。

「あんたの助けが必要なんじゃ」

「こんな私でもお役に立つでしょうか」

「昔の戦友がみんな必要なんじゃ。悪原さんの他にも赤城軍曹、肘岡曹長、虫本上等兵もいる」

「中隊の生き残りが……そんなに」

「どうかね。来てくれるかね」

「私如き者を忘れずにいてくださって嬉しいです」

目崎はボロボロと涙をこぼした。流浪の間に涙もろくなったらしい。

「それでは決まりですちゃ」

悪原が手をさしのばして三人は手を固く握りあった。

「それにしても、あんたほどの人がどうして浮浪者になったがや。いやこれは余計なことを聞いたがかいね」

悪原は慌てたように口をつぐんだ。元の階級は目崎の方が上だが、悪原は高射砲乗っ取り事件で営倉《えいそう》（軍刑務所）入りをしたために進級が停まり、軍隊経験は長い。つまり飯《メンコ》の数が多いのである。

「いやかまいません。みなさんと別れてから闇物資を扱い、一山ぐらい当てた分をもとでに会社をつくり、そこの社長におさまりました」

「ほう、社長にね、そりゃ大したもんやわ」

「会社は順調に発展していきました。家庭の方も妻との間に三人の子供をもうけて、なんの不足もない生活でした。子供もそれぞれ結婚しましたので、彼らを重役にして私は引退しました。そのまま楽隠居できるとおもったのですが、三人の子供たちはたちまち会社の主導権争いをはじめまして、気がついたときはタチの悪い会社荒らしに入り込まれて、経営権を乗っ取られていました。

防戦を始めたときはすでに手遅れで、株の大半を買い占められたうえに、経営陣は敵に寝返っておりました。子飼いの部下が息子同士の内紛に前途を見限って敵についたのです。息子の中には敵方に株を売り渡した者もいました。血を絞るようなおもいをして築き上げた会社を、あっという間に他人に乗っ取られてしまったのです。妻は心労で倒れました。

一族が赤裸同様に毟《むし》り取られて放り出された後は、子供たちが私ら夫婦を邪魔にしてタライまわししました。その間に妻は死にました。私はなにもかもいやになって、ある日黙って子供の家を出たのです。

新宿御苑《ぎょえん》に来てボンヤリ座っていたら、見知らぬ人が金をくれました。浮浪者にまちがわれて、私はいっそ浮浪者になってやろうとおもいました。初めの間はちょっと勇気がいりましたが、馴れてくると、それが自分に適《あ》っているのを知りました。

起きたいときに起き、寝たいときに寝る。どこへ行こうと、行くまいと自由です。なにものからも拘束されない。豊かな社会のおかげで残飯はふんだんにあります。食中毒と冬の寒さだけしのげればこんな呑気《のんき》な生き方はないとおもいました。

しばらくは新宿に住みついていましたが、浮浪者を面白半分に襲撃する事件が多発して物騒になったので、熱海へ移って来たのです。でも最近は寄る年波で浮浪生活がきつくなり、生活保護でも受けようかとおもっていた矢先でした」

語り終わった目崎は、数年の浮浪生活の疲労を全身に濃くにじませていた。

「あんたも苦労したんじゃのう。だがまだ野たれ死にする年齢じゃない。このまま死んだら死にきれんじゃろう。あんたをこんな目にあわせた世間に一矢酬いるんじゃよ。集まった戦友はみんな世間からひどい目にあっておる。死ぬ前に、冥土《めいど》の土産に世間を相手に、もう一戦するんじゃ。冥土の土産がなければ、先に死んだ戦友たちががっかりするじゃろう」

「目崎さん、また一緒にやらんかいね」

旗本と悪原に交々《こもごも》励まされて、虚脱したような目崎の面に元気がよみがえってきた。

老兵の再生《リフォーム》

1

目崎を伴って帰ると、これで六人の戦友が顔を揃えた。目崎は新たな情報をもってきた。彼が新宿を浮浪中、郷里から出稼ぎに来ていた門馬勝成元上等兵と二カ月ほど一緒だったそうである。

門馬は都内のあちこちの飯場《はんば》で日雇い仕事をしていたところ、仕事がなくなり、帰りの交通費も費《つか》い果たして新宿を当てもなくうろついていたとき、目崎と出会ったという。

「浮浪者生活なら私の方が一日の長がありましたので、しばらく一緒に生活をしていました。そのうちに、郷里の方から来る長距離便にコネがあると言って、トラックに便乗して帰郷して行きました」

「門馬上等兵の住所は聞いておいたのかね」

「はい。盛岡《もりおか》になっています。あちらの方へ来るついでがあったらぜひ寄ってほしいと言ってました」

「盛岡か」

もし門馬が健在であるなら、七人の戦友が顔を揃えることになる。

「門馬上等兵といえば、射的事件がおもい起こされますな」

赤城が過去をおもいだした表情をした。集まった六人は、いずれも錚々《そうそう》たるエピソードの持ち主であったが、門馬勝成のそれも、メンバーのそれに勝《まさ》るとも劣らない。

門馬の射撃の腕は連隊一であり、連隊対抗の射撃競技で常に優勝か準優勝の腕の持ち主であった。

その彼がある日曜日、外出をした。折りから街は祭りで賑わっていた。休日に兵隊の行く所はおおかた相場が決まっている。まず女と食べ物のある所へ行き、余った時間に賑やかな場所へ繰り出す。門馬は祭り見物をしていると、射的屋の前へ来た。射撃なら腕におぼえがある。座興に遊び始めたのが百発百中である。

射的のお兄さんが青くなって、もうやめてくれと頼んだ。ところが調子に乗った門馬はやめるどころか、縁日に出ている射的を総ナメにする勢いを見せた。

逆に腕に入れ墨をちらつかせた兄哥《あにい》分が出て来て、商売の邪魔をする気かと凄んだ。門馬も血気盛んである。当たると困る射的屋なら店をしめろと言い返した。売り言葉に買い言葉の応酬があって入れ墨の兄哥がドスを抜いた。白刃《はくじん》の光を見て逃げたとあっては、兵隊のメンツが立たない。

やむを得ず門馬もゴボウ剣を抜いて応戦した。大立ちまわりの末に、入れ墨の兄哥を傷つけ、門馬は駆けつけてきた憲兵に取り押えられた。

彼はそのために上等兵に降等されて、最前線の旗本中隊に懲罰転属させられたのである。

門馬の腕がまだ衰えていなければ、頼もしい戦力となる。それだけにぜひ引っ張り出したい戦友である。

この間、再生品の製作は順調に進み、注文は増加の一途をたどった。市内にさらに大きな〝工場〟を借り、何人か人間を雇って量産の態勢を取った。

五人の戦友がうまく呼吸をのみ込んで、仕事の要所要所を押えてくれるので、旗本の負担がかなり軽くなっている。

盛岡に門馬の引き出しに赴《おもむ》こうとしている矢先、一個の事件が発生した。

ショッピング・プラーザ前の商店街は、夕方特に混雑する。勤め帰りのサラリーマン、買い物客、学生などが行き交う中を、一台の大型シックスドアの外車が傍若無人《ぼうじゃくぶじん》に割り込んで来た。黒塗りのボディはいかにも精悍であり、ピンと張った尾部《テイル》が威嚇的である。

進路を塞《ふさ》いでいる人間や自転車があると、容赦なく警笛を浴びせかける。いったいどんな人間が乗っているのかと覗き込んでも、ウインドウガラスに色が入っていて見透せない。

外車は人波をかき分け、蹴散らすようにして商店街を進んだ。人々はあからさまに顰《ひん》蹙《しゅく》の目を向けているが、まったく意に介さない。大きく舌打ちする者もいたが、車内の人間の耳には届かないだろう。

若い母親が、子供を自転車の後ろの荷台に乗せて、ふらふらしながらペダルを漕いでいた。その後部に迫った外車が、けたたましく警笛を浴びせかけた。

母親は路傍《ろぼう》へ自転車を寄せたが、慌てていたので重心を失った。そこへ外車が来た。まずいことに外車の方へ倒れかかった。自転車と外車が接触した。外車はタイヤを軋《きし》ませて停まった。大してスピードを出していなかったので、母子は無事であったが、自転車が接触して結構な車体に薄い引っかき傷をつけてしまった。

着色フイルムつきウインドウガラスがウイーンと下りて、銀鎖つきサングラスをかけた悪相が覗いた。

「あーあ、やってくれましたねえ」

と彼が言うと、ドアが開いて銀鎖を先頭に三人の男が下りて来た。一目で黒門組とわかる男たちである。旗本にとってはすでに顔なじみの連中である。

「おばさんよう、この車は日本に三台しかないんだよ。それをこんなにみみず腫《ば》れをつけちゃって、どうしてくれるつもりなのよ」

銀鎖が獲物を見つけて舌なめずりするようにねっちりとからんできた。その間に逃げられないように他の二人が退路を断った。

「す、すみません」

母親は恐怖のあまりすくみ上がっている。それでも子供をしっかりと背後に庇っている。

「すみませんですめば、世の中苦労はねえやな」

「あの……どうしたらいいんでしょう」

母親は震える声を奮《ふる》って必死にきいた。

「どうしたらって決まってるだろ。弁償するんだね」

「いくら弁償したらよろしいでしょうか」

「日本に三台しかないんだよ。下手するとおれたち指《エンコ》ツメなきゃならない。おい舎弟、おれたちの指は一本いくらだ」

銀鎖は、わざとらしく仲間を振り返った。

「親からもらった指ですぜ、バナナやタラコのようなわけにはいかねえよ」

「交通事故の保険だと、たしか小指一本は七十五万円だそうです」

「七十五万円か、すると三人で二百二十五万円か」

　三人は勝手な計算をした。

「二百二十五万なんて、そんなわずかな傷で」

　若い母親は悲鳴をあげた。よく見なければわからないようなかすり傷が一筋ボディについただけである。しかも非は明らかに車側にある。だがそんな理屈は黒門組には通用しない。

「おばさん、変なこと言うねえ。加害者はそっちだよ。日本に三台しかないんだぜ。これは総長の専用車なんだよ。三人のエンコがツメられるんだ。一本七十五万円は保険の最低保障だよ。おれたち、最も慎ましい要求をしてるんだよ。それを聞いてもらえないとなると、ややこしいことになっちゃうなあ。ほらお子さんが恐がってるよ。みんなの幸せのために〝示談〟にした方がいいとおもうけどなあ」

　銀鎖が、ねっちりと詰め寄って来た。

　野次馬が恐る恐る遠巻きにしている。みんな母子を気の毒がっているが、黒門組が相手では、下手に口を出せない。

「放っておいていいのですか」

　折りからこの場に通りかかった三人の老人がささやき合った。旗本、赤城、虫本の三人である。虫本は腕におぼえがあるだけに、黒門組の理不尽に黙っていられなくなったらしい。

「手出ししてはいけない。いま手出しをすれば黒門組にマークされてしまう。可哀想じゃが見て見ぬ振りをするんじゃ」

旗本が抑えた。

「せめて警察へ連絡したら」

「だれかがとうに知らせておるよ。事件が終わってから、のこのこやって来る」

その間、黒門組はますます図に乗って、母親にからんでいる。

「奥さん、なかなかいい体してるねえ。旦那が毎晩喜んでいるだろう。なんなら〝代物弁済〟という方法を取ってもいいんだぜ」

銀鎖が目に露骨な欲望の色を塗りつけた。おばさんから奥さんに〝昇格〟している。はっきり意味はわからないながらも、ヤクザたちがなにを狙っているかはわかる。母親は恐怖に体を硬くした。

「ここじゃあ人目も多いし、ゆっくり話せない。静かな所へ行って示談《ナシ》をつけようぜ」

銀鎖が目くばせして、二人の舎弟分が彼女の手をつかんで車に引っ張り込もうとした。子供が泣きだした。いままで精いっぱい怺《こら》えていたらしい。

「ガキも一緒に連れて行け」

銀鎖が顎をしゃくった。

「いやです。だれかたすけて」

母親は必死に抵抗した。車に連れ込まれたら、いいように料理されてしまう。

「中隊長殿、なんとかせんと連れて行かれてしまう」

虫本が地団太《じだんだ》を踏んだ。

「怺えるんじゃ。わしら正義の味方じゃない」

旗本が眉一つ動かさずに言った。

「中隊長殿、あれを使えませんかな」

赤城が、すぐ前の玩具屋の店先にディスプレイされている吹き矢のような筒《パイプ》を指した。それは最近老人や年輩者の間に流行しているヒューストンという吹き矢の一種である。ゲートボールに次いで人気があり、愛好者の間で競技大会が開かれている。

「やむを得ん。わしがあれを使って牽制《けんせい》している間に、母子を横丁に引っ張り込んでくれ」

旗本が意を決したように、店先からパイプを取り上げた。旗本はものかげに隠れると、筒元を口に当て、狙いを定めた。パイプの長さは一メートル、射程は十メートルである。ヤクザたちとの距離は四、五メートル、注意は完全にカモの母親の方へ向いている。絶好のターゲットであった。

旗本は大きく息を吸って第一矢を吐き出した。矢は勢いよく〝発射〟されて、狙い過《あやま》たず銀鎖の目元に命中した。サングラスが吹っ飛んだ。銀鎖は衝撃に目がくらくらして、なにが起きたのかわからない。

「やや」

「なんだ、なんだ」

二人の舎弟が愕然として立ちすくんだところへ、第二矢、第三矢が射込まれた。距離が近いので、命中すると、かなりのショックがある。

まさか死人のようにおとなしい市民の中に抵抗する者があろうなどとは夢にもおもっていなかった三人組は、まったく無防備のところへ珍妙な武器を射ち込まれて、きりきり舞いをした。

「さ、いまのうちに逃げるんだ」

唖然としていた母子の手を赤城が引いて横丁へ走り込んだ。虫本が自転車を転がしてつづく。その間に旗本も姿を消した。あっという間の出来事である。遠巻きにして目撃していた市民たちも、なにが起きたのか正確にわからない。

三人組がようやくショックから立ち直ったときは自転車もろとも母子の姿は消えていた。

「やい、どこへ逃《フ》けやがった」

三人組が凄んでも市民たちは知らん顔をしている。黒門組に正体不明の何者かが、一矢

い。

三人組は玩具屋にどなり込んだが、玩具屋も知らぬ間の出来事なので、どうしようもなどころか三矢も酬いて市民は溜飲《りゅういん》を下げている。

母子を救ってアパートへ逃げ帰った旗本たちは、ホッと顔を見合わせた。

「意外な所でヒューストンが役に立ちましたな」

赤城が苦笑した。

矢を吹く際に深呼吸するので肺活量を大きくし、衰えかけた内臓機能を復活させるということで、老体訓練の第一ステップとして、旗本が音頭を取って始めたのである。それが黒門組に射返す第一矢になろうとは予想もしなかった。

「今日は偶然に助けられたが、次はもっと自重しなければならん」

旗本が渋い顔をして言った。まだ黒門組に対して戦備は十分にととのっていない。戦端を開く前に敵からマークされてはならない。

「中隊長殿、申しわけありませんでした」

「以後、命令は絶対に守るであります」

赤城と虫本は殊勝に詫びた。

「黒門組に顔を見られなかったじゃろうな」

「その点は大丈夫であります」

「わしも、ものかげから吹いたので見ていた者も矢がどこから飛んで来たかわからんじゃろ。たすけた母子はどうしたかね」

「よほど嬉しかったとみえて、我々の名前を聞きましたが、たすけたのは我々ではなく、だれか市民が黒門組をやっつけている間に、手を引っ張っただけだと言っておきました」

「それでいい。これからもくれぐれも目立つ行動は慎むように頼みますよ。敵は大きい。焦《あせ》らず、じっくりとやることじゃ」

旗本は戦友たちを戒《いまし》めた。だが彼らが逸《はや》ってきたのは、昔日《せきじつ》の戦意を取り戻してきた証拠とみて、内心嬉しくおもっている。

2

老人が家庭内で尊重され、存在感をもっているためには、(1)財産、収入がある、(2)世帯主、あるいは主婦であること、(3)健康状態が良い、(4)夫婦揃っていること、(5)精神能力が高い、(6)社会的活動を持続しているなどの条件が必要とされる。

また老後の理想像は、一、働ける間は仕事をもち、二、老人ホームなどの施設に入らず、三、多数の人と交際があり、四、結婚した子供と同居し、五、住み馴れた土地に暮らすことであるそうである。

六人をこの条件にあてはめてみると、いずれも(1)〜(6)のほとんどすべてを欠いていた。精神能力が多少残っていても、他の条件を欠落していたために無気力となり、その低下をまねいていた。

ところが旗本の呼びかけに応じて、それぞれが役割をあたえられ、(4)の配偶者以外は取り戻した。そして配偶者の代わりに友情を得たのである。

このことによって理想像にかなり接近してきた。いずれも、家族を失ったり、いても断絶をしていたので、かつて生死を共にした戦友たちとの共同生活の方が、はるかに楽しく活気があった。

なによりも彼らに生気をあたえたものは、彼らが必要とされているということであり、彼らを姥捨山《うばすてやま》へ追いやった世間に対して復讐戦を挑むという目的が、生き甲斐をあたえたのである。

半分死んだようになっていた老人たちは、生気を取り戻した。そのことによって、低下した心身の諸機能が再び活発になってきたのである。

視力や聴覚や嗅覚などはどうしようもないが、経験で得たカンや訓練で磨いた運動神経や知識の集積などは、再訓練と再教育によってある程度取り戻せる。

特に精神機能や思考力などは、生活態度に大きく影響を受ける。頭を常に使っている者はいつまでも冴えているし、話し相手もなく日向《ひなた》ぼっこをしながら、猫の蚤《のみ》取りでもしていれば、速やかにボケる。

老人がそれぞれ役割を持ち、集団生活をすることによって、みなかなり若返っていたが、まだ黒門組相手に戦うには無理である。

昔日の体力に戻すことはできないが、せめて戦場における戦いのカンを取り戻さなければならない。

旗本は、そのための訓練場を密かに物色していた。できれば武器を隠した秩父の山奥で訓練をしたいが、生憎《あいにく》、登山シーズンに入り、登山者が入り込んでいる。禁猟期間なので狩猟のカモフラージュで銃器の射撃訓練もできない。

このような場合、日本はまことに都合が悪く、どんな辺鄙《へんぴ》な場所でも呆れるほどに人間が入り込んでいる。

海も山以上に人間が押し出している。日本国中、夏だけでなく、一年を通じて、花や紅葉やスキーなどとさまざまな口実をつけて人が出ている。この間をついて、老兵たちの戦争のための再訓練を施《ほどこ》そうというのであるから、大層な試みではあった。

カラオケ爺さん

1

訓練地の物色と並行して、門馬勝成の引き出しが行なわれた。盛岡には旗本、赤城、目崎の三名が行くことになった。

盛岡までは新幹線で三時間半である。門馬の最後の住所地は盛岡市の西郊、雫石《しずくいし》川の右岸に散在する集落の一つである。駅前から乗り込んだタクシーは市街地を何度か折れ曲がり鉄道を跨《また》ぎ越すと、その余勢を駆ったように間もなく川を渡った。川を越えると家並みが疎《まば》らになり、川原に沿った堤防の上を進む。運転手が渡った橋が大田橋で進行方向右手の川が雫石川だとおしえてくれた。

川幅は狭く、灌木《かんぼく》が密生している。河川敷《かせんじき》にはグラウンドが設けられ、川原には自動車の残骸が堆《うずたか》く積まれている。なんの取柄《とりえ》もない風景を、かなたに長い裾を引いて盛り上がる岩手山の秀麗な山容が救っている。

東北はいま夏が真っ盛りという感じであるが、積雲の湧く空の真芯の青さには、東京にはない深さがある。車はしばらく雫石川沿いに走った後、左折して田圃《たんぼ》の中の道に入った。田の間に畑や果樹園の敷地が見える。

運転手が住所と地図を見比べながら、途中で車から下りて道を聞いた。どうやらわかったらしく、車はしっかりした足取りで進む。

田畑の間に寺や神社がある。平野のはずれに低い丘陵が迫ってきている。森がうずくまり、その下に家並みが固まっている。

森のかたわらの貧しげな家の前に車が停まった。門馬の最後の住所地に着いたのである。低い軒下から薄暗い家の中を覗いたが、人気はなさそうである。特に家の中が暗いわけではなく、明るい風景を見てきた目が馴れないのである。

玄関に立って何回か呼びかけると、ようやく奥に人の気配があって、髪を振り乱した中年の女が出て来た。姉さんかぶりをしていたらしい手拭《てぬぐい》を手にもっている。

「門馬勝成さんのお宅はこちらですか」

目崎が三人を代表して問うと、

「ずんつぁん（お爺ちゃん）のことだべか」

と女が問い返した。どうやら娘か息子の嫁らしい。

「そうです。私どもは門馬さんの昔の仲間ですが、いらっしゃったらお目にかかりたい」

「ずんつぁんなら、いま宴会さ出でやんす」

「宴会？　老人会かなにかのですか」

「んでね（いいえ）、青年団の集まりさ呼ばれやんした」

「ほう、門馬さんが青年団に」

三人は顔を見合わせた。七十を越えているはずの老人が、青年団に招《よ》ばれるところをみると、意外に張り切った老後を送っているらしい。

「どこへ行けば会えますかな」

「この先さ、村の自治会館がありやんす。そごさ行きやんした。そろそろ宴会も終わるころだがら、ご案内しやんす」

「いや、それにはおよびませんよ」

「すぐそこでやんすから、ご案内しっす」

主婦は玄関から出てきた。

「門馬さんは青年団のなにかの役員でもやっているのですか」

道々、赤城が尋ねた。

「役員と言えばなは、役員って言うべげど、宴会があるとが言いやんして出がげて行きやんした」

そんなに人望《じんぼう》があれば、年老いてから出稼ぎ先で浮浪化することもあるまいという疑問が生まれた。

「人望があるんですな」

「ああいうのを人望って言うんだべが、うぢの人がだらしねくて、ずんつぁんがカラオケで稼いでいるんでやんす。このごろはすっかりずんつぁんの稼ぎどオラの内職を当てにしてるんでやんす」

彼女は門馬の娘で、その家の主婦のようである。

「カラオケ？」

「ずんつぁんはなっす、この辺でカラオケずんつぁんといわれるくれの人気者でやんす」

「それで宴会や集まりに引っ張られるんですな」

「引っ張られるんでねぐ、ずんつぁんから押しがげで行ぐんでやんす」

「そういえば門馬さんは美《い》いのどをしていたな」

赤城がおもいだした表情をしていた。連隊主催の軍旗祭では人気者だったし、戦場では彼ののどに慰められた。

それにしてもカラオケで家計を補っているとは〝老芸〟が身ならぬ一家を助けている見本である。

2

主婦に案内された自治会館では、いまや青年団の宴会が酣《たけなわ》であった。広間の中央でカラオケセットコーダーをかかえた老人が、渋い歌い口で演歌を歌っている。顔は萎《しな》びているが、なかなか声量のある美い声をしている。

「ずんつぁん、いがっぺ（いいぞ）」

「日本一」

「つぎは、××やってけろ」

一回歌い終わると、やんやの喝采《かっさい》が起きて、次の曲がリクエストされた。老人は晴れがましげな顔をしてまた次の曲を歌い始める。今度は歌い口ががらりと変わって艶《つや》っぽい。なんと彼はリクエストに応えて有名歌手のものまねをしていたのである。

「このごろはみなさんカラオケがうめぐなって、なぬが変わった歌い方をしねど舞台さ立だせでくれねがら、ずんつぁん精いっぺえまねっこすてるんだけんど、なんせとしだから、声っこが出ねぐなってるんでやんす」

主婦は門馬の方に痛ましげな目を向けた。今度は女の歌手のものまねだった。懸念されたとおり、高音域で声がかすれた。会場がどっと笑った。声が出ないのを知って、その曲をリクエストしたらしい。

それでも門馬は懸命に歌った。歌い終わると再び拍手が起きて、おひねりがいくつか飛んだ。それが引っ込めという合図であった。

それを嬉しそうに拾い集める老父の姿に、主婦がそっと涙を拭った。

「おしょす（恥ずかしい）どこ見せやんした。んだども、あれが、ずんつぁんの生き甲斐でやんす」

主婦が言った。

「恥ずかしいどころか、立派なもんですよ」

三人は門馬の姿にむしろ感動していた。一家の生計が門馬によりかかっているところをみて、彼の引き出しを半ばあきらめていた。

宴会は終わった。

「ずんつぁん、お客さんでやんすよ」

主婦から言われて門馬は一瞬きょとんとした。咄嗟に訪問客の素姓《すじよう》がわからなかったらしい。

「お久しぶりです。我々がわかりますか、旗本です」

「赤城です」

「目崎です。旗本中隊でご一緒しました」

三人から次々に名乗られて、門馬はポカンと口を半開きにして棒立ちになった。

「中隊長殿、赤城軍曹、目崎伍長……」

彼の口からうめき声のような声が漏れた。

「おもいだしてくださったか。相変わらず美《い》いのどをしている。聞き惚れてしまった」

旗本が正直な感想を言うと、

「見たぐねどこ（見苦しいさま）戦友さ見せで、もさげねえ（面目ない）」

と身をすくめるようにした。

「なにが見苦しいものか。あなたは偉い、立派なものじゃ」

旗本は称賛した。ベンチに終日座り、若い女の後ろ姿に娘のおもかげを重ねて呼びかけていた旗本、為《な》すこともないまま環状線の電車に乗って時間をつぶしていた赤城、子供たちに背《そむ》かれて浮浪者になっていた目崎らに比べれば、門馬はまだ〝現役〟として、一家を支えているのである。

「おらもなっす、できるごどなら、あんたな押しかけ乞食のまねなんかなはん、しだぐねがったんでやんす」

最初の愕《おどろ》きを鎮めた門馬は、昔の戦友に沁々《しみじみ》と言った。

「不肖のせがれでなはん、まだ親がかりの子供を放っぱらって遊んで暮らしてやんす。嫁っこの内職だけでは追いつかねがら、おらがカラオケ機かついで流しのまねをしていやんす」

「それが立派なのです」

赤城が言った。

「それにすても、戦友の人だち、おら方さなにが用ありんしたか」

門馬はようやく初めに抱くべき疑問をもった。

「あんたに用事があって来たのじゃよ」

「おらさ、用事？　そんで三人揃ってわざわざ」

「そうです。しかしもう用事はすみました」

「用事がすんだってのは、どういうことでやんすか」

「あなたを見てたら、とても言えなくなりました。言っても無駄とわかったのです」

「よぐわがんねけども、どんなごどでやんすか」

「実はあなたの助力が欲しくて、あなたを引っ張り出しに来たのです」

「おらの助力？　このおらさできるごとがありんすか。いがったら、話してけろっせ」

「さしつかえはないが、話すだけ無駄というもんじゃ」

「無駄がどうが聞いでみねどわがんねっす。せっかくここさ、おごしやんした（来られた）がら、どんぞ、話を聞かせてけろっせ」

門馬は身を乗り出した。

「それでは一応話すだけ話すことにしましょう。聞き流してください」

旗本は黒門組とのいきさつ、およびその復讐のために、旗本中隊生き残りの戦友を呼び集めていることを話した。

「そんでおらを呼び出しさ来られたのでやんすか」

旗本の話を聞き終わった門馬が念を押した。

「そういうことです。しかし、あなたの〝現役〟ぶりを見てあきらめました。あなたは依然として一家の中心じゃ。あなたを連れて行くわけにはいかん」

「中隊長殿、一生のおねがいでやんす。いまさらこれがら生ぎでもたかが知れでるべから、後生《ごしょう》だから連れでってけろっせ」

「なんと」

「村の集まりさ、呼ばれでもねのに押しかげでって、おひねりを投げられるんのには飽《あ》ぎあぎしやんした。おらがいるがら、せがれが甘えでしまうんでやんす。後生だから、連れでってけろっせ。おらも中隊長殿のお手伝いをしたいのでやんす」

門馬は旗本の前に土下座をした。

「門馬さん、あんたそんなに来たいのか」

旗本は門馬の手を取った。

「もう一度、死に花を咲がせでのでやんす。カラオケを歌っているどきは、いい気持ちでやんすが、それを歌い終わった後のみじめさと寂しさがたまらねのっす。呼ばれでもねのに、押しかげでぐんではねくて、おらを必要どしてくれる所さ行きてえのでやんす」

「あなたの家族があなたを必要としておるではないか。わしらはみな家族の余計者じゃった」

「おらは家族から必要どされでると、おもい込んでやり過ぎたようでやんす。人間、人の面倒を一生みつづけられるもんでねっす。おら、もう疲れやんした。家族のために働くのに疲れやんした。残り少ねえ余生をせめでおらのために働きてのっす。ヤクザ相手の戦争、聞くだけで心が躍りやんす。戦場がら九死に一生を得たおらだけんど、あんな戦争をもう一度やってみでとおもっやんした。戦場では殺《や》らなければ殺られやんす。生き残るためにはおらの全能力を振り絞らねどいけね。こんなふやげだ平和の中で半分死んだようになって、演歌のものまねをしてる間に、一瞬一瞬が火花を散らす戦争をしてぐなったのかもしれねっす。中隊長殿、おねげえだ。おらも連れでってけろっせ」

門馬は憑《つ》かれたように訴えた。門馬の天下太平に演歌をうなっていた幸せな楽隠居の表情から、昔日の連隊一の名狙撃兵の精悍《せいかん》な眼光がよみがえっている。

旗本は、門馬の目に殺気を感じた。それは人を殺したがっている目だとおもった。門馬は、軍隊で平和の中では生きられない〝戦鬼〟に改造されていたのである。彼の体質に、生来的に好戦的な血が流れていたのだろう。

軍隊で訓練され、十分に引き出された殺人の技術と好戦的な性格を、平和な時代が到来して心ならずも封じこめた。それは出所を失ったまま老いていくと自らもあきらめかけたときに、昔の上官が新たな戦争話を引っ下げて、引っ張り出しに来たというわけである。旗本が、厚いカサブタを破り、古傷の下に眠っていた膿《うみ》と細菌を再び暴れ出させた形となった。

旗本は門馬の目に危険な気配を感じた。これまでの仲間はいずれも見失っていた居所（自分が必要とされる）を旗本からあたえられて生き返った。

彼らの第一目的は戦争をすることではない。居所さえあれば、どこでもよいのである。それがたまたま老人の復権戦争（敗者復活戦）の中に居所を見出したわけである。ところが門馬はそうではなかった。彼は居所があるにもかかわらず、そこから飛び出したがっている。居所よりも戦争をしたがっているのである。それは旗本らにとって危険な戦力になるにちがいない。同時にそれは頼もしい戦力となるだろう。

「中隊長殿、門馬さんもああ言ってます。どうですか、仲間に入れては」

「私からもおねがいします」

赤城と目崎が口を添えた。

「ご家族はなんと言うじゃろうか」

旗本は、まだためらっている。

「家族は問題ありません。おらほがいなければ息子も働きます。実はおらは近いうちに家ば出よっと、おもいやんした。おらがいるかぎり、せがれがダメになると気づいたのでやんす」

「それで話は決まりましたな」

赤城が結論のように言った。

これで七人の戦友が顔を揃えた。涼野と日向の行方は不明のままであった。

復讐の〝活性金〟

1

旗本はいよいよ準備段階の第二期に入ることにした。七人で合宿して老化した戦争能力を鍛えなおさなければならない。いまのままでは老人ホームの運動会でも優勝できない。老化した身体機能を鍛え、昔の武器を使いこなせるように、再訓練しなければならない。だが依然として訓練場を見つけられない。また訓練場を見つけたとしても、武器をそこまで輸送する問題がある。

だが意外なところから、問題が解決されることになった。

七人が顔を揃えて再生事業の規模もぐんと拡大した。戦後、虫本は建築、悪原は衣料、門馬は機械工具関係の仕事に携わっていたので、これまで雑然となっていた再生事業を、家具、家電、衣料、工具、家の五部門に分け、旗本を総指揮者、各部門をメンバーがそれぞれ担当することになった。

再生事業の拡張に伴い、その素材も広範に集まるようになった。各部門別に分けてから間もなく、ある運輸業者がトラックで、山のような家具と家電製品を運んで来た。

「みんな引っ越して行った人たちが残していった品です。新しい家に合わない家具や、流行遅れの品はどんどん捨ててしまうのです。どうにかしてくれと言って捨てた品が、こんなにたまってしまいました。お宅で再生してくれれば、捨てられた品物も浮かばれます」

品物を届けてくれた運転手が言った。そのとき助手席に乗ってきた若い女性が、あっと声をあげた。

彼女は赤城と虫本を見て驚きの色を浮かべて、

「先日は有難うございました。おかげで助かりました」

と丁寧に頭を下げた。二人は女性の顔に薄い記憶があったが咄嗟におもいだせない。

「ショッピング・プラーザの商店街で、子供と一緒のところを黒門組からたすけていただいた者でございます」

「ああ、あのときの」

二人はおもいだした。黒門組の銀鎖男にからまれ、危うく車の中に引きずり込まれかけたのを、通りかかった旗本ら三人が救ったのである。

あの若い母親が運送会社のトラックに乗って現われた。奇遇であった。

「女房から話を聞いておりました。そうでしたか。あなた方が命の恩人でしたか」

若い夫も改めて礼を述べた。

「命の恩人だなんて大袈裟《おおげさ》です」

「いえ、黒門組の餌食にされたら、どんなことになったかわかりません。本当に有難うございました」

二人は長岡《ながおか》という夫婦で〝一人親方〟の運送業を開いている。大手の運送業の運転手をしていたのが、自前のトラックを一台買って最近独立したということである。

長岡夫婦と知り合ったおかげで、旗本グループの再生業はぐんとパワーアップされた。〝トラック野郎〟は横のつながりが強い。長岡が声をかけてくれて、彼の仲間が協力してくれた。

再生の素材は広範囲から収集され、その対象も拡大された。再生品は「赤看板」の販売ルートに乗って国内のみならず、東南アジア方面にまで輸出されるようになった。

旗本グループの再生品の成功は物質文明が行き着いた余剰社会の皮肉な副産物といえた。噂を聞いて腕に技術のある老人が集まって来た。

いまや旗本グループの再生品は、引退老人の手すさびではなく、立派な事業となった。こうして彼らは約一年、軍資金づくりに励んだ。

その間、黒門組の横暴を老人たちはじっくり見つめた。

「いつまで、あいつらをのさばらしておくのか」

「廃品のリサイクルも結構だけど、黒門組に戦争をしかける前に、わしらの寿命が尽きてしまうかもしれんよ」

老人たちがそろそろ焦りだした。だが最も焦っているのは旗本である。再生品事業が当たって結構な収入が確保されるようになると、体力の前に戦意が鈍る恐れがある。

旗本中隊の生き残りは、いずれも社会に対する敗者復活戦を挑むために、旗本の呼びかけに応じて集まったのである。

それが再生品事業が成功したということは、復活戦に勝利したことになる。廃品や中古品が新製品としてよみがえったように、世間の窓際に押しやられていた老人たちが、再び居所を得たのだ。社会に要求され、結構な収入を約束される身分になったのに、なにを好んで凶暴なヤクザ相手に戦争する必要があるのか、という気持ちになったとしても不思議はない。

再生事業が軌道に乗って順調に走るようになると、初めは老いぼれの閑《ひま》つぶしくらいにしか見ていなかった黒門組も注目するようになった。

この街で黒門組のイキのかかっていない事業は、ほとんどないといってよい。それが粗大ゴミぐらいにしか見ていなかった老人たちが集まり、文字どおりのゴミを拾い集めて、しかも天下の「赤看板」と提携して結構な利益をあげていると聞いては、黙過できなくなった。

だいたいこの街で、黒門組のカサの外で甘い汁を吸うなどということが、許し難い行為なのである。

再生事業を始めて約一年後、黒門組の幹部と組員が数名、旗本グループの事業所へ押しかけて来た。

「おい、爺い、てめえら、だれに断わってゴミを盗んで来て、再生とやらをやってるんだ」

銀鎖、縦ストライプの幹部が事業所に入って来るなり凄んだ。旗本が応対に出ると、一瞬ギョッとしたような顔をしたが、子分たちの手前肩をそびやかして、

「なんだ、爺い、再生屋のボスはおまえだったのか」

「いつぞやのお兄哥《あにい》さんか。この街では廃品の再生をするのに、一々あんた方の許可を取らねばならんのかね」

あくまで穏やかな声音《こわね》で問い返すと、

「当たり前だ。おれたちのおかげでこの街で商売ができるのを忘れたらいかんぜよ。商売つづけたかったら利益の一割を上納金《カスリ》として納めるんだな」

「そんな法律でもあるのかね」

「法律は黒門組だよ」

銀鎖の後ろにいた三人の一人が、いきなり「赤看板」に納めるばかりとなっていた再生品を蹴飛ばした。彼は旗本の殴り込み時の手並みを知らないらしい。

「気をつけろ、この爺い、ただの爺いじゃねえぞ」

旗本の〝杖技〟を見せられている銀鎖が注意した。だがいまは旗本は杖をもっていない。

「兄貴、ただの爺いでなければばくそ爺いですぜ」

三下は幹部の前でいいところを見せようとして再生品を片端から壊し始めた。他の三下も先を争うようにして狼藉《ろうぜき》を始めた。せっかくの再生品を床に叩きつける。壁に打ちつける。それだけで足りず、窓ガラスを叩き割る。工具台を蹴倒す。

「たった一人の殴り込み」をかけてきた旗本が抵抗しないのに意を強くした銀鎖が、狼藉に加わった。

「なにをするんだ」

阻止しようとした居合わせた老人たちを、

「怪我をしたくなかったら、すっこんでろ」

と威嚇《いかく》して乱暴の限りを尽くした。憤激した虫本や門馬が抵抗しようとしたのを、旗本が、

「いっさい手出しをしてはならん。ここはがまんするんじゃ」

と抑えた。

「中隊長殿、なぜですか」

「辛抱するんじゃ。いま抵抗して、彼らからマークされたら、今後身動きできなくなる」

旗本に制止されて、旗本グループはようやくおもい止まった。黒門組は乱暴の限りを尽くした後、

「今後、商売をつづけたかったらカスリを納めるんだ。毎月一日と十五日に集めに来るから売り上げをごまかすんじゃねえよ」

と捨てぜりふを残して立ち去って行った。

黒門組の乱暴狼藉は、旗本グループの戦意昂揚に大いに役立った。彼らは居所を得ただけでは足りず、黒門組をやっつけないかぎり、敗者復活戦に勝ったことにはならないのを改めて認識したのである。

旗本グループの戦意と黒門組に対する憎悪を持続させるために、カスリを支払うことにした。

それは一種の〝活性金〟であった。

2

グループが集まってから、二度目の夏がこようとしていた。七月の初めに長岡が素材を運んできてくれた際になにげなく旗本に、

「旗本さん、いつも働いてばかりいないで、たまには夏休みを取ったらどうですか」

と言った。

「夏休みか、いいねえ」

「もし本当に休みを取る気があるなら、いい場所を提供しますよ」

「ほう、そんな場所があるのかな」

「瀬戸内海の中の無人島です。女房の実家《サト》が持っている島でしてね。簡単な宿泊施設もあります。魚は獲《と》り放題だし、あんな所で一、二週間も過ごしてきたら、もっともっと寿命がのびますよ」

「無人島か」

「もし気持ちが動いたら言ってください。すぐに話をします」

そのときはそれだけの会話で終わった。長岡が帰ってから、彼の話が頭の中によみがえり、容積を増した。

無人島ならば、訓練地として理想的ではないか。その位置にもよるが、射撃訓練もできるかもしれない。折りから季節は夏に向かい、〝合宿〟に最適となる。水泳や夜営の訓練もできる。

旗本はその夜、長岡に電話した。

「昼間話した夏休みの件だけど、その無人島は瀬戸内海のどの辺にあるのかね」

「ようやくその気になりましたか。小豆島《しょうどしま》と家島《いえじま》諸島のちょうど中間にありましてね。地図には載っていない周囲四キロの小島です。正式な名前はありませんが、地元では瀬戸の泡のような島という意味で泡島《あわしま》と呼んでいます」

「泡島か。よさそうな島じゃね。そこ本当に借りられるかね」

「もちろんです。いつでも結構ですよ」

「先様の都合もあるだろうが、できるだけ早く行きたい」

「無人島ですから、都合もなにもありませんが、便船がないので、舟をチャーターしなければなりません。それも女房のサトでやってくれますよ。サトは網元なんです」

「少し長期借りたいのだがね」

「いくらでもお好きなだけ居てください。ただし飽きなければですが。海と空と魚しかありませんからね」

失われた人生のリハビリ

1

　旗本は、中隊メンバーに早速訓練地が見つかったことを話した。一同は喜び、すぐにも行きたいと逸《はや》り立った。

「まず訓練用の武器を運ばなければならん。これは長岡さんに事情を話して彼の協力を仰がなければならないじゃろう。訓練期間はとりあえず二カ月とする。様子を見て延長するかもしれん。いよいよこれから作戦第二段階じゃ。みな心を引きしめて訓練に当たってもらいたい」

　旗本から訓示を受けて、老兵たちは武者震いをおぼえた。

　いよいよ黒門組に向かって第一歩を踏み出すときがきたのを悟り、奮《ふる》い立ったのである。この一年間の資金蓄積のための雌伏《しふく》期間は、黒門組に対する憎しみを鬱積《うっせき》させる期間としても、決して無駄ではなかった。

旗本は長岡に事情を打ち明けた。黒門組を相手に復讐戦を挑むつもりだという旗本の話に、初めはびっくりした様子であったが、聞き終わると、感動の色を浮かべて、

「よく私を信用して打ち明けてくださいました。旗本さんのお話を聞いて、私は自分が恥ずかしくなりました。この街に若い者がいないわけじゃない。それが黒門組にいいように牛耳《ぎゅうじ》られて、だれ一人抵抗する者がない。女房が黒門組にからまれていたときも、旗本さんたち以外は指をくわえていたそうじゃないですか。旗本さんのようなご老体が体を張って立ち上がろうというのに、自分自身が情けないです」

「わしら余生の長くない年寄りじゃから、体を張れるんじゃよ。わしも長岡さんの年なら考えるじゃろう」

「年齢の問題じゃなくて、勇気の有無です。ようがす、せめてお手伝いをさせてください。友人がヘリの会社をやってるんです。彼に頼んで武器や食料を運ばせましょう。大丈夫です。彼も黒門組を憎んでいる信頼できる男ですから」

長岡は胸を叩いた。長岡の協力によって計画は一挙に進展した。

まず旗本、赤城の二名は奥秩父の武器隠匿地点に先行して訓練に必要な銃器と実包を掘り出した。門馬と悪原は泡島に一足先に渡って受入れ態勢を整える。肘岡、虫本と目崎は二カ月分の食料、医薬品、燃料、通信機器その他生活必需品を購入し、泡島に最も近い兵

庫県赤穂《あこう》市付近の海浜に集結することになった。

「目崎君、軍隊時代のようにサシクリはいかんよ」

旗本が釘を刺したものだから、一同がどっと沸き立った。七月十三日、長岡の友人増川《ますかわ》の操縦するヘリに、重機、軽機、擲弾筒《てきだんとう》、短小銃、各種実包が積み込まれ、旗本、赤城とともに泡島へ飛んだ。

泡島に二人と武器をおろしたヘリは、いったん燃料を補給した後、かねて打ち合わせておいた赤穂市付近の浜に引き返し、物資を島まで空輸した。物資は種目別にそれぞれワッペンをつけられ、用途別に仕分けされた。

七月十八日、波穏やかな瀬戸内海の沖合の無人島に七人の老兵と、武器および必要物資のすべてが集積したのである。

泡島の存在を知る者は、地元でも少ない。小豆島と家島諸島のほぼ中間に位置し、あらゆる航路からはずれている。遠方の海上から眺めると、平坦な島に見えるが、近づくと島の周囲は鋭く荒々しい海蝕崖によって囲まれており、海の穏やかなときを狙って、島の南方にわずかに開いた玉石の転がる浜に舟をつける以外にアプローチの方法がない。

断崖によって城郭のように囲まれた島の内部は起伏の穏やかな台地状をなし、凹地には泉がある。海蝕洞の中に温泉が湧き、周辺に海の幸も豊かである。険《けわ》しい地形のために観光客や釣り人も近寄らず、まさに孤絶された別天地であった。浜の近くの泉のそばに

B・C《ベース・キャンプ》を設けて、二カ月の訓練の基地とする。

「ここなら多少ドンパチやってもわからんね」

「ここを基地にして海賊でもやれそうわいや」

「シルバー海賊ずらよ」

調子に乗った老人たちは意気軒昂である。

「いよいよ明日から訓練に入る。だいぶ身体が錆《さ》びついておるから、みな新兵になったつもりで、気を引き締めてやってくれ」

旗本がはしゃいでいる旧部下たちに気合いをかけた。翌朝午前六時にB・C前に整列した一同は、旧軍そのままに赤城軍曹の点呼《てんこ》を受けた。老人なので朝早いのは苦にならない。

「なにをモタモタしとるか」

実戦指揮官の赤城軍曹の発破《はっぱ》が飛んだ。

「点呼始め」

旗本の声とともに、赤城が、「番号!」と命令した。

何十年ぶりの点呼なので、昔日のようにスムーズにいかない。なんとなくぎくしゃくした番号がようやく最後まで行くと、

「声が小さい。番号もとへ！」

と容赦なくやり直しを命じられた。ともかく点呼が終わって、

「旗本中隊、総員六名、異状ありません」

と旗本に報告する。旗本はうなずいて、

「起床から集合まで十分かかっておる。これを三分までに縮める。今日から足腰を鍛え直すために、早朝マラソン、まず四キロから取りかかる。直ちに出発」

旗本の号令一下駆け始める。先に現地入りしていた門馬と悪原はあらかじめ島の地形を偵察してある。平均年齢六十代後半の老兵たちにとって、いきなり四キロの早朝マラソンはきつかった。

最初に顎を出したのは目崎である。左膝の関節と右肩甲骨下の神経ブロックに神経痛が出ている。浮浪者時代の野宿が祟《たた》ったのである。

つづいて悪原が喘《あえ》いだ。彼には喘息《ぜんそく》の気がある。カラオケで鍛えた門馬と銃剣術の達人虫本はさすがに元気であった。

現役時代の内地の行軍演習の最短距離は四キロである。次いで六キロと八キロになる。この場合、銃、実包百二十発、手榴弾六発、背嚢《はいのう》、鉄帽、外套《がいとう》、水筒、雑嚢《ざつのう》、円匙《シャベル》など完全武装を施すので、約三十キロの装備となる。

これを歩幅七十五センチ、一分間速度百十四歩を維持して歩きつづけなければならない。

「いいか、戦争とは走ることだ。モタモタしてるとヤクザにやられるぞ」

赤城が往年の鬼軍曹に返って、遅れかける日崎と悪原を叱咤激励した。

「赤城さん、もうだめだ。ヤクザにやられる前に心臓が停まってしもうわ。かんにんしてくれ」

悪原が泣き言を言ったが許さない。

「まだまだこんなことではあんたの心臓は停まらんよ。高射砲で連隊本部を吹っ飛ばそうとした気迫はどうしたんだ」

とは言いながらも、老体なので無理はしない。休憩を取りながら、徐々に身体を馴らしていく。行動の間に「戦いのカン」を取り戻していくのである。

最初の一週間はもっぱらマラソンと水泳で、老化した身体の錆をかき落とした。老化の最大の原因は、無気力である。

加齢とともに肉体が衰えていくのは天の摂理である。だがこれを心の持ちようで最小限に食い止めることはできる。例えば脳細胞の数は百億から百四十億とされ、四十ごろから一日約十万個の割合で死滅していく。これがアルコールや無気力によって減少率が加速される。ところが脳細胞の中枢《ちゆうすう》がしっかりしていれば、ボケないという。

老人特有の三大病気は、動脈硬化、悪性腫瘍《しゆよう》、老人性退行性疾患《しつかん》である。このうち、前二者は直接死因につながり、老化に伴う肉体的変（悪）化である。

だが老人性退行性疾患は、老人が老人であることを認めたときから、発症することが多い。

停年退職して、社会で分担していた仕事から退くと同時に、家庭でも家長としての地位を子供に譲って〝隠居〟する。やがて配偶者や親しい友人知己《ちき》などが次々に死去して、一人取り残されるおもいが強まる。老人が老いを自覚したときから、老化の斜面を一挙に転がり落ちる。家族からも離れて一人呆然と暮らしていると、一人だけカプセルの中に閉じ込められたように社会から孤立してしまう。自分の身体以外にはなんの興味もなくなり、外界といっさいの交流を遮断《しやだん》された状態の中で次第に記憶すら失っていく。

老人は老人であることを認めないことによって、著しく老化を防げる。

旗本の呼びかけで昔日の旗本中隊が再集結してそれぞれの役割を得たときから、彼らは無気力を振り落とした。旗本が提唱した〝拒否権〟によって老人たることを否認し、世間に対して復讐戦を宣言したときから、彼らの老化はストップをかけられたといってよい。

精神面の老化停止によって肉体的な老化もかなり速度が鈍る。これを訓練によって、むしろ若返らせようというのであるから、欲張った試みである。

これは一種のリハビリである。失われた彼らの人生に対するリハビリテーションなのである。

2

訓練は日増しに激しくなったが、老人たちはついていった。島に湧く温泉が老人性各種疾患に効くらしく、訓練によって錆を落とされた老体に若々しい活力をあたえるようである。

目崎の神経痛も消退し、悪原の喘息も忘れたようになくなった。他のメンバーも島に来てから、ぐんと若返ったようである。

「萎《しな》びた爺いばかりでなく、少し色気が欲しくなったな」

「萎びたとはなんだ。むくつけきと言ってほしいね」

こんな軽口を叩くまでになった。

合宿訓練が総合リハビリの役を果たしているようである。

合宿第二週目に入ってから、兵器の取り扱い訓練を始めた。いずれも歴戦の老兵であるが、なにぶん四十年も前のことなのでおおかた忘れている。

兵器取り扱いにかけては肘岡曹長の出番である。着剣、脱剣、小銃の弾薬装塡《そうてん》、抽出《ちゆうしゆつ》の操作を練習する。

「まず三八式歩兵銃から取りかかる。槓桿《こうかん》ボルトを十分に引いて薬莢《やつきよう》を挿弾子溝《そうだんしこう》に嵌《は》め込み、弾倉内に押し込み、遊底《ゆうてい》を閉じる。安全装置をはずして引き金を引く。弾丸は五発一セット連発、馴れれば一分間に十五発は射てる。みんな昔取った杵柄《きねづか》だ。そのくらいは射てるようになるだろう。門馬君、手本を見せてやってくれ」

門馬は伏射《ふくしゃ》の姿勢で前方においた空かんを狙って引き金を引いた。口径六・五ミリ、初速一秒に七百六十二メートル、有効射程二千三百メートル、命中率はこれの三十四年後にできた九九式よりも優れている。

固唾《かたず》をのんで見守っている一同の前で、門馬は引き金を絞った。四十年間眠っていた兵器はその瞬間、往年の凄まじい殺傷力をよみがえらせた。銃口のかなたで空かんが宙に舞い上がり、地上に落ちる前に五発射ちつくし、空になった薬莢を蹴り出し、新たな弾丸セットを弾倉に押し込む。遊底を閉じてまた引き金を引く。その間の動作が流れるようで一瞬の無駄もない。

門馬が十五発射ち終わると、期せずして拍手が湧いた。

「まだ遅い。十五発射つのに一分三十秒かかっている」

時間を計っていた肘岡はまだ不満である。小銃の取り扱いが終わると、機関銃に移る。

機関銃には九六式軽機と九二式重機がある。軽機は故障が多く苦情の絶え間がなかったが、九二式重機は命中率抜群で、第一線の兵士から絶讃された名器である。これのメーカーが戦後ジューキミシンに転身したという。

「これが凄い機関銃であることは、みなよく知っているとおもう。口径七・七ミリ、ガス利用の弾《たま》ごめ、三十発一セットの弾帯を左側から給弾手がこめる。射程千四百、望遠鏡をつければ距離三百で十五発中十二発は当たる。一分間五、六百発、飛行機も落とせる」

肘岡曹長が給弾手になって、門馬は試射をしてみせた。硝煙が晴れると二百メートル先の的にした岩角が吹っ飛び形を変えてしまった。

「凄え！」

だれかが生唾をのみ込んだ。

「重量五十五キロ、馬で運んだが、最小限兵四名で運ぶ。運搬の際、ぎっくり腰にならないよう気をつけろ」

機関銃の次に手榴弾の投擲《とうてき》訓練と擲弾筒の取り扱いに進んだ。

「弾体上部にある安全栓を引き抜き、雷管の頭を堅い物体にぶつけて点火し、信管の中の遅延火薬に伝火させてから投げる。雷管を叩いてから、まごまごしていると、爆発するから速やかに投擲する。わかったか」

肘岡はカギ老人時代とは別人のようにきびきび説明して実演してみせた。

目崎の番になったときヒヤリとするような事故が起きた。目崎が点火して投擲の姿勢に入ったとき、手がすべって足元へ手榴弾を落としてしまったのである。

「わっ、逃げろ」

「危ない」

全員が蒼白になったとき、逸速く旗本が駆け寄って拾い上げ一同から離れた地点へ放り投げた。同時に爆発が起きた。

「おい、脅かすなよ」

「肝《きも》がつぶれたわい」

「いくらも残っとらん寿命が縮んだわ」

一同ホッとしてへなへなと腰を下ろした。

「擲弾筒は手榴弾を詰めて、その投擲距離以上に射てるので殺傷効果が抜群だ。安全栓のひもを口で引き抜き、装薬室を下にして弾軸と筒身を合わせて筒口に嵌《は》め込み、スポリと筒内に押し込む。まず膝射ちをしてみる。小銃の膝射ちの姿勢と同じに右膝を地につけ、臀《しり》を右かかとの上に固定する。命中率は射角にかかる。約四十五度角に筒身を大地に固定し、駐《と》め板《ばん》前端を左足内側の中央に来るように据える。左手はまっすぐ伸ばして、左膝につけて筒身を支える。目標をよく狙い、右手で引き金を引く。こういうふうにだ」

肘岡は擲弾筒操作の実演をした。昨日まで戦場で戦っていたかのような鮮やかな手つきであった。

兵器はすべて四十年前の性能と威力を保持していた。

兵器はいずれも「昔取った杵柄《きねづか》」である。彼らは戦場体験を再生させながら、速やかに昔の戦いのカンを取り戻していった。

訓練はいよいよ兵器を操っての戦闘訓練に入った。戦闘訓練は散兵線の基本動作をブラッシュアップ（錆を落とす）することを目的とした。地形や地上物を咄嗟の判断で利用し、正確適切に射撃できるように訓練を施す。

「こらあ、きさまら戦争ごっこをしてるんじゃない。百倍ものヤクザ相手に戦争しようというのに、そのへっぴり腰はなんだ」

「遅い遅い、そんなザマでは老人ホームの運動会にも勝てんぞ」

赤城鬼軍曹は容赦なくしごく。わずかな期間に窓際の老人たちが歴戦の強兵（者）としてよみがえってきた。

この間に虫本をコーチにして格闘技の訓練も行なわれる。虫本の銃剣術は少しも衰えていないかのように、往年の威力を留めていた。

「街中ではドンパチはやれん。忍び寄って一刺しで仕留める。ナイフや刀は突いたらすぐに引き抜く。突きっぱなしにしておくと、肉が巻きついて取れなくなるぞ」

虫本の教えは実戦に即しているだけに、リアルである。

青春の幻影

1

訓練一カ月にして老兵たちの能力は最大限に復活した。起床から集合まで二分、すべてのメンバーが三八式歩兵銃を操って一分間に十三～十五発射てるようになった。積み木のように兵器の分解組み立てができるようになった。

地形を利用しながら走る姿は、忍者のように敏捷《びんしょう》であり、とうてい六十代以上の老人とはおもえない。

それでもまだ赤城軍曹は満足しなかった。夕食後の反省会で辛辣《しんらつ》な意見を隊員に浴びせた。

「目崎君、あんたは手榴弾を恐がりすぎる。安全ひもを引いてから投げるのが早すぎる。九一式は曳火《えいか》時間が長いので、あまり早く投げると、敵から投げ返される恐れがある。恐れずに発火を確認してから投げるんだ」

「悪原君、あんたは弾ごめがひどく遅い、五連発でも、発射後、弾倉の再装塡に時間がかかりすぎれば、単発と同じだ。もっと練習しろ。ソロバンを弾くように指の練習をしろ」

「門馬君、あんたは状況判断が悪い。ひどく悪い。地形を利用して散開するとき、あんたはいつも迷う。ご馳走の迷い箸《ばし》みたいにな。それからもっと早く走れ。葬式の行列じゃないんだ」

今日の戦闘訓練を手厳しく批判されて欠点を是正される。

彼らが訓練の終盤に入った八月下旬、浜の方角に華やかな嬌声《きようせい》が聞こえた。なにごとかと偵察に行った悪原と目崎が興奮のおももちで帰って来た。

「若い女ばかりが四人来ておるぞ」

「キャンプに来たらしい」

「無人島だと安心して、えらい大胆な格好をしておる」

「目がつぶれそうだわい」

彼らの報告を聞いて、七人の老兵が色めき立った。枯れたとおもっていた老骨が、世間への復讐戦に戦意をよみがえらせ、若返っていたときでもある。無人島に二カ月近くも閉じ籠っていた男世帯は、年甲斐もなく女と聞くだけで心を弾ませた。

「しかし無人島とおもってやって来たのに、わしらがいると知っては、せっかくの娘たちが逃げ出すんじゃないかの」

　虫本が心配そうな表情をした。連サン室突撃事件で勇名を馳《は》せた昔があるだけに、せっかくかごの中に飛び込んで来た形の美しい蝶の群れを逃がしたくないのである。

「こんな狭い島だから、わしらがいることはすぐわかってしまうぞ」

「突然出会って脅かすより、一応挨拶しておいた方がよくはないかの」

　一時、訓練が忘れられて、侃侃諤諤《かんかんがくがく》の論議になった。そうしている間にも浜の方角から若い賑やかな歓声が送られてくる。それは老骨にとって忘れられた遠い青春の呼び声であり、ひどくまぶしく、そして生ぐさい気配でもあった。

　こちらから〝挨拶〟に出向くまでもなく、上陸した娘子軍《じょうしぐん》はキャンプサイトを求めて島の中へ入って来た。彼女らは泉のそばに〝先住者〟のテントを見つけて驚いたらしい。一瞬逃げ出しかけたが、そこに生活しているのが旗本はじめ老人ばかりと知って、いくらか安心した様子である。

「わしら同じ町内の老人会グループでの、気の合った仲間で老いらくキャンプをしているのです」

　という旗本の説明に、ようやく警戒の構えを解いた。

「無人島で老いらくキャンプなんて、やるじゃない」

「凄い老人パワーだわ」

「でも私たちが発見したとおもって来た無人島に、お爺ちゃんたちがいて少しがっかりね」

「私たちだけだったら、やっぱり心細いかもよ。本当言うと、私ちょっぴり恐かったんだ」

彼女らは東京の女子大生で、神戸に生家のあるグループの一人のヨットで、この島へキャンプに来たという。この島が〝私有島〟であることは知らず、二、三日キャンプするつもりで、立ち寄ったそうである。

「二、三日と言わず、好きなだけ滞在していかれるがいい」

「ここは浮世から離れた別天地じゃけ」

老人たちは予期せざる美しい訪問者に浮かれ立っていた。女子大生は新城麗子《しんじようれいこ》、山羽《やまば》千鳥《ちどり》、松原《まつばら》るみ、三村佐和子《みむらさわこ》と名乗った。いずれも弾《はず》み立つ若さと充実した生命をもて余しているような年齢である。

彼女らは老人たちとたちまち仲良くなった。武器は訓練地に隠してあるので、彼女らは老人グループが物騒な合宿をしているとは知らない。

昼間は老人たちは今までどおり訓練に励み、彼女らは浜辺でサーフィンやダイビングに興じた。夕方になると合流し、彼女たちがつくった手料理を振舞われ、時ならぬディスコダンスやカラオケに興じる。

ここで俄然《がぜん》本領を発揮したのが門馬である。

彼は演歌だけではなくロックやニューミュージックまでこなして、娘子軍をびっくりさせた。娘たちとデュエットを歌う門馬の声は、若者のように艶と張りがあった。またディスコダンスでは降矢美雪にきたえられた旗本が、アップツーデイトの踊りぶりで、女子大生グループとまともに渡り合った。

夥《おびただ》しい星の陣の貼りつく夏の夜空の下、無人島の浜辺で老人グループとビキニ姿も眩《まぶ》しいピチピチギャルが、共に踊ったり歌ったりしている構図は、一見奇妙であったが、年代を越えた心の交流に伴うハーモニイがあった。

「楽しいのう」

「長生きはするもんじゃ」

「生きていることが、こんなに楽しいとは知らなんだ」

老人たちは娘たちとの合宿に体の皺《しわ》だけでなく、心の皺までがのびるような気がした。

女子大生たちも老人グループとの共同生活が楽しかったらしく、島にずっと滞在した。

彼女らは老人たちから釣りとサバイバル技術をおしえてもらって、けっこうたくましく〝野性化〟している。小麦色に日焼けした肌は、海女《あま》のようにダイナミックで、老人と安心しているせいか、惜しげもなく露出している。

「目の保養をさせてもらっているが、あんまり年寄りだと見くびって見せつけられるのも困ったもんずらよ」

「見くびっているわけでもなかろう。わしらを信用しておるんじゃ」

「若い娘から信用されるちゅうことが、見くびられとるちゅうこっちゃわい」

彼らは喜ぶべきか悲しむべきか、中途半端な溜息をついた。

女子大生グループが来島してから五日後である。太陽が内海に傾き、訓練が終わりかかったとき、浜の方から女の子の叫び声が聞こえてきた。その声が異様な響きをもっていたので、一同は顔を見合わせた。

「いま、たすけてと聞こえなかったか」

「たしかそんなこと言っていたようだが」

「とにかく行ってみよう」

彼らは声が来た方角へ走った。なにか異常事態が発生した気配である。B・Cの手前まで来ると、海岸の方面から山羽千鳥がよろよろと走って来た。水着を破られ、身体のあちこちに血とみみず腫れをつけた惨憺《さんたん》たる姿である。

「どうした」

旗本中隊が愕然として千鳥を取り巻いた。彼女は強姦でもされかけたような、ひどい格好を恥じる余裕もなく、

「たすけて。みんなが大変」

と訴えた。

「落ち着いて。いったいなにがあったんだね」

旗本に問われて、千鳥はしゃくりあげながら、

「いきなり、ヤクザみたいな男たちが五、六人やって来て、乱暴しかけてきたんです」

「ヤクザ」

一同の顔色が変わった。

「早く行ってたすけてください。麗子たちが危ないわ」

そのとき浜の方角から新たな悲鳴が湧いた。

「くそ」

虫本がその方角に走り出そうとしたのを、

「待て。闇雲《やみくも》に飛び出してはならん。まず敵の兵力を確かめてからじゃ」

と旗本が制止した。

「その間にやられてしまう」

虫本が地団太を踏むようにした。彼の瞼には突如侵入して来たヤクザどもによって、蹂躙されている女子大生たちの肢体が描かれている。彼にしてみれば、掌中《しょうちゅう》の玉を奪われるような気がしているにちがいない。

「自分たちの年齢を考えなければいかんよ。ヤクザも彼女らから我々がいることを聞き出

しているだろう。もし我々が返り討ちにあったら、だれがたすけるのかね」

旗本にたしなめられて、虫本は歯ぎしりしながら怺《こら》えた。

山羽千鳥の話を聞くと、男のグループは五、六人で、舟を彼女らの死角から接岸させたらしく、気がついたときは取り囲まれていたという。

「モリや水中銃みたいなものをもっていたわ。酒盛りをやるからつき合えって言うの。私たちがいやだって言うと、いきなり飛びかかって来たのよ。私だけ必死に逃げて来たけど、あとの三人は捕まっちゃったの。早く行ってたすけてあげて」

千鳥はこうしている間も、友達の安否を気遣っている。

「敵は武器をもっているようだ。下手に動くと、彼女らを人質にされて身動きできなくなるな」

赤城が冷静な目で作戦を考えていた。

「夜を待つしかあるまい」

旗本が言うと、

「訓練の成果を験《ため》すには、ちょうどいい機会じゃありませんか」

肘岡がニヤリと笑った。余裕のある表情である。

「ああ、その間にやられてしまう」

虫本が気が気でないように言った。彼にしてみればいますぐにでも突撃して、得意の銃剣術で女子大生三人を救出したいところであろう。

「早まってはいかん。敵は人質を三人も押えておるんじゃ。三人同時に救出する自信がないかぎり、下手に動いてはいかん」

旗本が釘を刺した。人質をとられていなければ、いまの中隊の実力をもってこの程度の敵を制圧するのは造作もあるまい。実戦経験豊富な古兵が、強化合宿で昔日の戦力を取り戻している。

天下太平の飽食時代にふやけた現代の若者の五、六人、彼らの敵にもなるまい。だが三名の人質を無傷で救出しなければならないのである。

偵察したところ、侵入者は六名、海岸にテントを張って酒盛りを始めた様子である。島の中に入り込まないのは、旗本たちを警戒しているせいかもしれない。女子大生の三人は彼らの円陣の中央に引き据えられて、身体をすくませている。

いまのところ、まだ「酒池肉林《しゅちにくりん》・落花狼藉《らっかろうぜき》」という状態には至っていないようである。ポータブルカセットレコーダーから最大ボリュームでロック調の音楽を流しながら、コップ酒のまわし飲みをしている。

沖の方から暮色が忍び寄ってきている。空の残照が海に映えて、沖の雲の頭がほんのりと紅潮している。今日も美しい夕暮れが、空と海を溶解させながら、一日を夜の触手に明け渡そうとしている。

いつもなら女子大生の手料理で楽しい夕食を始めるころである。光が失せて、影の勢力が濃くなるほどに、男たちのメートルが上がってきているようである。望遠鏡で観察したところ、いずれも二十代前半のヤクザっぽい連中である。本当にヤクザかもしれない。

西の空にはまだかすかに残照がたゆたっているが、海上はとっぷりと暮れた。遠く本土の灯が闇の奥にまたたき始めている。

侵入者《インベーダー》グループはますます気勢を上げている。酒を女性たちに強要している。アルコールが入って彼らの欲望は臨界点近くに達している。裸同然の若い女を目の前に引き据えて、舌なめずりをしている気配である。まだ襲いかからないのは、グループメンバー相互が牽制し合っているからだろう。

リーダー格らしいのが、新城麗子の手をつかんで引っ張った。麗子が拒絶のしぐさをした。

「やい、おれと踊れんちゅうのか」

リーダー格が目をぎらぎらさせた。

「踊りよりも、もっと気持ちええことしたいと言うてはりまんね」

一人が阿《おもね》るように言った。

「よし、踊りはやめや。これからほんまのパーティやで。そっちの二人はおまえらにまかせるさかいに、けんかせんよう、くじでも引くとよろし」

リーダー格が顎をしゃくったので、残りの連中がわっと立ち上がった。二つの女体に十本の男の手がかかる。松原るみと三村佐和子が悲鳴をあげた。

「アホ、けんかするなと言うたろう。女は三人いる。慌てることはあらへん。逃げたのを捕まえれば四人や。すぐ順番はまわってくるわ」

リーダー格が、自分は麗子をかかえ込んで、他の者をたしなめた。どうやら麗子たちは旗本らの存在を黙秘しているようである。侵入者グループは旗本中隊が島にいることを知らないのだ。麗子たちは旗本らが救出に来てくれることを信じているにちがいない。

西の空の残照も完全に消えた。空に密集して、あるいは散在して、またたく星の群れが輝きを増すほどに、闇は煮つめられてくる。

旗本中隊は行動を開始した。

「敵は六人いる。一人が一人ずつにしかける。その間に目崎君は彼女らを安全圏に連れ出す。虫本君は、一番手強《てごわ》そうなリーダーを担当してもらう。いいか、一気にしかけるんだ。余力があった者は他の味方の加勢をする。殺してはいかんよ。奇襲をかけて、自由を拘束するだけでよい。抜かるな」

旗本の命令一下、手に手に棍棒《こんぼう》や木刀を構えて、闇の地上を匍匐《ほふく》前進した。訓練の成果が現われて、闇の中をコソとの気配もたてない。

地の利と時の利は我が方に有利である。いまこそ訓練の成果を見せるときであった。合宿の女神のような女子大生を奪われた怒りと、好機到来とばかり燃え上がった戦意が重なって、旗本中隊は実戦さながらにやる気十分であった。

兵器を使って仕留められないのが、もどかしいくらいである。地上の凹凸や植物、岩かげなどを巧みに伝わって敵のグループににじり寄る。

敵が女性を争い合っているときは好機のようでいて手を出せない。敵が密集していて、一人ずつ的を絞れないのと、女性に怪我をさせる恐れがあるからである。

リーダーにたしなめられて、敵はいったん女性を離してじゃんけんを始めた。そのとき、松原るみが意表を突いた動きをした。じゃんけんに敵の注意が逸《そ》れた隙を突いて海の方へ逃げ出したのである。

これは旗本中隊にとって、予期しなかった動きである。

「あ、逃がすな」

「待て」

慌てて追いかけた侵入者たちは、せっかく一網打尽にすべく絞りかけた網の中から外へ出てしまった。

「しまった」

旗本が唇を噛んで制止しようとしたときは遅かった。弦につがえられて切って放すばかりに引き絞られた矢は、もはやとめようがなかった。

「突っ込め」

旗本の命令を待たずに虫本が突撃した。つづいて門馬と目崎と悪原が突っ込んだ。やむを得ず赤城と肘岡がつづいた。

虫本の手練の一撃が敵のリーダー格を吹っ飛ばした。門馬と悪原がそれぞれの敵を背中から打ちすえた。その間に目崎が麗子と佐和子を保護した。

赤城が追いすがりざま強烈な足ばらいをかけ、旗本の手練の一撃が愕然として逃げかける敵の足元から薙《な》ぎ上げた。侵入者グループは突然、島の闇の中からもののけのように躍りだした旗本中隊に肝をつぶした。

だが、松原るみの予期せざる動きによって彼女を追跡した一人が、中隊の網から逃れた。また門馬がしかけた敵への打撃が不足していた。二人の侵入者は、そのまま、るみを追いかける形で海へ入った。

「逃がすな」

「逃がすと面倒だ」

目崎を残して中隊六名が追跡した。だがその間に二人の侵入者は海の中でるみに追いついた。

「野郎、来てみい」

「この女の命は保証せえへん」

るみを捕えて二人は凄んだ。彼らが乗って来たらしい小型クルーザーが岸からやや離れた水域に浮いている。二人は仲間を見捨てて、るみを連れ去るつもりか、沖の舟の方へ泳ぎ出す構えを見せている。

中隊は歯ぎしりをしたが、るみを押えられているので、どうしようもない。そのとき波打ち際を走って来る足音がした。

振り返る間もなく、彼我《ひが》一同はザザッという音を聞いた。次の瞬間、侵入者は人質もろとも網のようなものに身体を捕えられて、行動の自由を失っていた。

悲鳴をあげる間もなく強い力で引かれて、水の中に倒れた。

彼らの頭上に降ってきたものは、文字どおりの投網《とあみ》である。食料補助用に備えた投網を目崎が打ったのである。

網の中でもがきまわる二人に中隊が殺到してたちまち捕虜にしてしまった。網の中からるみが救い出される。

「ひどいわよ。私を魚扱いにして」

るみが泣き笑いしながら怨《えん》じた。

侵入者六名は手足を縛られ浜辺に芋虫のように転がされた。

「さあ、こいつらをどのように料理しよう」

「満潮になるまで浜に転がしたらどうだべ」

「それよりも島に置き去りにしたら、どうきゃあの」

「モーターボートに乗せて潮のまにまに漂流させたら、アメリカまで行くがやないけ」

みなが無責任なことを言い合った。

侵入者は大阪から来た工員グループであった。夏休みを取ってクルーザーで舟遊びをしている間に、無人島で若い女のグループを見かけて、ついむらむらとしたらしい。

お説教を加えて放免すると、這々《ほうほう》の体《てい》で逃げて行った。

2

ともあれ予期しない侵入者のおかげで合宿の成果を確認することができた。大阪の工員グループは、中隊の訓練台《シミユレーター》になってくれたのである。

「突撃命令を出さないうちに突っ込んでしまった。目崎君が咄嗟の機転で投網を打ってくれたからよかったものの、一つまちがえれば逆転される際《きわ》どい場面だった。いかなるときにおいても命令を守らないと、中隊の崩壊につながることを忘れるな」

旗本は厳しい評価を下した。それから二日後、女子大生グループは名残りを惜しみながら帰って行った。

夏が去りつつあった。海に土用波《どようなみ》が立ち、空に秋の色が刷《は》かれた。南の海でいくつか台風が生まれていたが、みな幸いにして逸《そ》れてくれた。

強化合宿は最後の仕上げにかかっていた。この間に中隊メンバーは、老いさらばえた老人から一騎当千の強兵に再生されていた。彼らが人間のリフォームになっていたのである。

「島を離れると、いよいよ黒門組に宣戦布告する。これからは演習ではない。やらなければやられる。心を引きしめてやってもらいたい」

旗本は島を離れる最後の夜に一同に言い渡した。老人には苛酷な強化合宿であったが、遠い日の戦いの血と力を呼び醒まし、女子大生の訪問という〝景品〟までつけられて、過ぎ去った青春の幻を見せてくれた。

過ぎてみれば二カ月の島での生活が、あっという間に過ぎ去ったようにもみえ、また永遠のようにもおもえる。それだけ充実していた証拠であろう。

「あの娘たちに、また会えるやろか」

「住所をおしえてくれたがいや」

「こちらから訪ねて行くわけにはいかんしのう」

「行ったら、どこのクソ爺いが来たという顔されるのが落ちじゃ」

「一度でいいからまた会いたいもんだな」

老人たちはみな〝四人組〟のおもかげを忘れかねているようである。

「あれは夏の日の夢じゃ、忘れるべし」

旗本に冷たく言われて、

「中隊長殿、せめて夏の日の恋にしていただけませんか」

と目崎が言い返したので、

「図々しいのう。目崎君は恋までサシクルのかね」

「いえ、クルしんでおります」

「あんたのはクルしんでいるのではなく、タックルや、引ったくるじゃろう」

旗本にまぜっかえされて、一同どっと沸いた。

開かれた戦端

1

二カ月の強化合宿を終えて帰って来た旗本中隊は、いよいよ黒門組に対して戦端を開くことにした。

「いずれは正面対決しなければならない時期がくるが、当分の間ゲリラ戦で敵の勢力を削《そ》いでいきたい。我々の仕業ということは最後の段階まで知られてはならん。もし我々の仕業であることがわかると、黒門組の前に警察を敵にしなければならなくなるからじゃ。この街の警察は黒門組と同じ穴のムジナじゃが、できるかぎり警察を正面の敵にしたくない。絶対安全とみきわめがついたとき以外はしかけてはならない。当分は一人で行動をしてはならない。一人か精々二、三人ずつ牙を抜いていく。黒門組を恐怖のどん底に叩き落としてやるんじゃ」

宣戦布告に先立って旗本が訓示した。

「当面の作戦としては黒門組の対立暴力団の仕業とおもわせる。この街を避けていた他の暴力団も、広域暴力団の全国覇権《はけん》争いの激化に伴って、この街に進出気配を見せている。黒門組も多年の独立に安んじていられない雲行きになってきている。最近、他の暴力団の鉄砲ダマとみられる連中との小ぜり合いが頻発《ひんぱつ》しているのも、その現われだ。まずこの情勢を利用して暴力団同士を嚙み合わせれば、一石二鳥の効果を狙える」

つづいて赤城が説明した。

「まず降矢美雪さんに直接手を下した連中を突き止める。黒門組の兄貴分の一人に後藤田《ごとうだ》良二《りようじ》という男がいる。黒門組の第一線部隊長のような男で、強盗良二と渾名《あだな》されているやつじゃ。こいつが、なにか知っているはずだ。いつも銀の鎖のついたサングラスをかけ、派手なストライプの入ったスーツを着ている」

旗本は娘のみゆきに後ろ姿が似ていた女に声をかけて、袋叩きにされたときをおもいだした。あのときあの女をエスコートしていたのが、後藤田良二である。また美雪と再生品の素材を物色していたとき、からんできたグループのリーダーが彼であった。

「たった一人の殴り込み」をかけたとき、迎撃《げいげき》したのも後藤田である。初めから関わっている黒門組の幹部であり、美雪の誘拐殺害にも重大な役をつとめているにちがいないとにらんでいた。

「その男なら、何度か見かけたことがありますちゃ」

「いつも子分を何人か引き連れて、偉そうにしておったぞ」

「長岡さんの奥さんにも、やつがからんでおったんやないか」

中隊メンバーも彼のことを知っていた。第一目標を後藤田良二において、長くたわめていた弦から反撃の第一矢を射ることにした。

弦は限度一杯まで引き絞られた。

後藤田の生活様式が密かに徹底的に調べられた。

後藤田良二、二十八歳。黒門組の看板になっているダミー会社黒門興業の第一営業課長、市内の豪華マンションに愛人の小池淳子《こいけじゅんこ》、二十四歳と同棲している。その凶悪冷酷な性格は同組員からも恐れられており、黒門組の悪業を一身に代行している。黒井照造総長の信頼が厚く、同組の戦力の一端をになう若い幹部である。

「彼にはその冷酷な性格を示す有名なエピソードがある。舎弟が不始末をしでかして指をツメたとき、指ツメの形式を知らない若い者たちが多くなっているので、後日の参考と称してビデオに録《と》ったそうじゃ。しかもそれをコピーして同業者に分けたところ、それが評判になって業界の隠れたベストセラーになったという。これに味をしめてその後、懲罰のチョウヅメやジンヅメと称される盲腸切除や腎臓移植のシーンを録画して売りに出して、それが黒門組の結構な収入源の一つになっている。彼が美雪さんの誘拐殺害に関わっていることは疑いがない。こいつを締め上げれば、美雪さんに関わったやつらがぞろぞろ引っ張り出されるはずじゃ。彼はいつも数人の子分や舎弟分と行動している。一人になるのは住居に帰ったときだけじゃ。ただし彼のマンションは黒門組系列の不動産屋が経営していて、同組関係者が多数住んでおる。ここから彼を引っ張り出すのは難しい芸当じゃな」

「他に一人になるときはありませんのか」

旗本の説明に肘岡が聞いた。

「ないこともない」

「といいますと」

「目崎君が調べたところによると、彼は昼過ぎ、子分の迎えの車で〝出勤〟して、組のなわばりをパトロールする。午後ひとまわりして、夕食後、再びパトロールする。そして午後八時ごろから約一時間、傘下のパチンコ店〝福ちゃん〟でパチンコをする。その間、一人になるという」

「パチンコ店では多数の人目がありますな」

「しかし狙い目はここしかない」

「その間、子分どもはどこにいるのですか」

「パチンコをやっている者もいれば、喫茶店でオダをあげている者もいる。この間が休憩時間でみな勝手なことをしておる。パチンコ店の中はみんなも知っておるように、大勢の人間がいても、それぞれのゲームに夢中で他人を注意していない。年寄りもけっこう多い。ここでなにか手を考えれば、後藤田を罠《わな》にかけられるとおもう」

「実は私が一つ考えたことがあるのですが」

目崎が口を開いた。一同の目が目崎に集まった。彼が考案したという手を披露すると、

「そんなにうまくいくもんじゃろか」

悪原が危惧した。

「後藤田がほんの束の間でもパチンコ台の前を離れれば、細工は私にまかせてください。必ず外へおびき出してみせます」

目崎は自信たっぷりに言った。

「目崎君の手並みはみなもよく知っておろう。目崎君にまかせてみようではないか」

旗本の言葉で衆議一決した。

2

〝福ちゃん〟は目抜き通りにある、この街で最も盛《はや》っているパチンコ店である。気前よく開放《フィーバー》するので、パチプロが東京方面からもやって来る。後藤田が来ると、その台は開放するので、必ず打ち止めになる。小一時間遊んで、二万円近くの小遣銭を景品として取れ

るのも、組に対する一種のカスリである。

玉も景品交換所で直接、現金と交換してくれる。その夜も八時ごろ後藤田は〝福ちゃん〟へ姿を現わした。どの台に座っても開放されるので同じようであるが、彼の気に入りは301番の「SL」である。すでに旧式の台であるが、後藤田専用に数台残してある。

ホームラン穴に入るとSLの汽笛が鳴って全開となる。彼はその汽笛の音が好きなのだ。

その夜もしきりに汽笛を鳴らして、受け皿とバケツ（玉箱）を満杯にしていた。三十分ほど遊んで後藤田はトイレットに立った。

数分後帰って来てみると、自分の台から玉がきれいに消えている。まちがえたかと番号を確かめたが、301にまちがいない。受け皿から溢れそうだった玉だけでなく、満杯のバケツも消えている。ただの一粒も残っていない。

後藤田の台から、玉を盗む者があろうなどとは信じられなかった。玉どころか、301番を彼の専用台と知って、使う者はいない。

「だれだ、おれの玉を盗んだやつは」

後藤田は顔色を変えてどなった。だが、だれにも答えられない。だれも自分のゲームに夢中で後藤田の台になにが起きたか知らないのである。

「それだったら、いま黄色いトレーニングウェアを着た人が、その台の玉を取って外へ出て行きましたよ」

数台離れた台で遊んでいた老人が言った。

「野郎！」

頭に血が上った後藤田は、玉を店内の景品交換所でなく外へ持ち出したということを不審がる余裕もなく、後を追った。

店の外へ出ると、いましも黄色いトレーニングウェアが角を横丁へ曲がるところである。

「待ちやがれ」

後藤田は追跡した。横丁へ曲がると黄色いトレーニングウェアは見えず、一台の乗用車がエンジンをかけたまま停まっている。さてはこの車に逃げ込んだかと車に近寄ったとき、ものかげから飛び出した黒い人影に利《き》き腕を取られ、脇腹に尖った感触の金属の先端を当てられた。

「そのままおとなしく車に乗るんだ」

押し殺した声が耳元で命じた。

「おれをだれだとおもってるんだ」

この街で黒門組の後藤田に因縁をつける者があろうとはおもえない。人ちがいしやがって、後で吠《ほ》え面《づら》かくなよと、彼は十分余裕をもって凄んだ。

「黒門組の後藤田良二、痛い目をしたくなかったら早く乗れ」

落ち着きはらった声が答えて、横腹にチクリと痛みが走った。

正体不明の人影が、初めから後藤田を狙っていたことは明らかとなった。格闘技の達人でもあるのか、大した力を加えているようにもみえないのに、取られた利き腕はピクリとも動かせない。

（すると他の組の鉄砲ダマか。それにしても黒門組のおれを狙って来るとはいい度胸だ）

後藤田は鉄砲ダマを送り込みそうな対立暴力団をおもい浮かべた。乗用車のドアが内から開かれ、後藤田は強い力で押し込まれた。彼の身体が車内に入った瞬間、車が発進した。彼は後部座席に黄色のトレーニングウェアと、刃物をもった男にサンドイッチされていた。

「てめえら、どこの組の者だ。ナメたまねをしやがって、生きてこの街から出られるともってやがるのか」

後藤田は、いまやなんの役にも立たなくなっている黒門組の威《い》を借りて凄んだ。

「口のききかたに気をつけるんじゃ」

黄色のトレーニングウェアが言った。顔は影に隠されて見えないが、声に聞き憶えがある。腹に響く、心の深い所から発するような声である。

「そっちこそ、えらそうな口を叩くじゃねえか。ここをどこだとおもってるんだ」

「お主、自分の立場がわかっていないらしいのう」

脇腹がまたチクリと刺された。車は暗い方角へと走っている。灯が次第に疎《まば》らとなってくる。

「おれを黒門組の後藤田と知って、なんの用事だ」

と後藤田が問うたのは、黒門組の威力がこの連中には通じないのを悟ったからであろう。

「いろいろと聞きたいことがあってな。ご招待申し上げたのじゃ」

トレーニングウェアが言った。

「いろいろと聞きたいことだと」

「電話では聞けないことじゃ」

「なんだ、それは」

「時間はたっぷりあるわさ。慌てることはない」

対向車のライトが影に沈んでいたトレーニングウェアの横顔を束の間、照らしだした。

白髪の年老いた横顔の輪郭に、後藤田の記憶がよみがえった。

「殴り込みをかけて来た爺い……」

「それだけではあるまい。それ以前にもお主とは因縁がある」

対向車がすれちがって、また老人の顔が闇の中に沈んだ。そのときになって、後藤田は背中を向けているドライバーも、刃物を突きつけている男も、みなかなりの年輩であるのに気づいた。

いずれも野球帽や登山帽を目深《まぶか》にかぶっているが、帽子の覆いきれない部分の髪が白い。身体も老いている。それでいながら全身から名状し難い殺気が放射されている。鍛え抜いた身体から老いて肉が落ち、骨が削《そ》がれ、殺気だけが煮つめられたような目も向けられない凶悪な気配が、狭い車内に籠って後藤田を圧倒した。

「ど、どこへ行くつもりだ」

虚勢を張っているつもりの声が、不覚にも震えた。

対立する代紋

1

車は山の方角へ走った。人家が切れて山間に入り、さらに一時間以上走った後、ようやく停まった。

「下りるんじゃ」

耳元で命令されて車から引き出された。暗い森の中である。遠方に水の音が流れている。目の前に廃屋《はいおく》のような家があった。その家の中に連れ込まれた。三人の同じ年輩の老人たちが待っていた。

外からは廃屋と見えたが、内部は当座の生活ができるように工夫されている。テーブル、椅子、炊事用具などが散見される。こんな人里離れた山中に、老人ばかり六人が集まってなにをしているのか。しかもいずれも同じような苛烈な殺気を身体に蓄えている。後藤田はこんな老人グループを見たことがない。まるで墓場からよみがえって来たかのような鬼気迫る老人グループであった。

「座れ」

殴り込みをかけた老人が顎で椅子を指した。彼がグループのボスらしい。

「おれを老人ホームのパーティに招待したのかい」

後藤田は強がりを言って、恐怖をまぎらせようとした。

「まあパーティにはちがいない。お主が主賓《しゆひん》のな」

ボス老人がうっそりと笑った。

「パーティにしちゃあ、なにもご馳走《ちそう》がねえな」

後藤田は精いっぱい虚勢を張った。

「へらず口を叩くな。馳走があったところで、とても食べる気にならないだろうよ」

耳タブの千切れた老人がぴしゃりと遮《さえぎ》った。修羅場を潜《くぐ》って来た者特有の凄みがある。

「食えるか食えないか、まず出してから言うもんだぜ」

黒門組幹部の面子《メンツ》にかけても、こんな老いぼれに位《くらい》負けしてなるものかと、後藤田が肩をそびやかしたとき、ぴしりと息が詰まるほど笞《むち》のようなもので背中を打たれた。事実、全身が痺れて言葉がしばらく出ない。

「な、なにをしやがる」

ようやく絞りだした言葉がかすれている。

「降矢美雪という女性を知っておろう」

「ふるやみゆき？　知らねえな」

「お主が因縁をつけた女性じゃ。わしが一緒にいたとき、消火剤を浴びて泡踊りをしたじゃろうが」

「知らねえ、憶えていねえな」

「わしが殴り込みをかけたのは憶えていて、いまになって記憶喪失症になったということは、憶えていると都合の悪いことでもあるのかね」

理づめにされて後藤田は、ますますうろたえた。

「都合の悪いことなんかない。とにかく知らねえ」

「お主が彼女を誘拐し、犯して殺したんじゃ」

「と、とんでもねえ。言いがかりだ」

「お主一人がやったのでないことはわかっておる。だれとだれが手を下したか、素直に言えば痛い目をみないですむ」

「爺い、年のせいで耳が遠いのか。知らねえと言ったろう」

「ほう、わしらの耳のせいにするのかね。お主が記憶喪失にかかったのか、わしらの耳が遠いのか、それを証明しなければならんようじゃな」

ボス老人がのどの奥でククと笑ったようである。同時に両脇を強い力でかかえ込まれ、左手をテーブルの上に押しつけられた。老人とはおもえない強い膂力《りょりょく》である。鼻柱が歪《ゆが》んでいて、獰猛《どうもう》な感じの老人である。

「なにをするんだ」

「あんたがビデオに録《と》ってベストセラーになったものを、あんたに実演してもらうのさ」

耳タブの千切れた老人が言って、刃物が指と指の間に突き立てられた。

「ひやっ」

とおもわず悲鳴をあげて、

「ま、まさか指《エンコ》をツメるわけじゃねえだろう」

「そのまさかじゃよ。指は十本ある。一関節ずつツメれば二十八回ツメられる。その間に聞かれたことにゆっくり答えてくれればいい」

ボス老人が楽しい計画でも話すように言って、またククと笑った。

「や、やめろ」

「心配するな、痛い目はさせないよ」

そのとき新たな老人が注射器を構えて現われた。その老人の顔を見て、後藤田はあっと呻《うめ》いた。

パチンコ屋で彼の近くの台にいて、黄色いトレーニングウェアが玉を盗んだとおしえた老人である。後藤田はそのとき初めから仕組まれていたのを悟った。

小柄で素ばしっこそうな表情をしたその老人は、注射針の先をアルコール綿で消毒して、後藤田の手首にぶすりと突き立てた。

「なんのつもりだ」

「麻酔薬だよ。これを射てば痛くも痒《かゆ》くもなくなる。自分の指がツメられる様《さま》を冷静にじっくり観察できるよ。消毒した誠意をかってもらいたいな」

注射した老人が後藤田の顔色をうかがった。

「なんだと? エンコヅメに麻酔だと。てめえら悪魔かよ」

「どういたしまして。その反対じゃけえ。ちょっとでも苦痛を少のうしてやろうとしとるだけじゃ」

鼻の曲がった老人が言った。

「さあ、答えてもらおう。まず美雪さんを誘拐したのはだれとだれか」

「知らねえ」

「やむを得ない」

ボス老人が顎をしゃくった。ゴリッと音がして小指が第一(遠位)関節から切り放された。血がほとばしった。麻酔が効いてきて痛みはないが、自分の肉体の一部分がなんの苦痛もなく切断されていくのを見守っているのは、白昼の悪夢を見ているようである。

「やめてくれえ」

後藤田は恥も外聞もなく泣きだした。こうなると黒門組の幹部もなにもあったものではない。

「もう一度、聞く。誘拐に関わったのはだれだ」

「ヤクザの仁義《ご》だ。口が裂けても言えねえ」

この期に及んでヤクザの見栄《みえ》が出た。

ボス老人が顎をしゃくった。薬指に刃物が当てられた。それが切断される前に、

「言う言う。言うから指を切るのはやめてくれ」

後藤田は泣きじゃくった。小指の切り口から全身の血が流れ出すような勢いで出血している。しかもそれがなんの苦痛も伴わない。

「早く言えば、親からもらった身体を傷つけずにすんだのに」

ボス老人がほとんど悲しげに言うと、注射した老人が器用な手つきで止血の処置を施した。

「大丈夫。この程度の出血では死にはせん」

「言えばおれを殺すだろう」

「お主にはまだ利用価値がある」

「おれが口を割ったことを黙っていてくれるか」

「取引じゃな。お主が我々のことを黙秘しているかぎり、黙っていてやろう」

「誘拐をしたのは、おれと中田《なかた》と本沢《もとざわ》という舎弟だ」

「命令したのはだれだ」

「それを言ったら、おれが殺されるよ」

「二本目をツメられたいのかね。そろそろ麻酔が切れてくるぞ」

「どうしても言わなければならねえのか」

「そのためにパーティに招待したんじゃよ」

「命令は島木《しまき》理事から受けた。客人の接待用のいい女を探していたんだ。よそ者で、係累がなく独り暮らしの若い女を物色していたところに、彼女が引っかかったんだ」

「客人とはだれだ」

「おれたち下っ端はそんなことは知らされねえ。大物であることは確かだ。すだれ満月のような顔をしていた」

「お主、客を見たのか」

「女を連れて行ったときチラリと見た」

「その場にいたのはだれとだれだ」

「すだれ満月のほかに理事長と島木理事の三人だ」

「客が来るといつも女を誘拐するのか」

「いつもとは限らねえ。手持ちのいい女がいないときだけだ」

「なぜ殺したんだ」

「逆らったからだよ。そんなことはめったにない。たいていたっぷり礼金を弾むと話《ナシ》がついた。ところが彼女は警察にタレ込むと言い張った」

「だれが殺せと命令したか」

「島木だ。危ないから口を塞げと言われた」

「殺したのはだれか」

「おれじゃねえ」

「だれが殺したと聞いておる」

「中田が殺《や》った。本沢が手伝った」

「犯したのはだれだ」

「客人が一番乗りだとおもう。その後金バッジ何人かが遊んで、おれたちに下げ渡された」

「お主も犯したのか」

ボス老人の声が悲しげに曇った。

「おれだけしないというわけにはいかなかった」

「おまえの他に彼女をだれが犯した」

「中田と本沢だ」

「彼女はそのとき生きていたのか」

「生きていた」

「死後玩《もてあそ》んだ者はだれか」

「本沢が殺した後、勿体ないと言いだして死体を犯した」

「死体を瀆《けが》したのは本沢一人か」

「殺した後、舎弟に下げ渡した」

「本沢以外にだれが死体を瀆したか」

「金川《かねがわ》と丸井《まるい》だ」

「島木の上で誘拐と殺害の命令を出した者がいるはずじゃ。それはだれか」

「島木に聞いてくれ。おれは知らねえ」

「黒井総長か」

「多分そうだとおもうが、詳しいことは知らねえ」

「お主らに美雪さんがまわされてきたとき、どんな様子じゃった」

「死んだようになっていた。金バッジの連中、相当しつこく玩んだようだった」

「それをお主らはまた犯した。それに飽き足らず殺した後、死体を凌辱《りょうじょく》した」

ボス老人の身体から怒りがめらめらと燃え上がり、殺気となってほとばしった。

「かんべんしてくれ。おれだって命令されてやったんだ」

「犯したのも命令じゃと言うのか」

「約束したろう。殺さないって」

後藤田は恐怖に焙《あぶ》られて、すくみ上がった。

「まだ殺すわけにはいかんよ。お主の言葉が本当かどうか確かめるまではな」

「嘘は言ってねえ。本当だとわかったら殺すのか」

どちらにしても生きのびられそうもないと知って、後藤田は愕然とした。

「いまお主が口を割った場面は、全部ビデオに録ってある。一言でも我々のことをしゃべってみろ、このビデオが組に送りつけられる。我々がお主をどうこうする前に、黒門組が処刑するじゃろう」

「わかっているよ」

「わかっているなら口に閂《かんぬき》をかけておくんじゃな」

「たすけてくれるんだな」

「お主の言葉が嘘でないことがわかったら、釈放してやろう。その後、生きるか生きられないかはお主の心がけ次第だ」

「あんた方のことは口が裂けても言わねえよ」

「その口が小指一本で割れたのではないのか」

皮肉を言われて、額から脂汗《あぶらあせ》を流している。指の麻酔が切れてきたらしい。

「痛み止めの薬だ。十日間もすれば傷口が塞《ふさ》がる。化膿《かのう》しないように包帯交換をまめにすることだ。筋金入りのヤクザが小指一本で情けない顔をするな」

目崎が鎮痛剤を手渡して当座の手当ての要領をおしえた。後藤田を別室に監禁した後、

「あいつはまだ殺すわけにはいかん。死の恐怖をたっぷり味わわせてから、最も効果的な利用法を考えてやる」

旗本が口元に薄い笑いを刻んだ。

「これで当面の目標が明らかになりましたな」

赤城が嬉しげに言った。それは老人たちの当面の生きる目標でもある。

「下の方から徐々に攻めていく。火が足元からじりじりと迫って来るような恐ろしさを存分に味わわせてやらにゃあ、美雪さんが成仏せんからな」

旗本の目は宙にひたと据えられ、美雪の無残な最期を見つめているようである。

2

「後藤田の自供は信じられますか」

肘岡が疑惑の表情で言葉をはさんだ。

「二本目の指を失う直前に言ったことだ。まず嘘は言うまい。仮に嘘を言ったとしても、すぐにバレる。仲間の名前をいくつも挙げた。彼らはどうせ同じ穴のムジナじゃ。嘘のつきようがあるまい」

「理事の島木、美雪さんを犯して殺した中田、それを手伝った本沢、死体凌辱に加わった金川と丸井、当面この五人をどんな順序で攻めますかいね」

悪原が問うた。

「まず中田じゃ。そして本沢、金川、丸井、島木と行こう」

「彼らの顔はわかりますきゃあの」

つづいて虫本が尋ねた。

「黒門組全員の写真がある。もしかしたら我々とすでに顔を合わせているかもしれんよ」

後藤田に率いられて、旗本の再生品工場を荒らしに来た一団の中に、彼の舎弟分の中田と本沢はいるかもしれない。あるいは美雪と旗本にからんだグループに加わっている可能性もある。

市民新聞の若松から提供された黒門組全員の写真の中から、五名のそれが取り出された。

「この男たちなら、事務所に殴り込みをかけてきたときにおったがです」

「長岡さんの奥さんに因縁をつけてきて、中隊長殿のヒューストンに撃退されたのが、こいつらだった」

　悪原が中田と本沢を指し、肘岡が金川と丸井を見分けた。いずれも黒門組の実力行動隊員として最も華々《はなばな》しく動きまわっている組員である。中田と本沢が係長（若中）、金川と丸井が社員（小若中）である。

「こいつらだったら、殺されても全市民が容疑者になってくれるわい」

　赤城が、ほくそ笑むような笑い方をした。

「市民で、こいつらを怨んでいない者はおらんじゃろう。だが疑いを市民に向けると無辜《むこ》の市民が迷惑を蒙《こうむ》る恐れがある。ここは、暴力団同士の抗争を装った方が、今後の作戦展開のためにもよいじゃろう」

　市民新聞の若松の協力によって、黒門組に関するすべての情報は集められている。

　黒門組は、理事長（総長）の黒井照造を頂点にして四名の理事（若衆頭）、八名の部長（若衆頭補佐）、二十名の課長（直系若衆）、三十二名の係長（若中）、社員（小若中）によって構成されている。これが直系構成員であり、部長以上が金の代紋（家紋）、課長、係長が銀、社員がニッケルの代紋をつける。

　部長以上がそれぞれ一家を構え、自分の社員（子分）を養っている。部長一家の幹部がまた子分をもつ。直系構成員は黒門を象《かたど》った代紋をつけ、二次団体以下の構成員はそれぞれ黒門の上に山型が付く。二次団体の代紋にも金、銀、ニッケルの区別があるが、直系構成員の代紋の方が値打ちがあることはもちろんである。

約百名の直系構成員が、黒門組の親衛隊であり、これに第二次グループ以下の下部組織が加わる。構成員の階級をすべて企業の職制にしたのも、黒門組の合法団体を装う巧妙な擬態である。

最近黒門組では、暴力団の全国的再編成期にあって組の勢力の拡張運動に熱心である。黒門組の勢力拡張作戦は、収入源の拡張も狙っている。黒門組に憧れる不良少年、暴走族、無所属のチンピラ、番長などは黒門組の代紋をつけたがる。組の代紋をつけているだけで箔《はく》がつくからである。

上に二重三重の山型がついた黒門のニッケルバッジを大量生産して、これを一個二、三万円で格好つけたがり屋の若者に売りつける。

バッジを買った者はそれ以後、黒門組の構成員として会費を納め、同組の組員（二次グループ以下でも）と名乗れるのである。一種のフランチャイズ料である。

こんな構成員が、いざというときにどの程度の戦力になるか疑問であるが、一人一カ月一万円前後の会費は、労せずして黒門組の確実な収入源となる。黒門組が最近戦力増強に熱心になったのには、次のような理由がある。

これまで黒門組は、全国を二分する広域暴力団曾根崎組の会長曾根崎道夫《みちお》と飲み分け（五分）の兄弟盃を交わしていた。その仲介に立ったのが民友党の大物志戸隆明といわれている。

ところで曾根崎が半年前、対立暴力団の一誠会が送り込んだ刺客に傘下のナイトクラブで遊興中、狙撃されて急死してから、鉄の結束を誇った曾根崎組が内部崩壊の萌《きざ》しを見せるとともに、一誠会に対する報復に出た曾根崎組との間で全面戦争の様相を呈し、抗争が泥沼化してきた。

このような状況下でこれまで曾根崎組との提携で、偸安《とうあん》の夢を貪っていた黒門組も安閑としていられなくなったのである。

一誠会では、曾根崎組がドンを失い動揺している時期を逃さず、一挙にそのテリトリーの侵奪を図った。一誠会の戦略はまず頭のドンを取り除いた後、曾根崎組の手足を一本ずつ捥《も》いでいくというものである。

曾根崎組の傘下団体や友好グループに鉄砲ダマを送り込んでしきりに挑発している。曾根崎組も黙ってはいない。会長の仇を討ち、頽勢《たいせい》を挽回しようとして、果敢な抵抗を繰り広げたので、各所で血なまぐさい抗争事件が発生していた。

旗本はこの暴力団同士の抗争を利用して、復讐の触手をのばしていこうという作戦である。

「しかし下手をすると、日本の暗黒街を二分する曾根崎、一誠会両系からはさみ撃ちにあうかもしれんな」

肘岡が案じた。

「そのときはそのときのことやわ。世の中相手に戦争をおっぱじめるがや。戦いはでっかい方がええがいや」

悪原が言ったので、一同が奮い立った。曾根崎組系四百八十九団体約一万一千名、一誠会系三百六十三団体八千三百名、全国暴力団員総数約八万六千人のうち、二十二パーセント強を両派が占めてしまう。

両派とも政財界と深いつながりをもち、傘下に芸能、不動産、金融、風俗産業、建設、交通運輸、飲食などの合法事業を営み、その年間売り上げは日本の巨大企業をしのぐ。

因《ちな》みに日本の暴力団の年間総収入は軍事費並みにGNPの一パーセントとみられている。そのうちの一・五割を両派が稼いでいる。この二大暴力団の狭間《はざま》で、わずか七人の老人が戦いを挑もうとしているのである。

暴力団は政治家と結託して、国民生活のあらゆる部位に根を張っている。警察内部にまで手先が潜《ひそ》み、時には法律すらつくり変える。

全国警察官約二十五万人に対し、暴力団員は八万六千、これに登録されていない準構成員を加えるとこの五〜八倍の数に達するとみられる。暴力団員の総数は警察官総数の数倍になり、しかも密輸入した武器によって、警察よりも優れた武装を施しているとみられる。

彼らは日本国の中の暗黒独立帝国であり、独立した経済圏を有し、独自の法律をもち、軍備を擁している。いわば二大強国に対するはぐれ老人の抵抗である。正面から行ったのでは戦争ごっこにもならない。

機会は先方からやってきた。十月下旬のある夜、市内のカラオケスナック「演歌の花道」で中田と本沢が数人の若い組員と一緒に飲んでいた。ここは黒門組のたまり場のような所で、のど自慢の彼らは常連である。

ところが今夜は、一目で同業と見てとれる面構えと服装の二人の男が、マイクを独占していて放さない。だが見馴れない連中である。黒門組の膝元での大きい態度にいいかげん頭にきていた中田が、ついにたまりかねて、

「おい、もういいかげんにマイクをまわしてくれんか」

と言った。

だが男は中田の言葉を平然と無視して、気持ちよさそうに五木《いつき》ひろしの歌を歌っている。

「てめえら耳はねえのか」

本沢がどなりつけた。黒門組のたまり場で、しかも同組の戦闘隊員を無視したまま、マイクを握りつづけるのはいい度胸である。

かたわらにいたもう一人が鼻先でせせら笑って、

「マイクが欲しけりゃ腕で取りな」

と言った。

「なんだと」

中田と本沢は一瞬言葉を失った。黒門組の本拠でこれほど大胆な挑発を受けたことはなかった。もともと冷静な判断力の持ち主ではない。露骨な挑発の底にはなにかあると考える前に、血が頭に上った。

「野郎」

うめくなり彼らはよそ者二人組に殴りかかった。二人組も身構えていて応戦した。椅子が倒れ、テーブルが傾く。グラスや皿が甲高《かんだか》い音をたてて床に砕ける。女たちの悲鳴がほとばしり、他の客が逃げまどった。

よそ者二人組も奮闘したが、多勢に無勢でたちまちフクロ叩きになった。間もなく床に血みどろになった二人組の顔を靴で踏みにじった中田は、

「おおかた一誠会の鉄砲ダマだろうが、てめえらの入り込める場所じゃねえ。よく憶えておけ」

と唾を吐きつけた。

動けなくなった二人組を、小若中（末端組員）が外へかつぎ出した後、中田と本沢はいい気分になってマイクを独占した。鉄砲ダマで挑発した後、本隊の戦闘部隊が乗り込んで

来る従来の暴力団の進出の図式を、長い間の平穏無事に馴れて完全に忘れていた。

この時点で、彼らは何重にも仕掛けられた罠に陥っていたのである。

二人が存分に歌いまくって帰途についたのは、午前二時ごろであった。

「お供がまいりました」

店のボーイに告げられて、二人はようやく腰を上げた。彼らはいずれも市内の同じマンションに住んでいる。小若中と店の者の見送りを受けて、彼らはいい気分でタクシーに乗り込んだ。

歩いても大した距離ではないが、黒門組の係長が夜道をとぼとぼ帰るわけにはいかない。

数分後、彼らはマンションの前に着いた。メーターは基本料金を指していたが、千円札を出して釣りは取らない。運転手が感謝の言葉を残して、タクシーが闇の中に立ち去った後、突然背後に人の気配があって名前を呼ばれた。振り返ろうとすると、

「そのまま、前を見て暗い方へ向かってまっすぐ歩け」

と命じられた。

「なんだ、てめえらは……」

と言いかけた言葉が硬直した。心臓の後ろにあたる背中に、尖った金属の先端を突きつけられた。本物の殺気が吹きつけてくる。「演歌の花道」でフクロ叩きにしたよそ者が報

復に来たかとおもった。

それにしては声が年老いている。

「降矢美雪という女性を知っておるな」

「ふるや？」

「お主らが誘拐して玩んだ後、殺した女性じゃよ」

「ああ」

一瞬反応をみせてしまった。

「あまつさえ死体を凌辱した」

背後の声が悲しげに曇った。そのとき光の届かぬ陰の部位に歩み入った。

「ま、待ってくれ」

本気だと悟って背筋を寒くしたのと同時に、刃物に力がこめられ、二人とも背後から心臓を刺し貫かれていた。二人は悲鳴をあげる間もなく、虫のように刺し殺された。

翌朝二人の死体は、マンションのそばで発見された。抵抗した形跡がまったくなく、ただの一刺しで背後から心臓を刺し通した手並みに、黒門組幹部は震え上がった。

昨夜、中田と本沢からフクロ叩きにされた一誠会の鉄砲ダマとみられる二人組が報復攻撃を加えてきたとみた黒門組は、全構成員に非常呼集をかけた。

〝戦争〟の気配に市民は怯《おび》えた。

滅びに至る体質

1

黒門組は、黒ビルに組員を集めて対策を練った。いくら鉄砲ダマをフクロ（叩き）にしたとはいえ、黒門組の若中（直系構成員）を二人も問答無用で刺殺したからには、敵も全面対決を覚悟しての実力行使であろう。

総長黒井照造は、曾根崎組に事件の経緯を知らせて応援を求める一方、一誠会の殴り込みに備えて守りを固めた。

同時に街と周辺に戦闘部隊を繰り出して、一誠会の鉄砲ダマらしき人物を容赦なく狩り取ることにした。

黒門組の若衆頭島木文雄《ふみお》は黒井総長に打って出ることを進言した。島木は四名いる若衆頭の中で最年少の三十六歳だが、その粗暴で剽悍《ひょうかん》な性格は組の内外から恐れられ、黒門組の戦闘部隊長となっていた。

「若中を二人も殺《や》られてカタツムリのようにカイガラの中に丸くなっているだけでは、敵になめられるばかりです。一誠会の出城《でじろ》に先制攻撃をかけるべきです」

と主張して黒井を猛烈に突き上げた。

一誠会では曾根崎組の動揺につけ込み、隣り町に一誠会系安井《やすい》一家が支部を設けていた。

黒門組ではこれを一誠会の橋頭堡《きょうとうほ》としてぴりぴり神経を尖らせていた。

島木はこれを叩きつぶしてしまえと提案したのである。だが黒井は、いま一つ積極性に欠けていた。それというのも、殺られた若中の二名の死にざまに、どうも暴力団の報復手口らしからぬところがあったからである。

ヤクザの抗争は、実行担当者が必ず名乗りをあげる。どこの組のだれがやったということが、明らかにされて初めて「男をあげる」のであり、そのためにこそ命を張る。

名のある親分は、みなどこかで白刃をくぐり男をあげる修羅場を踏んできている。

それがフクロにされて、相手を闇討ちにしたというのはどうも解《げ》せない。やられたらやり返す。まして挑発のための鉄砲ダマであれば、待っていたとばかり戦闘部隊が力押しに攻めて来るはずである。後藤田がここ数日、消息を絶っていることも気がかりである。

「中田と本沢を殺《や》ったのは、たしかに『演歌の花道』の二人なのか」

黒井は問うた。

「あの二人組に決まってます！」

島木は頭から決めてかかっているようである。

「現場を見た者でもいるのか」

「現場を見ていれば、むざむざ中田と本沢を殺させません」

「それでは二人組が殺ったという証拠があるのか」

「やつらが殺ったのでなければ、だれの仕業だと言うのですか。やつら、フクロにされたのを根にもって卑怯にも闇討ちしやがったんです。いま安井一家の支部は、一誠会の前進基地です。若中二人も殺されて手出し一つせずにいたら、やつらをつけ上がらせるだけです」

「後藤田はどうしたんだ。ここのところ姿が見えないが」

「だから一誠会が誘拐して、監禁しているんでしょう」

「そのことを先方はなにか言ってきたのか」

「なにも言ってきません」

「誘拐したら、したと言ってくるはずじゃないのか。それに後藤田が見えなくなったのは、中田と本沢が殺される前だったんだろう」

ヤクザが勢力の拡大強化を図る常套《じょうとう》手段は、まず鉄砲ダマを送り込んで獲物が挑発に乗ると、一挙に戦闘部隊を送り込んで制圧してしまうというものである。それがまだ鉄砲ダマに食いつく前に、幹部の一人を誘拐して、なにも言ってこないというのは、おかしい。

「後藤田をしめ上げて組の情報を取っているんですよ。ぐずぐずしていると後藤田の命が危《ヤバ》いし、不利になるばかりです」

島木は、黒井がどうしても制止するようなら、独断でも殴り込みをかけかねない勢いだった。

黒井照造も遂に島木を抑えきれなくなった。無理に抑えると士気にも関わる。部下たちもいきり立っている。黒井は遂にゴーサインを下した。

猛《たけ》り狂った悍馬《かんば》が手綱を放されたように、島木に率いられた黒門組の戦闘集団二十四名は、全員日本刀や拳銃で武装し、五台の車に分乗して、翌日未明、安井一家の支部を襲撃した。同支部には六名の安井一家の組員がいたが、奇襲を受けたうえに多勢に無勢で一名が死亡、二名が重傷を負った。安井一家支部襲撃さるの急報は同一家本部、および一誠会本部へもたらされた。

一誠会では、黒門組による安井一家支部襲撃を重大な挑発とみて作戦対策本部を設け、傘下団体の幹部に総動員をかけた。こうなると曾根崎組も黙っていられなくなる。

ドンを失って内部分裂の萌しを見せていた曾根崎組も、宿敵一誠会の全国侵攻の前に大同団結を呼びかけ、黒門組支援の構えを見せた。表面は黒門組対安井一家の紛争の形をとっているが、実相は曾根崎組と一誠会の対決であり、両派の代理戦争であった。

武装した、腕におぼえのある連中が、続々と黒門組と安井一家に集まってきた。

警察でも事態を重視して、県警察機動隊に応援を要請して厳戒態勢を布《し》いた。

事態がここまでエスカレートしても、なお黒井は釈然としないものが胸に残っていた。それは襲撃した安井一家の事務所に、後藤田がいなかったことである。

「安井一家の本部か、あるいは一誠会の本拠に監禁されているにちがいありません」

と島木は言い張っていたが、そんなことをする必要はまったくないのである。

戦闘開始前からいきなり、敵の幹部をさらい、本拠地に監禁して、なんの意思表示もしないということがあり得るのか。全面戦争の気配が煮つまっていながら、その不審が彼の敵意にかけるブレーキとなっていた。

一触即発の気配になっていたが、警察の警戒が厳重なために、両派とも下手に手出しができなくなっている。この場合、先にしかけた方が悪者にされる。しかも相手方に正当防衛の口実を与えてしまう。

2

両派ともにらみ合ったまま動かなかった。このような状況下では、小ぜり合いも起こせない。下手に動いて全軍の崩壊を誘うこともあるからである。たとえ戦いに勝っても、幹部を根こそぎ逮捕され組織をがらんどうにされて、解散に追い込まれたら元も子もない。解散しないまでも、事実上の壊滅状態に陥る。

にらみ合いがつづいている間に、頭に血が上っていた両派にそんな計算が働いてくる。ヤクザの戦いは速戦即決が身上である。やられたら即座にやり返す。ピンポン玉のように間髪を入れぬ応酬の中に、暴力至上主義の圧倒的な破壊力を生む。

暴力団の論理は、意見や利害対立の最終的決着を暴力に委《ゆだ》ねることである。それは国家のエゴイズムと同じ構造をもっている。抗争に勝っても、十人捕まれば懲役合計少なくても百年。本人の残された半生の半分から三分の一を刑務所で過ごし、弁護士費用や留守家族の面倒、死者が出れば億単位の金が吹っ飛ぶ暴力抗争が割りに合わないことは、小中学生でもできる計算であるが、それができないところに暴力団の暴力団たるゆえんがある。

彼らの論理たる俠客道とは要約すれば面子《メンツ》であり、それはなわばりを守ることで保たれる。なわばりをひとまたぎでも侵されたら、死しても守らなければ、彼らの面目がつぶされるのである。この世界は黙って座っていれば、同業から侵略される一方である。

敵を食うことによってのみ、辛うじて生き残れる。敵を食うためには強くならなければならない。強くなるためには子分を多く養い、兵力を大きくしなければならない。そのためにはより多くの金が要る。弱肉強食のサバイバルゲームは、絶えざる膨張《ぼうちよう》の意志によってのみ勝ち残れる。勝ち残るための強行策がより激しい侵略を産み出すという悪循環に陥る。

本来「面子を守る」という防衛的な意義から発した侠客精神が弱肉強食の暴力主義になったのは、滑稽《こつけい》な矛盾である。そして結局は一人のリーダーの野心を核《コア》に肥大化し、コアを失うと分裂するという無意味な反復を繰り返すのは、戦国の群雄や帝国主義国家とまったく同じである。

ヤクザのなわばりが他のヤクザに侵略されても、体質は同じである。暴力団の地図が変わるだけで、要領よく動けば、親分の看板をかけ替えるだけで生き永らえられる。

このようにして小組織の暴力団を併合して巨大化した広域暴力団は、一種の〝連邦〟となり各共和国たる傘下の暴力団を統轄する。大きくなったからと言って、決して正義の味方になったわけではない。傘下に加わった暴力団も、忠誠心からではなく、安全保障策として強大な大樹の下を選んだだけである。

戦争（国家間の）がなくなり、一般市民が平和な生活を家族とともに一つ屋根の下に営んでいるときでも、暴力団員はいつ他のグループに襲われるか怯《おび》えていなければならない。

ボスともなればボディガードに囲まれ、防弾装甲車で外出し、刺客に備えて一瞬の気も抜けないだろう。

襲う側も必死である。返り討ちにあうかもしれないし、襲えば、必ず報復がくる。襲撃が首尾よく成功しても、家族と別れて刑務所暮らしである。

まともな人間だったら、こんな身分になりたいとはおもわないだろう。

暴力団が戦国時代顔負けの富国強兵主義を取るのは、身を守るための本能なのである。一匹狼では生きられない仕組みになっており、彼らは自分の生存《サバイバル》のためにどこかの組に所属して、親分に忠誠を誓う（誓わせられる）。この辺は封建君主に対する家臣の関係と似ている。

そして忠誠を具体的に示すものとして、なわばりの死守を求められる。なわばりこそ暴力団の生活の基盤であり、面子の看板なのである。

暴力団のボスが専制国家の政治家や右翼に接近するのも、同じ体質と生理をかかえているからであろう。要するにその帝国が地上にあるか、地下にあるかのちがいである。

ともかく、まともな人間なら馬鹿馬鹿しいかぎりのことに命をかけ、わずかななわばりを争い合って大量の犠牲をはらう逆上が、長期戦の間に少し醒《さ》め、人間としていくらかまともな部分がよみがえってくる。

「起きて半畳、寝て一畳」のシンプルライフに満足していられれば、地上には戦争も暴力団も存在する余地はない。人間の限りない欲求が暴力と結びつき、地下に隠れた社会の腐肉を栄養分として暴力団は肥る。肥大の頂点に達したときは、絶滅した恐竜のように滅びることがわかっていながら、肥らずにはいられない。これは滅びに至る体質といってもよいだろう。

だが恐竜とちがうのは、彼らは決して絶滅しないということである。肥満の頂点に達し細胞分裂し、再び肥大化のプロセスをたどる。

泥沼化した票田《ひょうでん》

1

緊張が持続したために両陣営とも疲れていた。特に黒門組は敵がいつ来るかいつ来るかと、毎日怯《おび》えていなければならない。このテンションは大変なものであった。

警察の厳戒態勢のおかげで、市内には安井一家の鉄砲ダマらしい姿は見えない。

「こう毎日事務所泊まりじゃ体がもたねえ。ひとっ風呂浴びて来るか」

金川は仲間の丸井と誘い合わせて、近くの公衆浴場へ来た。公衆浴場といっても昔の銭《せん》湯《とう》とは趣きが変わって、各種温泉やサウナの他に、カラオケ、マッサージ、碁、将棋、マージャンなどの娯楽設備を網羅《もうら》したレジャーセンターとなっている。

二人は市内の黒門組の本拠の近くでもあり、安心していた。

彼らは数日分の汗を流し、マッサージを取り、いい気分になって帰って来た。黒ビルの前に来たとき、金川は、だれかから見られているような気配を本能的に感じて、後ろを振り向いた。

「おかしいな」

「どうしたんだ」

丸井が問いかけた。

「なにか首筋のあたりがうそ寒い感じがしやがってよ。だれかの視線が貼りついているようでよ」

「だれも見ちゃいねえよ。気のせいだろ」

黒ビルの前に機動隊員が二人、立ち番をしているが、二人の方を見ていない。

通行人は因縁をつけられないように、横を向いて急ぎ足で通り抜けている。不穏な気配はまったくない。

「そうだな。おおかた監視カメラが気になったんだろう」

金川は自分に都合のいい解釈を下した。カメラにしては視線を感じた方角がちがうような気がしたが、これが疑心暗鬼《ぎしんあんき》というものだろうと、金川が納得して事務所の入口を入ろうとしたとき、遠方にパーンとなにかが弾《はじ》けるような音が連続した。ほぼ同時に丸井は自分のすぐ前に位置している金川の肩と腰から血がしぶくのを見た。愕然として立ちすくんだとき、再び同様の音がして、彼の後頭部から額にかけて一発の銃弾が貫通した。一瞬にして脳を破壊された丸井は、信じられないように目を見開いたまま、つんのめるように前に倒れた。

信じられなかったのは、丸井一人ではない。警戒に当たっていた機動隊員、監視カメラでその様子を見ていた黒門組員、そして近くに居合わせた市民である。

白昼堂々、それも黒門組の本拠の前で、二人の組員が射たれたのである。彼らはしばらく茫然として為《な》すところを知らなかった。弾丸がどこから飛来したのかもわからない。

事務所の中から押っ取り刀で飛び出して来た組員も、どこへ反撃と防御の鋒先《ほこさき》を向けてよいかわからない。射たれた二人の仲間が血を流して倒れているかたわらで、ただ徒《いたず》らに右往左往しているだけである。

てっきり一誠会の殴り込みと早合点した彼らは、パニック状態に陥っていた。ようやく救急車を呼び、迎撃態勢を取ったときは、だいぶ時間を失っていた。丸井は脳を貫通されて即死、金川は胸と腰に弾を受け重傷であった。

狙撃手は少なくとも三百メートルの距離から射ったとみられた。警察と組員が狙撃者を求めて、近くの建物や路地を血眼《ちまなこ》になって捜索しはじめたときは、狙撃者はとうに安全圏に逃げていた。

後の警察の現場検証で七・七ミリ口径の弾丸二発を現場から回収した。他の一発は丸井の背中の盲管に留まり、別の二発は金川の体から摘出された。射手は五発射って四発命中させていた。弾丸は旧日本軍が使用したものとみられ、発射した銃器も日本軍時代の旧式兵器と推定された。

黒門組は最初のパニック状態がおさまると憤激した。こともあろうに組の本拠の前で、しかも機動隊の〝護衛〟つきであるにもかかわらず、二人の組員を殺傷されたのである。

金川は病院に収容され、一週間後腹膜炎を併発して死んだ。手術は一応成功したのであるが、医師の目を盗んで酒を飲んだためである。

警察は黒門組が報復の動きを起こせぬように機動隊員を増強して警戒したが、警戒に間が抜けており、裏の通用口に人員を配置しなかった。

黒門組の襲撃隊は日本刀、拳銃、猟銃、木刀、角材などで武装して一人一人通用口から脱け出し、少し離れた路地で合流した。そこから数台の乗用車に分乗して、安井一家の隣り町事務所へ乗りつけた。

安井一家でも、とうにニュースを聞きつけて、手ぐすね引いて待ちかまえていた。

「いいか、今度こそ安井一家の息の根を止めてやれ。存分に暴れまくれ」

島木の檄《げき》を受けて、黒門組の第一攻撃隊が殴り込んだ。島木は襲撃隊を二班に分けて、第一班が殴り込んで引き揚げた後、第二班がすかさず追い打ちをかけ、第二班が離脱後、再び第一班がつづくという循環攻撃作戦を取った。

暗闇の中の乱闘後、第一次攻撃隊が引き揚げてホッとしたところへ、第二次攻撃隊に突っ込まれて安井一家は仰天した。だが驚愕はそれに留まらなかった。第三波、四波と息つく間もなく襲いかかってくる黒門組の暴れん坊に、安井一家はパニックに陥った。

これまでにこんな攻撃を受けたことはない。安井一家には黒門組の兵力が無限におもえた。安井一家が完全に抵抗をやめた後も、なお黒門組は荒れ狂った。家具を叩き壊し、窓という窓を破り壁を打ち破り、原形を留めるものはなに一つないくらいに蹂躪しつくした。

本拠前で仲間二人を殺された怨みと、面子をつぶされた怒りが爆発して、留まるところを知らぬ勢いだった。攻撃は約一時間半にわたった。

この襲撃で安井一家は死者一名、重傷七名、居合わせた者全員が手傷を負うという大損害を受けた。

引き際も鮮やかであり、島木の命令一下それぞれの車に分乗して、別方向へ散った。ようやく出張って来た警察も、手を束ねて見送っているだけである。

この襲撃で双方から逮捕者が二十数名出たが、いずれも末端組員ばかりで、上級幹部は一人も捕まらなかった。

だが逮捕者双方の言い分が異なっていた。黒門組は殺された仲間四人の報復だと主張しているのに対して、安井側は黒門組四名の殺害をすべて否認したうえに、黒門組幹部の後藤田良二を誘拐監禁している事実はないと言い張った。

両者の言葉が食いちがったまま、黒門組対安井一家の対立は深刻となり、それがそのまま曾根崎組と一誠会の抗争に油を注ぐ形となった。

双方の助っ人が全国から続々と集まって来た。このままいけば一般市民の巻き添えも免れない。両派に誼《よしみ》を通じている大親分が何人か仲介に立って、調停に乗り出したが、話し合いは難航した。

黒門組が出した条件の一つである後藤田良二の返還に、安井一家が応じ（られ）なかったからである。

2

「どうもおかしい」

県警捜査一課長の新城正志《しんじようまさし》は首をひねった。黒門組対安井一家の抗争が泥沼化している中で、解せない点が次々に浮かび上がってきているからである。

疑問の第一は、後藤田良二の行方である。安井一家が抗争の発火点ともいうべき後藤田を、黒門組の返還要求を拒否して、抑留しつづけるメリットはなにもない。

疑問の第二は、丸井と金川の殺害に用いた旧式兵器である。今時、旧日本軍の遺物を用いているような暴力団があるのか。

中田と本沢を問答無用で刺殺した手口も暴力団らしくない。

「手を下しておいて、名乗りをあげない暴力団があるのかね」

彼は部下の暴力団担当の熊野《くまの》部長刑事に尋ねた。

「暴力団の連中が男をあげるチャンスは、けんかです。戦国の武士が敵の首を切り取って証拠とするように、名乗りをあげなければ意味がありません」

「すると、きみはどうおもうのかね」

「どうも両派の暴力団の対立を利用している者があるような気がしますね」

「きみもそうおもうか。実は私もそんな気がしてならなかったんだ」

新城はわが意を得たりと言うようにうなずいて、

「それできみは安井一家や一誠会の仕業でなければ、だれがやったとおもうかね」

とベテラン・マル暴（暴力団担当）刑事の部下の顔を覗き込んだ。

「はっきりとは言えませんが、暴力団を憎んでいる市民が動いているかもしれません」

「市民か。そんな勇気のある市民がいるのかね。いや勇気あると言うのは語弊《ごへい》があるかな」

新城は立場を考えて表現を改めた。

「暴力団にひどい目にあった市民が、密かに復讐の挙に出たかもしれませんね」

「とすると、後藤田を監禁しているのも、その市民ということになるが……」

「後藤田は、とうに消されている可能性もあります」

「これまで殺られているのは、全部黒門組だが」

「黒門組に怨みを含んでいる者ということになりますな」

二人はたがいの胸の裡《うち》に脹《ふく》らんできている思惑を読み合った。

「まだ憶測だけだが、黒門組からひどい目にあった市民をリストアップし、その中から旧日本軍関係者を探し出してみよう。マスコミに知られないようにこっそりと探るんだ。黒門組が一般市民の仕業と悟れば、無差別の報復に出る恐れがある」

熊野に命じながらも、新城は立場を越えて、この事件の犯人に対する共感をおぼえかけていた。もしこれが市民の復讐であるなら、黒門組の手に落ちることは、なんとしても防がなければならない。

新城課長から内密に命令を受けた熊野部長刑事は、その捜査に所轄署の者をいっさい加えなかった。所轄署は黒門組と馴れ合っている。黒門組の私兵とかげ口をきかれるほどに両者は密着している。

これを苦々しくおもいながらも、断乎たる鉈《なた》を振るえないのは、彼らの背後に政権党の大物政治家の存在があったことと、黒門組の協力なくしては、その市ではなにもできないという実情があるからである。

暴力団と政治家および警察の接近は、いまにはじまったことではない。暴力団の戦力と親分の下の結集力は、そのまま政治家の集票に結びつき、警察力の不足を埋める〝予備軍〟となった。

マル暴担当の刑事にしても、暴力団の中にエスと称する協力者をもたなければなにもできない。このために暴力団取締まりのマル暴とヤクザが馴れ合うというケースは決して少なくない。

その辺の事情をよくわきまえている熊野は、黒門組の〝出店〟のようになった所轄署を信頼していなかった。

犯人は黒門組を怨んでいるといっても、無差別攻撃を加えているわけではない。これまでの犠牲者は四名、これに消息不明の後藤田が加わる。これから新たな犠牲者が出るかもしれないが、とりあえずこの五名の共通項を探ってみることにした。そこからなにか浮かんでくるかもしれない。

それに日本軍の旧式兵器を操れる者となると、限られた人間だろう。ましてこの犯人は三百メートルの距離から射って五発中、四発を命中させているのである。

これだけの射撃の名人を、旧日本軍関係者の生き残りの中に探せばよい。

もしかすると犯人は複数かもしれない。いや、中田と本沢の二名を同時に刺殺した手口からみて少なくとも二名以上はいる。犯人グループは旧軍の実戦体験者だ。とするとかなりの年輩者だ。終戦時二十歳前後とすれば、六十代に達しているはずだ。熊野の脳裡で、犯人像が次第に輪郭を取っていった。

民友党のボスの一人、志戸隆明の仲介工作によって、両派とも手打ちには至らないまでも停戦状態になった。

両派とも、志戸を敵にまわしてまで徹底的にやり合う意志はない。それに両派から出た損害はほぼ伯仲していて、一応双方の面子は保たれたのである。

後藤田の消息不明が引っかかっていたが、一誠会の頑《かたくな》な否認から、黒門組内部にもようやく後藤田の蒸発は、一誠会とは関係ないのではないかという声が出てきた。

組長の黒井は、もともと彼の失踪に疑問を抱いていたのである。

「新しい女ができて、組の手前身動きできず、駆け落ちしたんだろう」

そんな勝手な解釈が施された。ちょうど、愛人の小池淳子との関係が、後藤田の女ぐせの悪さからぎくしゃくしていた矢先だっただけに、その解釈が説得力をもった。

匣床《シアチャン》の刑

1

「これまでのところ作戦は成功している」

旗本は中隊メンバーの顔を見まわした。捕虜一名、敵の四名を屠《ほふ》り、味方の損害はゼロであるから大勝利である。

しかも暴力団同士を嚙み合わせて、我が方は影も形も見せていない。これほどうまくいくとは、おもっていなかった。

「しかし敵も馬鹿ではない。そろそろ我々の仕業だということに気づくはずじゃ。敵が気づいたときから本当の戦争が始まる」

旗本は改めて全員の覚悟をうながすように言った。

「敵に悟られる前に、島木から上層部の敵《かたき》の名を吐かせなければならない。ここ数日、島木を狙っているが、安井一家の殴り込みに備えて警戒が厳重でつけ込む隙がない。そこでみんなの知恵を借りたい」

つづいて赤城が発言した。

「島木は常にボディガードを数名引き連れていて、車で最大スピードで移動する。家は富《ふ》貴《き》町の幹部住宅だが、これが一塊りになっていて要塞みたいだ。迫撃砲か擲弾筒《てきだんとう》をぶち込むのはもっと後にしたい。なんとかやつを裸でおびき出せないものかな」

軍師の肘岡も、ほとほと手を焼いている様子である。

「島木が恐れとるんは我々ではのうて、安井一家じゃけえ、停戦協定が成功すれば多少は油断するんじゃないかの」

虫本が口をはさむ。

「現在、事実上停戦になっておりますが、まだ両派とも警戒は解いていませんな」

目崎が言った。

「停戦させると、やり難くなるんでねえすか」

「痛しかゆしというところじゃなあ。抗争状態だと警戒が厳しゅうなるし、停戦中だと明らかに我々の仕業とわかるじゃろう」

門馬と悪原がつづいて意見を述べた。

「後藤田をうまく利用できんじゃろうか」

旗本が、なにかおもいついた目で一座の表情をうかがった。

「後藤田を」

「なにかの役に立つじゃろうと飼っておいたんじゃ。後藤田は島木の弟分じゃから彼に呼び出しをかけさせれば、島木も安心して出て来るじゃろう」

「黒門組は後藤田を誘拐したのは、安井一家と一誠会の仕業だと疑っています。そんなとき後藤田が呼び出しをかければ罠だとおもうでしょう」

「一誠会の仕業ではないと信じ込ませればええんじゃがな」

「そんなことできますか」

「それが問題じゃな」

旗本が頭をかかえると、目崎がポンと手を打った。

「そうだ、女を呼び出し役に使ったらどうですか」

「女を」

中隊メンバーの視線が集まった。

「後藤田の女の小池淳子が彼のマンションに一人で住んでいます。彼女自身はなんの警戒もしていないし、だれも見張っていません。それに後藤田が蒸発してから、島木が盛んに色目を使っている様子です」

「島木が小池淳子に色目を？」

「ここのところ彼女の勤め先によく姿を現わすそうですよ」

「そうか、島木も女から呼び出しがかかれば、油断するかもしれんな」

2

二日後夜遅く小池淳子は勤め先の店から帰って来た。後藤田が蒸発してから、店での待遇もいっぺんに悪くなった。彼の女ということでこわもてしたのが、最近は裏切者扱いをされる。後藤田は裏切ったと確かめられたわけではないが、無断で相当期間、連絡を絶ったのが裏切りとみられているのである。

「ふん、組を〝代表〟して誘拐されたかもしれないのに、だれも取り返しに行けないんじゃないのよ。後藤田を敵の中に一人置き去りにして、裏切者はどっちなのさ」

淳子は毒づいたが、後藤田の行方がわからないことには旗色が悪い。

「後藤田さえ帰って来れば、いま裏切者呼ばわりしたやつら、みんな指ツメさせてやる」

後藤田の羽振りがよかったころは、シッポを振っていた連中も近寄らない。今夜も以前なら鼻も引っかけなかった連中からホステス扱いをされた。ホステスの身分だから仕方がないが、後藤田の七光りでナンバーワンの姐御《あねご》として奉《たてまつ》られていたのが、たちまちランクダウンしたのは情けない。

後藤田の兄貴分だった島木までが、舎弟の留守につけ込んで、露骨に色目を使いはじめている。後藤田が島木の女や上格の者の女に手をつけたのなら、ただではすむまい。面白くない気持ちのままタクシーから下りた。タクシー代も自分で払わなければならない。これも癪《しやく》の種だ。

金を払うと、有難うとも言わずにタクシーは走り去った。

「どいつもこいつも、面白くないやつらだよ」

タクシーが走り去った方角に、ペッと唾を吐いてマンションへ入ろうとしたとき、背後からすっと人影が忍び寄って両腕を取られた。

「なにすんのさ」

抗議しかけた口にガムテープを貼りつけられ、目隠しされた。もがく間もなく、マンションの横の暗闇に停めてあった車の中へ引きずり込まれた。

車は彼女を乗せると、暗い方角へ向かって走りだした。

「言うとおりにすれば乱暴はしない」

耳元で渋い声がささやいた。

（ふん、十分乱暴しておいてなにさ、あんたたちは何者だい）

「あんたに目隠しをしたのが、生命の安全を保障する証拠だよ。生かして帰すつもりがなければ、目隠しなんかさせん」

もっともな言い分なのでいくらかホッとした。ささやく声も落ち着いており、害意は感じられない。

「テープだけ剝がしてやるから、これからおしえるとおりのせりふを、島木に電話をかけて言うんだ。嘘を言うわけじゃない。後藤田が帰って来たと言えばいい」

（あなたたち、後藤田の行方を知っているの）

彼女はガムテープの下でうめいた。

「言われたとおり島木に伝えれば、あなたに後藤田は返してやるよ。彼は元気だ」

（言うわ）

彼女はうなずいた。

「よし、テープをはずしてやれ」

リーダー格の声が言ったとき、車は建物の中へ走り込んだ気配であった。

3

その夜、帰宅して寝室に入りかけていた島木の許に、一本の電話がかかってきた。後藤田の愛人小池淳子からである。

舎弟分の愛人として、後藤田が蒸発した後もなにかと面倒をみてやっている。彼女に気のある島木は、後藤田の行方に無関心になれない。このまま彼が帰って来ない場合の彼女との関係を想像して、一人やに下がっている。

今時分、小池淳子から何の用事か。柄にもなく胸をときめかせて受話器に耳を当てると、鼻にかかった甘い声が切羽《せつぱ》つまったように訴えかけてきた。

「淳子です。たすけていただきたいの」

「いったい、どうしたんだ」

家人の手前、声を抑える。

「後藤田からたったいま電話があって、いまから迎えに行くからすぐ街から出られるように、用意をしておけと言うんです」

「なに、後藤田からだって⁉」

「私、この街から離れたくないんです。この街も仕事も気に入っています。理事さんから困ったことがあったら、なんでも言ってきなさいと言われたことをおもいだして、厚かましいとおもったんですけど、お電話をさし上げてしまいました。ごめんなさいね」

語尾の鼻声が、おもいきって悩殺的である。

「よく知らせてくれた。これからすぐ行くから待っていなさい。いいか、ぼくが行くまでそこを動くんじゃないよ」

救いを求めて来た美しい窮鳥《きゆうちよう》を、組に無断で姿を消した後藤田如きに渡してなるものか。後藤田は組の懲罰《ちょうばつ》にかけてやる。指の一、二本ではすまないかもしれない。

島木は小池淳子から直接救いを求められて気負い込んだ。彼女が島木に訴えかけてきたのは、後藤田より彼を選んだ証拠とみてよい。うまくすると、今夜、淳子を手に入れられるかもしれない。

この期に及んでも男の意地汚ない計算が働いた。その計算が日ごろの警戒心を失わせたのは皮肉である。

島木はボディガードも連れずに一人で飛び出した。ボディガードは故意に避けたのである。そんなものを引き連れて行っては、せっかく女から持ちかけられたチャンスを失ってしまう。

まさか、それが女を餌に仕掛けられた罠とも知らず、文字どおり女体に突っ込む〝裸〟で、島木は飛び出して来た。

小池淳子のマンションの駐車場に車を乗り入れた島木は、玄関へ走った。この間に後藤田に淳子を連れ去られてしまったかのような焦燥《しょうそう》が心身を焙《あぶ》って、島木は視野が極端に狭くなっている。

マンションの内部に入るためには、居住者にオープンボタンを押してもらって、玄関ドアを開いてもらわなければならない。島木が玄関外壁の小池淳子（後藤田）のルームナンバーを示したコールボタンを押そうとしたとき、中から三人の老人が出て来た。中から外へ出るときはドアは自動的に開く。

オープンボタンを押してもらう必要がなくなったので、島木は老人たちとすれちがって館内に入ろうとした。そのとき老人グループに左右をはさまれて両腕を取られた。

「なにをしやがる」

島木がまだ余裕のある声で咎《とが》めると、背後から銃口のようなものを押しつけられた。

「黙って従《つ》いて来るんだ」

渋い声に落着きがある。武術の心得があるのか、扼《やく》された両腕はピクリとも動かせない。

「てめえら、おれをだれだとおもっているんだ」

島木は凄んだ。さすがに筋金入りの極道の迫力である。

「よく知っておる。黒門組の大幹部島木じゃろう」

「知ってて、てめえら」

島木は絶句した。ということは、黒門組の名前が彼らに通用しないことを意味している。その間に島木は建物の外へ連れ出されていた。

ただの老人グループではなさそうである。

「てめえら何者だ。なんの用事があって……」

と言いかけた島木を老人たちは建物のかげに停めてあった車の中に押し込もうとした。

その一瞬の隙を島木は逃さなかった。車に乗せようとして生じた左右の拘束力のアンバランスに乗じて左の老人に蹴りを食わせた。一瞬ひるんだ間隙に右の老人に体当たりをくれた。銃口が背中からはずれた。

身体の自由を回復した島木の右手に拳銃が握られている。

「老いぼれ、おれを甘く見るなよ」

敵も銃をもっているが、相手に発射する意志がないことを素速く見抜いている。一瞬の間に攻守所を変えていた。

「それにしても黒門組の島木と知って、しかけてきたのはいい度胸だぜ。魂胆はなんだ」

リーダー格の老人の胸に拳銃の狙いを据えて島木は言った。射ち合えば相射ちになる距離であるが、いつでも射つ意志のある島木の方が優勢である。

そのときリーダーの老人の口元が薄く笑ったように見えた。

「なにがおかしい」

島木が相手の余裕に不審をおぼえたとき、後ろ上方からふわりとなにかが迫る気配を感じた。本能的に身を躱《かわ》そうとしたときは、巨大な蜘蛛《くも》の糸のような網に全身をからめ取られていた。次の瞬間、網を一方に強く引かれて、島木の体は地上に転倒した。

網にかかった魚のようにもがきまわる島木を、網の上からロープをかけ車のトランクの中に押し込んだ。その手際《てぎわ》が熟練している。

わめこうとどなろうと、暗渠《あんきょ》のようなトランクルームに押し込められているのでは、どうしようもない。

車は走りだした気配である。そのときになって島木は罠にかけられたのを悟った。小池淳子を餌に使ったということは、彼女も敵方にまわっている事実を意味する。いや淳子だけではない。後藤田もだ。安井一家と一誠会の手が動いているのか。

いや、どうもそうではなさそうだ。一誠会の仕業であれば、これまでの襲撃と停戦交渉の過程のどこかで、彼ら二人の影が見えたはずである。

一誠会には後藤田の影も形もなかった。するとだれの仕業なのか。

このとき島木は、正体不明のもののけを相手にしているような恐怖をおぼえた。島木を誘拐した老人グループは、いずれも尋常ではない手並みの持ち主である。そして墓場からよみがえって来たかのような異様な雰囲気を全身にまとっている。

（ひょっとすると、あの老いぼれ組は本当に墓場からよみがえって来たのかもしれない）

そうおもったとき、島木はトランクルームの暗黒の中で生き埋めになったような恐怖をおぼえた。

長い長い時間、閉じ込められたような感じだが、実際は十分足らずである。車の震動がやむと、トランクルームの蓋が開いた。だが暗い室内に入ったらしく、蓋が開いたという実感がない。

「出ろ」

という声が耳元にあって網に包まれたまま引きずり出された。地上にマグロのように転がされた島木は、

「こんなことをして、ただですむとおもっているのか」

と、いまだに黒門組の看板をぶら下げて凄んだ。

老人グループから、ククとのどの奥に抑えたような笑いがあって、リーダーの老人の声が、

「お主、自分の立場がわかっておらんようじゃな。お主は泣く子も黙る黒門組の島木ではない。網にかかったマグロじゃよ。いやそれほど大物ではない。本人だけが大物ぶっておるブリじゃよ」

老人に侮辱されて島木の頭に血が上ったが、まさにいまの状態は網にかけられた獲物である。マグロでもブリでもクジラでも、網にかかっている情けない状態には変わりはない。

「いったいこれはなんの真似《まね》だ。招待にしては荒っぽいじゃないか」

黒門組の看板の手前、まだやせがまんを張っている。闇に馴れた視野に幽鬼のように佇《たたず》んでいる老人の影を七個認めた。ガレージの中でもあるのか、地の底から湧いたように陰惨なシルエットを刻んでいる老人の姿には、鬼気迫るものがあった。

「招待状は出さなかったがね。もっとも招待状を出してもまともに応じてはもらえないとおもってね」

「てめえら何者だ」

「言葉遣いに気をつけなさい。おいおい自己紹介をするから慌てることはない。時間はたっぷりあるんじゃ」

リーダーの老人の声とともに四方から手足をつかまれてベッド状の木台の上に寝かされた。頭の部分に四角な箱があり、首から上がすっぽり入る奇妙なベッドである。網が取り除かれて、大の字に開かれた手足を木台に付いている鉄の環で固定された。

なにが始まるのかわからないが、無気味な気配である。

「お主に聞きたいことがある」

木台に縛りつけた島木に向かって、リーダーの老人が言った。

「降矢美雪という女性を知っておろう。お主らが誘拐し、玩んだ後、殺した女性じゃ」

島木の面に反応が現われたが答えない。

「後藤田、中田、本沢が誘拐し、中田が殺害し、本沢が手伝い、金川と丸井が加わって死体を凌辱した」

「そうか、てめえらの仕業だったんだな。それを一誠会と安井一家の仕業に見せかけて、おれたちを嚙み合わせた」

島木が初めて合点《がてん》のいった表情をした。

「そういうところをみるとお主、降矢美雪さんを知っておるな。だれの命令で彼女を誘拐して殺したのか。後藤田らが彼女を拉致《らち》した先に待っていた、すだれ満月のような客人とはだれか。さ、答えてもらおう」

「知らねえな」

島木が、ふてぶてしくせせら笑った。

「簡単に答えてもらえるとはおもっておらん。当方もそれ相応のもてなしを用意しておる」

リーダーの老人が顎をしゃくると、老人の一人がバケツを島木の頭部が入っている箱の上に傾けて中の水を注ぎ込んだ。狭い箱の中にバケツの水を移されて、水位は鼻孔に近づいた。また新たなバケツが運ばれて来た。水位が鼻孔を越え、水が容赦なく鼻の中に入り込む。

激しくむせて口を開いたはずみに、口中に水が殺到する。逃れようとするが、手足は鉄環につながれ、首は箱の穴が首枷《くびかせ》になってピタリと固定されている。

ひとしきり苦しませせた後、水が抜かれた。

「さあ、答える気になったかの」

リーダーの老人がうながした。

「知らねえ」

「さすが黒門組の戦闘部隊長だけあって、少しは骨があるとみえるのう。これは匣床《シアチャン》の刑と言うてな、旧日本軍がスパイ拷問《ごうもん》用に発明した水責めの刑じゃ。匣床とは枠つきベッドのことじゃ。身体を傷つけず、少量の水でたっぷり苦痛をあたえることができる。しかも同じ水を何度でも使える経済的な刑なんじゃ。ま、答える気になるまで気長に行こうかいの」

老人はまたのどの奥で笑った。

再び水が注ぎ込まれて拷問が始まった。何度かの匣床の刑が繰り返されて、島木は失神した。失神しても口を割らない。

「しぶといやつやわ」

「さすがに後藤田とはちがうわい」

老人グループも手こずった。

「こういうやつをウタレゴシと言うらしい」

「ウタレゴシってなんだね」

「打たれてもやられても、頭の上を通り越してしまうという意味じゃそうな」

「手はいろいろとあるでの。美雪さんの遺恨をおもえば、あまりあっさり白状されても拍子抜けじゃ」

旗本は、ほとんど楽しんでいるようである。失神した島木は匣床から解放されて床に横たえられた。間もなく意識を回復したが、こちらがなにも問わないうちに、

「知らないものは知らん。早く殺せ」

とうめいた。度重《たびかさ》なる拷問で、心機朦朧《もうろう》となっている。

「そうは簡単に殺さん。せっかくご招待申し上げたんじゃ。もてなしの方法をいろいろと考えておるでの」

旗本が言うと同時に、頭上からザブリと異臭の発する液体を浴びせかけられた。それをガソリンと察知したとき、島木の前で旗本が煙草をくわえた。唖然としている前でゆっくりとライターを磨《す》ろうとしている。

「な、なにをするんだ」

島木は愕然として飛び上がりそうになった。恐怖でいっぺんに目が醒めたような気がした。

「水をたっぷりご馳走したので、次は火をもてなそうかとおもっておる」

「や、やめろ。あんたらも一緒に火だるまになるぞ」

「どういたしまして。ここはコンクリートで固めた地下ガレージじゃよ。外に火は漏れんさ。わしらはガソリンを浴びておらんからね、なんの危険もない」

旗本はいっそうライターを島木の方へ近づけた。

「どうだ、答える気になったかな」

「知らねえ」

「焼きイモになってもシラを切り通すつもりかね」

「焼きイモだろうが焼きイカだろうが、知らないことは答えようがない」

「まあどこまで突っ張り通せるかな。火でコンガリ焼いた後、消火剤で消して、まだいろいろともてなしがあるでのう」

「この後、まだなにをするつもりだ」

島木の面が不安の色に塗られた。

「お主、なかなか血の気が多そうじゃから、次は血を抜いてやろうとおもっておる」

「血を」

「お主らの懲罰に指ヅメ、腸ヅメ、肝ヅメ、腎ヅメなどというのがあるそうじゃが、血抜きというのはなさそうじゃの。血を毎日抜いて献血するんじゃ。日本では一回の基準採血量が一日四百ccじゃが、これを五百から千ccぐらい毎日抜いていくんじゃ。ヤクザの血は栄養がいいので、輸血用に喜ばれるそうじゃよ。特に彫り物のあるヤクザは肌の艶をよくするために、美味《うま》いものばかり食っておるからのう。そう言えば、お主もなかなか結構な倶利迦羅紋々《くりからもんもん》を背負っておるではないか」

「血抜きの次には薬を使う。いまは自白強要剤という便利な薬があってのう。こいつを注射すればどんな口のかたい人間でもべらべらしゃべる。お主が突っ張っても無駄なんじゃよ」

「だったらなぜ、初めからその薬を使わない」

「そんなことがわからんのかね。わしらよりずっと若いくせに、いまの匣床の刑でボケたのかね。薬を使えばお主を苦しませる楽しみがなくなるだろうが。つまりお主が突っ張ればば突っ張るほど、わしらの老後の楽しみが増えるというものじゃ。ククク」

凄惨《せいさん》な和睦《わぼく》

1

島木の抵抗もそれまでであった。どんなウタレゴシ、ヤラレゴシでも次から次に繰り出される拷問の新手口の前に、苦痛に耐える気力を失ってしまう。なまじ拷問に耐える体力があるために、無限につづきそうな拷問の前で絶望してしまうのである。まして最後は薬で止《とど》めを刺されるとあっては、拷問に耐える意味がなくなってしまう。

ウタレゴシは拷問初期に体力がなくなるので、口を割る前に死んでしまうか、発狂してしまうという。

「まず聞く。すだれ満月の男はだれじゃ」

「曾根崎組若衆頭石津吉晴《いしづよしはる》組長だ」

「石津が客人だと言うのか」

「そうだ。曾根崎組の事実上のナンバーツーだった。本家会長の曾根崎道夫親分が狙撃されて死んでから、ナンバーワンに昇格した」

「石津の伽《とぎ》をさせるために美雪さんを誘拐したのか」

「誘拐したつもりはない。ちゃんと礼はするつもりだった。石津組長は素人好みだった」

「本人の意志を無視して拉致して、売春婦のように無理に客を取らせたうえに、殺してしまった。それを誘拐ではないと言うのか」

「おれが誘拐したわけではない」

「だれが命令したか」

「…………」

「答えてもらおう」

「総長がいい女を手当てしろと言ったんだ」

「黒井か」

「そうだ」

「美雪さんを玩んだ者は、だれとだれか」

「石津組長だ」

「それから」

「総長も遊んだ」

「お主はどうか」

「………………」

「お主はどうしたかと聞いておる」

「遊んだ。しかし強姦はしていない。彼女はまったく抵抗をしなかった」

「抵抗する気力も失せておったのじゃろう。抵抗しない者をなぜ殺したか」

「警察にタレ込むと言ったので、やむを得なかった」

「石津と黒井とお主の他に、彼女を玩んだ者はおるか」

「若衆頭の上重《かみじゆう》と若衆頭補佐の南村《みなみむら》と坂口《さかぐち》の三人だ」

「それだけか」

「あとはビデオを見ただけだ」

「ビデオだと」

「坂口が犯すときビデオに録ったんだ」

「それを見た者は？」

「若衆頭補佐全員だ」

「ビデオはどこにあるか」

「坂口が保管しているとおもう」

「せめて死体を葬ってやろうという気はなかったのか」

旗本の頰が濡れている。

「可哀想だとはおもった。だがそんなことをすればおれたちの仕業ということがバレてしまう。いくら警察と馴れ合いといっても、誘拐、輪姦《マワシ》、殺しと三拍子揃っては警察も黙っていない。やむを得ず自殺を偽装させたんだ」

「お主らは美雪さんの生命を奪っただけではない。人間としての誇りを辱《はずかし》め、精神を瀆《けが》したのじゃ」

「おれは全部しゃべった。命はたすけてくれ」

「人の命は虫でも殺すように平気で奪うくせに、自分の命は惜しいとみえるのう」

旗本老人の窪んだ眼窩の底がぎらりと光った。六人の仲間がじりっと包囲の環を縮めたようである。いずれも尋常の老人たちではない。吹きつけるような殺気が迫った。

「頼む、たすけてくれ」

泣く子も黙る黒門組の斬り込み隊長が泣き声を出して哀願した。こうなれば極道の面子もない。彫り物の威力も通じない場面では、彼らは普通の人間より弱くなるのである。

「命をたすけてやらぬでもない」

旗本が言った。

「本当か」

「黒門組本拠の黒ビルの内部構造、黒井総長をはじめ、美雪さんを凌辱した三人の幹部の生活様式、それぞれの家の内部、警戒、武器の数、その保管場所などすべて言えば、命をたすけてやってもいい」

「おれが唄った（しゃべった）ということは黙っていてくれるか」

「約束しよう」

命がたすかりたい一心で、仲間を売るのは、後藤田とまったく一緒である。彼らの自己保身を見ていると、暴力の根底にあるのが義理や人情ではなく、自分が生き残るためにはなりふり構わないマキャベリズムであることがよくわかる。

島木から黒門組に関する情報量がぐんと増えた。戦争において情報は戦力そのものである。情報の質量の優れている方が勝利を収める。

同じ時刻、後藤田良二は監禁されていた部屋から引き出された。

「どごさでも好きな所さ行ってええよ」

東北訛《なま》りの老人が言った。

「本当にいいのか」

いいと言われても半信半疑である。

「いいてば。んだども黒門組が狙ってるはんで気をつけたほうがいい」

「黒門組が狙ってるのか」

後藤田の表情が怯えた。

「当たり前だろう。あんた組を裏切ったんだよ。黒門組どころかオール曾根崎の系列からターゲットにされてるよ」

目の動きの素ばしこい、小柄な老人がますます後藤田を怯えさせるようなことを言った。

「おれが口を割ったことは黙っていてくれると約束したじゃないか」

後藤田の声が怨みがましくなった。

「ふん、わしらは約束を守った。あんたが組から姿を消した後、あんたが名前を挙《あ》げた連中はみんな消されたよ。死体が出て来ないのは、あんただけだ。ヤクザが消したときは必ず名乗りをあげるもんだろう。だれも名乗りなんかあげていない。そこへあんたがのこのこ出て行ってみろ。どんなことになるか楽しみだね」

素ばしこそうな老人が楽しくてたまらないという表情をした。

「おれをたすけてくれ」

「これまでおらたちが保護してやったんだ。これから先は一人でやってけろ。生きるも死ぬもあんたの才覚次第ということだ。特に島木には注意しなよ。彼があんたを狙っているそうだ。用心にこれをもっていきな」

素ばしこそうな老人が短刀を渡した。

2

後藤田は〝釈放〟された。最初に連れ込まれた人里離れた森の中の廃屋の外である。どちらの方角へ行ってよいかわからない。

とにかく人目を避けながら、黒門組の勢力圏の外へ脱出しなければならない。いったん釈放する振りをして、背後から狙い撃ちするのではないかとおっかなびっくり歩いたが、そんな気配はない。

森から出てホッと一息ついたところで、前方から車の近づく音が聞こえた。一般市民の車なら便乗を頼もうとおもってものかげから様子をうかがっていると、一台の乗用車が彼の潜む前方に停まって、一個の人影が下り立った。

車は人影を残すと呼びとめる間もなく走り去った。

人影は蹌踉《そうろう》たる足取りで後藤田の方へ近づいて来た。近づいた人間の顔を認めて彼は愕然とした。

「兄貴！」

声の来た方角へ顔を向けた島木は、そこに失踪をつづけていた弟分の後藤田がいたので、いっそう驚いた。

「後藤田じゃないか。いったいどこへ行ってたんだ」

島木は旗本中隊にさんざん痛めつけられた後、舎弟に出会ったので、驚きながらもホッとした。

「さんざん心配かけやがって……」

と言いながら近づいて来る島木が、後藤田には処刑人が迫って来るようにおもえた。島木には特に注意しろと言った老人の言葉がよみがえった。

「来るな。それ以上近づくな」

後藤田は怯えて叫んだ。

「なんだと」

「あんた、おれを殺しに来たんだろう」

「なに言ってんだ」

「止まれ。それ以上近づくと刺すぞ」

後藤田は老人から渡された短刀を振りかざした。

「てめえ」

島木はうめいた。後藤田の蒸発後、次々に殺された組の中堅の謎が、いま解けたようにおもった。

「やっぱり、てめえが裏切ってやがったんだな」

島木の面が凶悪に歪《ゆが》んだ。島木も老人グループから凶器を渡されていた。二人は凶器を向け合って束の間にらみ合った。

対峙《たいじ》は束の間に終えて、彼らは激しい勢いでそれぞれの凶器を突き出した。どちらもけんか馴れしており、何度も修羅場をくぐって来ている。

かぐわしい緑豊かな森かげに血が振り撒《ま》かれて二人は殺し合った。結局相討ちという形で二人の闘いは終息した。まるで抱き合うような格好で地上に倒れている彼らは、最も凄惨な闘いがもたらした死という和睦の虚《むな》しさを物語っているようである。

二人が完全に息を停めたのを見計らっていたように、七人の老人が姿を現わした。

「これで美雪さんに手を下した最初のグループは一応始末した。これまでは奇襲作戦が功を奏したが、これからは敵も備えを立てるじゃろう。言うならば、いままでは真珠湾のようなものじゃ。みんないっそう頑張ってもらいたい」

旗本が中隊メンバーに言った。後藤田と島木の死体は、中隊アジトの背後の森の中に埋めた。死んでみれば怨みは消える。七人が埋葬に立ち会い、念仏を唱えた。

正義の味方

1

そのころ黒門組本部では黒井総長を中心に幹部会議が開かれていた。数日前から突然蒸発した島木の行方が議題の中心である。すでに彼が立ち回りそうな先はすべて捜索ずみであった。

「これは、どういうことだとおもうか」

黒井が一同の意見を求めた。それぞれが顔を見合わせてすぐには発言をする者がいない。

「前から行方を晦《くら》ましている後藤田と関わりがあるとおもいますよ」

若衆頭の上重が言った。黒門組の軍師といわれる男で、政治家との密着を深め、同組の合法化の推進をうながした立役者である。一見ソフトな人当たりだが、その性格は残忍酷薄である。島木が武断派の最右翼であれば、上重は文治派の最側近というところである。

「後藤田は新しい女と駆け落ちしたんじゃなかったのか」

「島木まで一緒に駆け落ちするはずがありません」

「一誠会の仕業だとおもうか」

「どうも一誠会のやり口とはおもえません。いくらやつらが阿呆でも、後藤田を返さないうちに、また島木を誘拐するとは考えられないのです」

それは黒井も薄々ながら、おもっていたことである。

「一誠会でなければ、だれがやったと言うのか」

「黒門組を怨んでいる人間の仕業ではないでしょうか」

「おれたちを怨んでいる人間となればゴマンといるだろう」

「怨んでいるだけでは、これだけ派手なまねはできません。大胆不敵でもあるし、組織力をもっているようです」

「組織力だと？　するとやっぱり一誠会か安井一家ということになるだろう」

「同業ではなく、市民グループではないかとおもいます」

「市民？　市民におれたちに歯向かうような度胸と腕のあるやつがいるのか」

「優秀なリーダーがいればまとまりますよ。あいつら飼い猫みたいにおとなしく振舞っておりますが、隙あらば牙を剝き出そうと機会を狙っているのです」

いたというのだ」

「黒門組のおかげでめしが食えるくせに、その恩を忘れやがって、市民のどいつが牙を剝

「とにかく、これまでの市民ではないとおもいます。最近よそから入り込んで来た者、旧日本軍の武器を使いこなせる者をしらみつぶしに当たってみます」

「私に、ちょっと心当たりがあるのですが」

それまで発言を控えていた若衆頭補佐の南村が口をはさんだ。黒門組随一の執念深い男で、もっぱら金融部門を担当し、容赦ない債権取り立てで「蝮村《まむしむら》」と恐れられている。

黒井が言ってみろと顎をしゃくった。

「これまで殺《や》られたのが、中田、本沢、金川、丸井の四人です。行方不明が島木の兄貴と後藤田です。無差別にやってるわけじゃありません」

「どうして無差別でないとわかるんだ」

「私なりに、この四人、いや六人に共通項がないか考えてみました」

「共通項があったか」

「共通項といえるかどうか、自信がありませんが」

「言ってみろ」

黒井は、じれたようにうながした。

「石津組長が来られたとき、女をもてなしましたね」

「客人には、いつも女を付ける」

珍しくもないと言うような口吻《こうふん》で、黒井がうなずいた。

「そのとき手持ちのいい女《たま》がいなかったので、市内からかねて目をつけていた女を調達してきました」

「あれはまずかった。たいてい金をつかませれば納得するのだが、最後まで抵抗したな。あのこと以来一般からの〝調達〟はやめたんだ」

黒井は苦い顔をした。それまでは黒門組の名前と札束の前にたいていの女が泣き寝入りをした。黒門組の客人接待用女性の〝一般調達〟は慣習化していて事故は起きなかった。最近は外から市へ移転して来た係累のない若い独身の女性ばかりを選んでいたので、中には黒門組の調達を歓迎する者もいた。

歓迎しないまでも〝事後承諾〟した。それが彼女は最後まで承諾せず、金を拒否し、警察へ行くと言い張った。

いかに警察と馴れ合っていても略取誘拐、輪姦の被害者が直接届け出たら警察としても知らん顔はできない。県警本部にでも訴えられたらえらいことになる。やむを得ず〝自殺〟をさせたのである。

馴れ合い所轄署がうすうす黒門組の犯行と察知しながらも、自殺として処理してくれたので助かったが、危ないところであった。

「それだけに美しい女でした」

相伴《しょうばん》に与《あずか》った坂口が、おもいだしたように唾を呑んだ。彼は組随一の軟派を自負して、同組系列の風俗営業を統括している。

「馬鹿。場所柄をわきまえろ」

南村にたしなめられて、

「そういうあんたも一口ナメたんじゃねえのか」

と切り返した。

「それで一般調達の女がどうしたんだ」

黒井が本題をうながした。

「女を調達した後、爺いが女を返せと殴り込んで来ませんでしたか」

「そんなことがあったのか」

黒井の下でにぎりつぶされてしまったらしい。黒門組の本拠がたった一人の老人に殴り込まれて、数人の怪我人を出したとあっては、組の面目丸つぶれである。

「その爺いは、女が〝自殺〟した後も、警察に〝殺し〟だと言い張っていたそうです」

「まさか、その爺いが仕返しをしたと言うのではあるまい」

「殺された中田と本沢、行方不明になっている後藤田の三人が調達して来て、中田と本沢が〝自殺〟させたのです」

「金川と丸井はなぜ殺されたのだ」

「後藤田から聞いたのですが、金川と丸井は女の死体で遊んだそうです」

「死体で遊んだ、それでは生きている間に遊んだ者は……」

幹部会議に加わっていた者は色を失って、たがいの顔を見合った。みな心当たりのある顔である。

「しかし、そんな爺いが一人で仕返しができるものかね」

黒井は自分に言い聞かせるように言った。

「ただの爺いではありません。たった一人で殴り込みをかけて来たときも、若い者がきりきり舞いをさせられたそうです。この爺いなら旧軍の古ぼけた武器を使えるかもしれません」

「爺いはその後どうしている」

「市内で、いまはやりの再生品事業《リフォーム》とかをやっていて、けっこう盛《はや》っています。組へもカスリを納めています」

「そんな爺いに大それた仕返しができるとはおもえないが、少しマークしてみるか」

「まさかそんな爺いが黒門組相手に報復戦を挑んできたとはおもえないね」

坂口が異議をさしはさんだ。美雪を犯す場面をビデオに録《と》って楽しんだ彼としては、最も先に復讐の鋒先《ほこさき》を向けられるべき人間のはずである。

「じゃあ、あんたはどんな筋だと言うんだ」

南村がむっとした口調で問うた。

「最近、市民の間に暴力反対運動が静かに盛り上がってきている。おれが調べたところ、この音頭を取っているのが、市民新聞の若松という若いブン屋らしい。おれはこいつの手先の仕業じゃないかとおもうんだ」

「若松か、その男なら私も知っている」

二人の言葉を測っていた上重が間に入って、

「あの男なら、市の不満分子をかき集めてやりかねない。シエスタ会の内幕を詳しく調べて記事にしかけたのを際どい所で抑えたことがある。また調達女の自殺のときも、うるさく嗅ぎ回っていた」

「ブン屋となると、ちょっとうるさいな」

黒井が顔をしかめた。彼は正義派の新聞記者が大嫌いであった。

「なにかと小うるさいやつです。この際おもい切って刈り取ってしまいましょうか」

上重が雑草でも刈るような口調で言った。

「そうだな」

黒井が決めかねた表情で一座の面々を見回した。

「疑わしい者を一人ずつつぶしていけば、真犯人が絞られていきます。若松が犯人なら、組への報復はやむでしょう」

「子分がいるだろう」

「どうせ寄せ集めです。リーダーを失えば空中分解します」

上重の口調には自信がある。

「それではまず若松から刈っていくか。言うまでもないことだが、事故で片づけてくれよ。黒門組は関係ない」

「委細承知でさあ」

彼らは無気味な笑顔を見せ合った。


二日後の午後、市民新聞の若松は、取材先からバイクに乗って社への帰途にあった。肩にカメラを下げハンドルを握る。大新聞の新聞記者のように社旗を吹きなびかせた車で、都大路を颯爽《さつそう》と走るようなわけにはいかない。

ローカルのミニ新聞の記者には、バイクとカメラとミニカセットレコーダーが〝三種の神器〟である。今日は市の郊外にある身障者ホームの運動会を取材しての帰途である。

それぞれの身体障害にめげず、健常者顔負けの競技にいい記事が書けそうである。いい写真もたくさん撮《と》れた。満足すべき取材ができた帰途は、心も軽い。

田園の中の一本道で、時折り、車の往来がある。一車線幅だが車の交通量が少ないので、バイクで走っても不安をおぼえることはない。

街に二キロほどのところで車の量が少し増えてきた。後方から迫って来る車の気配がした。前方からも対向車が来た。一車線幅なので、若松はバイクを停めて二台の車がすれちがうのを待つことにした。

二台の車は運転に自信があるらしく、ほとんどスピードを緩《ゆる》めず道路幅を精いっぱい利用してすれちがおうとした。

若松は道路脇ぎりぎりにバイクを寄せて、ずいぶん強引なすれちがいをするなと眉をひそめていた。すれちがう直前、突然対向車の前に横丁から自転車が飛び出して来た。

車はブレーキを踏むには迫りすぎていた。急制動の悲鳴をあげながら、対向車のドライバーは自転車を避けようとしてハンドルを咄嗟に右に切った。その前に若松の後方から来た車が迫っている。後方車のドライバーは仰天して、真正面に張り出して来た対向車を避けようとしてハンドルを左へ切った。

その前に若松がどこへも逃げ場のない形で立ちすくんでいる。後方車はタイヤに悲鳴をあげさせながら若松に突っ込んだ。いやな音がした。かなりのスピードで突っ込んで来た車の衝撃をそのまま受けて、若松とバイクは一瞬の間に原形を失って吹っ飛んだ。

救急車が呼ばれたが、空しく帰った。若松は頭蓋骨骨折と内臓破裂で即死に近い状態で死んだ。

警察が臨場して来て調べたが、対向車（A）は、直前に飛び出した自転車（B）を避けようとしたために後方車（C）の進路へ張り出し、それを避けようとしたCが若松（D）へぶつかったというものである。

A、Cに安全運転義務違反、Bに不注意が認められて「精いっぱい」で業務上過失致死を問う程度であろう。警察は形式的な検証をしただけで、「交通事故」として処理してしまった。

A、Cともに黒門組系列の企業の社員であり、Bも黒門組の末端組員であることを問題にした警官はいなかった。

自転車男のBの暴走と若松の死の間に因果関係を認めるのは無理であった。これを因果関係ありとしても、違法性や責任の問題とはべつであるので、必ずしも刑事責任が生ずるとはかぎらない。

結局、若松は轢《ひ》かれ損ということになった。

2

この事故に憤激したのは旗本中隊である。

「黒門組が仕組んだんだべさ」

「黒門組は若松さんを目の上のタンコブにしとったさけ」

「自転車飛び出し野郎をしょっぴいてしめ上げてみようかいの」

いまにも飛び出して行きそうな隊員を旗本は制止して、

「待つんじゃ。やつらが若松さんに目を着けたということは、わしらもマークしたと見なければならん。これはやつらが仕掛けた罠なんじゃ」

「んだども、このまま黙っていられんねえ」

「まあ待ちなさい。口惜しいが、ここはがまんのしどころじゃ。いま下手に動けば、みな一網打尽の返り討ちじゃ。若松さんの敵《かたき》を討ちたかったら、いま動いてはいかん」

「中隊長殿のおっしゃるとおりずら。ここは歯を食い縛《しば》って怺《こら》えよう」

肘岡が旗本の言葉に同調して、

「敵が若松さんに報復してきたのは、我々に対する見せしめと考えてよい。やつら一誠会がカモフラージュであることに、ようやく気がついたのだ」

赤城が承《う》けたのを、さらに旗本が、

「これからは黒門組は一直線に我々に鉾先を向けてくるじゃろう。いよいよ正念場じゃ」

と一同を戒めた。

若松の突然の死は、市民にショックをあたえた。だれもがこの事故を単純な交通事故とは考えていなかった。これは暴力反対運動に身を挺《てい》している市民たちに対する見せしめどころか、かえって反対運動の火を燃え上がらせる結果となった。

「若松さんの死を無駄にしないための市民集会」が市の商店会、文化人、ジャーナリスト、弁護士などの呼びかけで企画された。

「そんな集会がこの街でできるはずがない」

と黒門組関係者はせせら笑っていた。一般市民もおっかなびっくりに固唾《かたず》をのんで見守っている。

黒門組に反対する集会を市内で開くこと自体が、自殺行為に等しい。主催者の勇気は大いに評価されるべきであった。

「野郎ナメやがって。そんな集まりが開けるものかどうか、おもい知らせてやる」

黒井は激怒していた。彼にしてみれば黒門組反対集会が市内で企画されたことすら、許し難い反乱行為である。

いかに黒門組が凶暴とはいえ、憲法で保障された合法的な集会を暴力で踏みにじることはできない。

いよいよ集会当日がきた。会場は市内の文化会館である。開場午後三時というのに、朝から市民が詰めかけて行列をつくった。精々三百人も集まれば成功とみていた主催者は、最初押えていた五百人収容の小ホールから二千人の大ホールに切り換えた。それでも午後一時には、すでに行列が二千人を超えてしまったので、整理券を発行する騒ぎになった。

会場周辺には黒門組の街宣カーが繰り出して、お経を流したり妨害演説をしたりしているが、行列は縮まるどころか、延びる一方である。

「かまうことはない。行列を蹴散らしてしまえ」

黒井は命令した。街宣カーのお経読みやアジによる恫喝《どうかつ》にもかかわらず、延びつづけている行列に業《ごう》を煮《に》やしたのである。

街宣カーはひときわボリュームを大きくして、

「黒門組はこの街の守り神です。黒門組がなくなればこの街は全国暴力団の餌食《えじき》になるだけではなく、失業者でいっぱいになります。黒門組反対集会に反対。市民のみなさんは速《すみ》やかに帰りましょう」

と呼びかけた。だが市民は耳を傾けない。

そのとき行列の背後になにかが弾ける音がして、白煙がもくもくと噴き出した。だれかが、

「火事だ！」

と叫んだ。

同時に街宣カーの上に放水銃がせり上がり、高水圧の放水が行列に射ち込まれた。これは黒門組自慢の私設消防車で、一平方センチあたり七十キロの高水圧ポンプを数口搭載している。これを時々、反対市民へのいやがらせに用いる。

この放水車を街宣カーに擬装させていたのである。まともに当たれば、人体など吹っ飛ばされてしまう高水圧である。たちまち市民は悲鳴をあげながら逃げまどい行列は四散した。

「どうだ。おもい知ったか。解散しなければ今度は会場の中に射ち込んでやる」

黒井はその様を背後の総長用シックスドアの防弾装甲自動車の中から見物しながら、満足した笑みを漏らした。発煙筒をたいたのも組員であり、黒門組得意の〝消防作戦〟である。

だが黒井の笑いも束の間であった。彼は信じられない光景を目撃した。遠方で乾いた発射音が聞こえると同時に放水銃が爆破された。射手が、発射台から吹っ飛ばされ、硝煙が晴れた後に見るも無惨に折れ曲がった放水銃の筒先《ノズル》が見えた。

目撃した者は、一瞬なにが起きたのかわからなかった。とにかく行列をさんざん蹂躙していた放水銃がなんの役にも立たなくなったことは確かである。

遠方からハンドマイクの渋い声が呼びかけてきた。

「黒門組、これ以上市民集会の邪魔をすると、次は運転席に大砲をぶち込むぞ。いまは放水銃だけ狙ったが、二発目からは容赦しない。わかったら足元の明るいうちに消え失せろ」

現実に敵の火器の威力と腕前を見せられていただけに、黒門組の組員は怖《お》じ気《け》をふるった。総長専用のシックスドア装甲車すら破壊する火器をもっていそうな口吻《こうふん》である。

集会に集まって来た市民たちの見守っている前で、黒門組はシッポを巻いて退散した。この事件で、及び腰に集会の成り行きを見守っていた市民までが、積極的に参加してきた。開場を一時間早めたが、収容二千人のところへ二千五百人詰め込み、それでも入りきれない市民が会場の周辺に群《むら》がった。反対集会は大きな盛り上がりを見せた。

恐れられていた、一般市民を装って会場内に入り込んでの妨害やいやがらせはいっさいなかった。放水銃の爆破に黒門組も震え上がってしまったらしい。

黒井は多数の市民の見守る前で黒門組がぺしゃんこに叩きつぶされた形なので、激怒を越えて、ほとんど発狂せんばかりになっていた。

子分を叱りたくとも、自分が一番に逃げ出しているので、怒りの捌《は》け口がない。彼の意を察したように、南村が、

「これで若松の背後に黒幕がいることがわかりました。次はあの爺いを叩いてみましょう。放水銃を破壊した手口も、あれは日本軍の擲弾筒《てきだんとう》という手榴弾を投げる武器を用いたものです。いよいよ、あの爺いが臭くなった」

とささやいた。

「爺いは、どこにいるんだ」

「市内で同じ年輩の年寄りを集めて、再生品事業をやっています」

「同じ年輩の爺いが集まっているのか」

「殴り込んで来た爺いを頭に、五、六人はいるようです。彼らは一緒に生活をしています」

「五、六人の爺いか」

黒井はその意味をじっと見つめているようである。

「よし、その爺いどもを引っくくって、ここへ連れて来い」

しばしの沈思の後、黒井が顎をしゃくった。

警察に任せては迂遠《うえん》であるし、老人グループの仕業という証拠はない。

合点承知とばかり立ち上がった南村の背に、

「爺いとおもって油断するなよ。これまでの手口からみて、ただのねずみではなさそうだ。念のために道具は十分備えていけ」

と上重が注意した。道具とは飛び道具を主体にした武器である。

「天下の黒門組が、年寄りの五、六人に手こずったとあってはもの笑いの種ですぜ」

鼻先でせせら笑った南村に、

「その年寄りにきりきり舞いをさせられているんじゃないのか」

上重は容赦のないことを言った。

晒《さら》された代紋

1

南村はせせら笑ったものの、十分用心していた。敵は侮《あなど》るべからざる武器をもっている。老人グループを叩くにあたって、安井一家襲撃時に用いた作戦を再び使うことにした。

襲撃隊を二班に分けて、息継ぐ間もあたえず波状攻撃をかける。第一班が一撃をあたえた後、第二班がすかさず追い撃ちをかける。その間、戦列を整えた第一班が再襲撃をする。こうして敵の息の根を止めるまで叩く戦法である。

この終わりなき波状攻撃の前に安井一家はパニック状態に陥ったのである。これだけ周到徹底した戦法を老人グループに用いようとしていることは、南村が彼らをいかに恐れているかを示すものであった。

とにかく六、七十代の老人グループという相手とは、これまで戦ったことがない。腰の曲がったよぼよぼの老いぼれとおもう反面、大いに無気味でもある。もしこれまでの黒門組に対してしかけられた一連の事件が、老人グループの仕業であるなら、実に容易ならざる相手というわけである。

十二月十五日深夜、二十四名の選りすぐった戦闘部隊を率いた南村は、五台の乗用車に分乗して旗本中隊の再生品工場に乗りつけた。事前の偵察で、老人たちがここに起居していることを確かめてある。

たった数名の老人グループに対して、屈強のヤクザをこれだけ集めたのである。しかも全員、日本刀や木刀、拳銃、猟銃などで武装している。

南村は彼らを八名ずつ三班に分けた。

「いいか、まず第一班が殴り込んで、五分後に離脱する。次に第二班が行く。さらに十分後に第三班が行き止めを刺す。それでも埒《らち》があかないときは、離脱した一班が再び行く。くれぐれも油断するな。ただの爺いどもじゃねえぞ」

南村は襲撃前に訓示した。斬り込み隊第一班はもののけの集団のように足音を殺して、旗本中隊の事務所の前へ忍び寄った。

周囲は小住宅街で、いずれも灯を消して寝静まっている。

「よし、行け」

南村の号令一下、第一班は喊声《かんせい》をあげてなだれ込んだ。事務所の中は暗い。事務所の奥が居住区になっているらしい。

「やっちまえ」

「爺い、出て来い」

手探りに押し込んだ第一班八名はそれぞれの得物《えもの》を手に、手当たり次第に暴れまわった。居住区の内部に二段ベッドが三台並んでいて、どこから来るのか薄明かりの中に、掛布団が人形に盛り上がっている。

「やっちまえ」

第一班は掛布団の上からめった打ちにした。

「やや、座布団が入っているぞ」

手応えがないのに不審をおぼえた一人が布団をまくり、中身が丸めた座布団であるのを見出して仰天した。

そのとき、タイミングを測っていたように薄明かりが消えて、真の闇になった。

「野郎、はめやがった」

憤然として老人たちの居所を再捜索しはじめた第一班に、暗闇の奥からなにやら投げつけられた。〝手榴弾〟は黒門組戦闘部隊の顔面に炸裂した。濛々《もうもう》たる白煙が暗闇の中にたちこめた。

「わっ、なんだ、これは」

第一班は激しく咳き込んだ。発作は次から次に突き上げて、呼吸困難に陥った。目や鼻から涙や鼻汁が流れ出して止まらない。

「た、たすけてくれ」

と悲鳴をあげたつもりの声が言葉にならない。手榴弾の中には胡椒《こしょう》や唐辛子《とうがらし》のような刺戟性物質が仕込まれていたらしい。もはや殴り込みどころではなくなった。だが暗いうえに視力を奪われて、どちらの方角へ逃げてよいかわからない。右往左往して大混乱に陥ったところへ第二班が押し込んで来た。

第二班は、そこでもがきのたうっているのが第一班だとはおもわない。第一班に痛めつけられた後の敵だとばかりに信じているから、容赦なく打ちかかった。

「やめろ」

「たすけてくれ」

悲鳴をあげて逃げまわる第一班にようやく同士討ちと悟ったとき、再び胡椒と唐辛子の手榴弾が投げ込まれた。

そのとき外に待機していた第三班は、いっこうに離脱して来ない第一班と第二班にじりじりしていた。

「おかしい。だれも出て来ないぞ」

「二班だけで決着《カタ》がついちゃったんじゃねえのか」

「だから、おれは第一班に入りたかったんだ」

そうしている間も内部の騒ぎが表に漏れてくる。たすけてくれという悲鳴も聞こえるようだ。それが第三班の耳には、いかにも先発の二班が暴れまわっているように勇壮に聞こえる。

「ぐずぐずしていると、おれたちの出番がなくなるぞ」

「かまうことはねえ。おれたちも行こう」

前の二班が離脱した後、第三班が行く作戦になっていたが、第三班は逸《はや》った。

「待て。様子がおかしいぞ」

と南村が制止したが、逸り立った第三班は、それを押し切って突っ込んだ。内部では第一班と第二班が手榴弾攻撃を受けて大混乱に陥っている。そこに第三班が喊声をあげて突っ込んで来たので、混乱に輪をかけられた。

黒門組の失敗は、武器のみ準備して、照明具を用意しなかったことである。真っ暗闇の中で敵味方判然としないまま暴れまわった。

そこを目がけて頭上からふわりと得体の知れないものが舞い下りて来た。それを避けようとして振るった得物が悉《ことごと》く空を切った。物体はまったく手応えがないくせに、身体をからめ取ってその自由を奪った。網のようなものが手足にまといつき、得物までもからめ取ってその威力を奪った。網は巨大な蜘蛛《くも》の巣のように粘着力があり、抹香《まっこう》のにおいがした。

黒門組が網を蚊帳《かや》と悟ったとき、暗黒の中から湧き出た七個の人影が、網にかかった魚のようにもがきまわる黒門組を棍棒やステッキで無造作に叩きまくった。言葉どおりの袋叩きである。

2

二十五名（南村を入れて）の黒門組襲撃隊員全員は捕虜になった。胡椒と唐辛子の手榴弾攻撃を浴びたうえに、同士討ちで痛めつけられて、最後に蚊帳の上から袋叩きにあって気息奄々《きそくえんえん》としていた。

旗本は、蚊帳の上からさらにロープでぐるぐる巻きにして二十五名全員をその夜のうちに市の繁華街の交差点に運んだ。その運搬を担当したのが、長岡とその仲間たちである。

南村を筆頭に、簀巻《すま》きならぬ蚊帳巻きにされた黒門組選り抜きの戦闘隊員が、市内の目抜き通りに河岸《かし》のマグロのように転がされているのは、けだし壮観であった。彼らのかたわらには立て札が掲げられ、墨痕《ぼっこん》鮮やかな筆蹟で次のように書かれてあった。

この者たち黒門組を名乗り大挙して市民の家に押し込み乱暴狼藉の限りを尽くしたるにより、市中に晒《さら》すものなり。堅気《かたぎ》の人間に迷惑をかけない旨を組の方針とし、任侠道にいそしむ黒門組がこのような理不尽を一般市民に働くとはおもわれないので、おそらく黒門組の名を騙《かた》る不良集団とみて、市民に広く晒して二度と狼藉を働けぬよう私刑を行なうもの也。

正義の味方マン——

黒門組二十五名の晒し者は、この街で前代未聞である。しかも、その中には黒門組の大物幹部の一人南村が入っている。

南村一人がどうしたわけか、頭をつるつるに剃られていた。市中の目抜き通りだけに、晒し場は早朝から大勢の市民が見物に駆けつけた。

黒門組にも連絡がいったが、立て札に「黒門組の名を騙る不良集団」と書かれているので、大勢の市民の見ている前で救出できない。

ようやく午前十時ごろになって警察が「交通の妨げ」という口実で救出した。だがそのまま釈放するわけにはいかない。

「大挙して市民の家に押し込み乱暴狼藉の限りを尽くした」ということなので、事情を調べなければならない。しかも彼ら全員が銃刀法違反の現行犯である。銃刀以外でもなんらかの凶器をもっていた。

　これだけの人数が凶器を準備して集まった事実だけでも、いかに黒門組と馴れ合いの警察でも見過ごしにはできない。

　だが二十五名は、いずれも口を閉ざして、どこの市民の家に押し込んだのか、だれに蚊帳巻きにされたか言わない。彼らにしてみれば、黒門組の面目にかけても、その精鋭部隊がたった六、七名の老人グループに蚊帳巻きにされて市中に晒されたとは、口が裂けても言えないところである。

　黒井照造は激怒した。

「でけえ口を叩きやがって、なんたるザマだ。筋金入りの極道がよぼよぼの爺いに赤っ恥かかされて、よくもおめおめと……やつら全員絶縁だ」

　絶縁はヤクザの処分の中で最も重いものである。破門には復縁があるが、絶縁は復縁があり得ない。全国のヤクザに回状《フレ》が回り、もはやこの道では生きていけない。

「これであの爺いどもが敵であることがはっきりした。これからは容赦しない。狩り出して全員処刑してしまえ。黒門組に歯向かったらどんなことになるか、おもい知らせてやる」

　黒井はオール黒門組の配下に命じた。

（下巻へ続く）

数字、制度、地名、人名、機器、風俗、ファッション、風潮等は執筆時に基づいています。

（この作品『星の陣（上）』は平成七年六月、角川書店より文庫版で刊行されたものです）

一〇〇字書評

切り取り線

購買動機（新聞、雑誌名を記入するか、あるいは○をつけてください）

□（　　　　　　　　　　　　　　　　）の広告を見て
□（　　　　　　　　　　　　　　　　）の書評を見て
□ 知人のすすめで　　　　　　　□ タイトルに惹かれて
□ カバーが良かったから　　　　□ 内容が面白そうだから
□ 好きな作家だから　　　　　　□ 好きな分野の本だから

・最近、最も感銘を受けた作品名をお書き下さい

・あなたのお好きな作家名をお書き下さい

・その他、ご要望がありましたらお書き下さい

住所	〒				
氏名		職業		年齢	
Eメール	※携帯には配信できません		新刊情報等のメール配信を 希望する・しない		

この本の感想を、編集部までお寄せいただけたらありがたく存じます。今後の企画の参考にさせていただきます。Eメールでも結構です。

いただいた「一〇〇字書評」は、新聞・雑誌等に紹介させていただくことがあります。その場合はお礼として特製図書カードを差し上げます。

前ページの原稿用紙に書評をお書きの上、切り取り、左記までお送り下さい。宛先の住所は不要です。

なお、ご記入いただいたお名前、ご住所等は、書評紹介の事前了解、謝礼のお届けのためだけに利用し、そのほかの目的のために利用することはありません。

〒一〇一‐八七〇一
祥伝社文庫編集長 坂口芳和
電話 〇三（三二六五）二〇八〇

祥伝社ホームページの「ブックレビュー」からも、書き込めます。
http://www.shodensha.co.jp/bookreview/

祥伝社文庫

星《ほし》の陣《じん》（上）

平成28年 3 月20日　初版第1刷発行

著　者　森村誠一《もりむらせいいち》

発行者　辻　浩明

発行所　祥伝社《しょうでんしゃ》

東京都千代田区神田神保町 3-3

〒101-8701

電話　03（3265）2081（販売部）

電話　03（3265）2080（編集部）

電話　03（3265）3622（業務部）

http://www.shodensha.co.jp/

印刷所　萩原印刷

製本所　ナショナル製本

カバーフォーマットデザイン　芥 陽子

Printed in Japan ©2016, Seiichi Morimura ISBN978-4-396-34190-9 C0193

祥伝社文庫の好評既刊

森村誠一
天の白骨
ともに駆け落ちした人妻が行方不明に！ 思いあまった愛人は、夫にすべてを報告。奇妙な捜索が始まった。

森村誠一
壁の目 新・文学賞殺人事件
虚構か？ 実録か？ 新人賞応募作に描かれていた惨劇は、彼がひた隠しにしてきたあの「過去」だった！

森村誠一
死者の配達人
北尾俊也には封印された記憶があった。三十数年前、北アルプス穂高山麓で女を殺し、埋めたのだった。

森村誠一
致死家庭
旧友の告白に甦《よみがえ》る三十数年前の秘められた殺人、ひりつくような衝動……。現代社会の病巣を抉《えぐ》る傑作！

森村誠一
夢魔（ナイトメア）
死んだ老婆の一億円をくすねた女子大生三人。そして一年、大金をくすねた際、飼い猫に引っ掻かれた傷が……。

森村誠一
完全犯罪の使者
不倫関係の昌子が絞殺され、笹村は重要参考人としてマークされる。新聞記者の清原と共に真相究明に乗り出すが……。

祥伝社文庫の好評既刊

森村誠一

灯（ともしび）

あるバスに乗り合わせたことで、三つの家族の運命が狂い始めた。現代社会の病理と希望を模索する傑作推理。

森村誠一

恐怖の骨格

雪中の後立山《うしろたてやま》〝幻の谷〟に閉じ込められた男七女一。交錯する野望と極限の生とは⁉　山岳推理の傑作。

森村誠一

高層の死角

大ホテルの社長が、自社ホテルで刺殺された。密室とアリバイ崩しに挑む本格推理の金字塔。

森村誠一

殺人の詩集

人気俳優の不審な転落事故。傍らに落ちていた小説は死者のメッセージか？　棟居刑事は小説の舞台・丹沢へ！

森村誠一

一千万人の完全犯罪

過去を精算する「生かし屋」なる組織。迷える人々の味方か、それとも……？　棟居刑事が現代社会の病巣に挑む！

森村誠一

魔性の群像

ようやく手に入れた一戸建てのわが家。だが近所には――。日常生活に潜む〝魔〟の襲来を描いたサスペンスの傑作！

祥伝社文庫の好評既刊

森村誠一

死刑台の舞踏

凄惨ないじめを受けていた義郎は、父の遺志を継ぎ刑事になる。数年後、いじめっ子たちが他殺死体で見つかって——

森村誠一

狙撃者の悲歌《ひか》

女子高生殺し、廃ホテルの遺体……死角に潜む真犯人の正体とは？　復讐に燃える新米警官が、連続殺人に挑む！

森村誠一

新選組（上）

近藤勇《こんどういさみ》、土方歳三らの少年時代から血塗られた絶頂期を描く、森村版「人間」新選組！

森村誠一

新選組（下）

滅びへ向かい、「時代」を斬った近藤勇、土方歳三、沖田総司ら新選組の意味を問う森村版新選組、完結！

森村誠一

刺客長屋

最強の忍者軍団から悲劇の姫を守れ！　貧乏長屋を砦に、百万石の大名さえ敵に回す、はぐれ者の群れ！

横山秀夫

影踏み

かつてこれほど切ない犯罪小説があっただろうか。消せない〝傷〟を背負った三人の男女の魂の行き場は……。

祥伝社文庫　今月の新刊

安東能明
限界捜査
『撃てない警官』の著者が赤羽中央署の面々の奮闘を描く。

石持浅海
わたしたちが少女と呼ばれていた頃
青春の謎を解く名探偵は最強の女子高生。碓氷優佳の原点。

西村京太郎
伊《い》良《ら》湖《ご》岬　プラスワンの犯罪
姿なきスナイパーの標的は？　南紀白浜へ、十津川追跡行！

南　英男
刑事稼業　強行逮捕
食らいついたら離さない、刑事たちの飽くなき執念！

草凪　優
元彼女《モトカノ》…
ふいに甦った熱烈な恋。あの日の彼女が今の僕を翻弄する。

森村誠一
星の陣（上・下）
老いた元陸軍兵士たちが、凶悪な暴力団に宣戦布告！

鳥羽　亮
はみだし御《お》庭《にわ》番《ばん》無頼旅
曲者三人衆、見参。遠国御用道中に迫り来る刺客を斬る！

いずみ光
桜流し　ぶらり笙《しょう》太郎《たろう》江戸綴《つづ》り
名君が堕ちた罠。権力者と商人の非道に正義の剣を振るえ。

佐伯泰英
完本　密命　巻之十一　残夢　熊野秘法剣
記憶を失った娘。その身柄を、惣三郎らが引き受ける。

井川香四郎　小杉健治　佐々木裕一
競作時代アンソロジー
欣《きん》喜《き》の風
時代小説の名手が一堂に。濃厚な人間ドラマを描く短編集。

鳥羽　亮　野口　卓　藤井邦夫
競作時代アンソロジー
怒《ど》髪《はつ》の雷
ときに人を救う力となる、滾る〝怒り〟を三人の名手が活写。